AF202689

HERBERT NOACK

Die Toten
von Rottweil

RACHE UNTERM SCHWARZEN TOR Hauptkommissar Zeller versteht seine Heimatstadt Rottweil nicht mehr. Noch nie wurden so viele Menschen innerhalb kürzester Zeit ermordet. Die erste Leiche ist der Richter Linus Schuhmacher. Ermordet und verstümmelt abgelegt auf dem Hofgerichtstuhl, vis-à-vis des Landgerichts. Doch es ist erst der Anfang einer beispiellosen Mordserie in der Stadt. Kurze Zeit später wurden die nächsten Leichen gefunden, hoch über der Stadt im TK Elevator Testturm. Ein Zusammenhang ist auf den ersten Blick nicht erkennbar. Handelt es sich um einen oder mehrere Täter? Der Kommissar und sein Team tappen im Dunkeln und gehen bei ihren Ermittlungen bis an ihre Grenzen. Nichts wird mehr so sein wie vor den schrecklichen Morden. Und dann bekommt Zeller plötzlich einen Anruf. Der Unbekannte nennt sich »Narrenengel« und kündigt ihm den nächsten Mord an. Werden Zeller und sein Team dem Täter rechtzeitig auf die Spur kommen?

© Fotostudio Bossenmaier

Herbert Noack, geboren 1961, lebt seit vielen Jahren am Rande des Schwarzwalds und hat sich ganz dem Krimi-Genre verschrieben. Oft und gern ist er in der freien Natur unterwegs. Dort kommen ihm die besten Ideen und Anregungen für seine Bücher. Er ist begeisterter Autor zeitgenössischer Krimis und spannender Unterhaltung.
Mehr Informationen zum Autor finden Sie unter:
www.herbert-noack.de

HERBERT NOACK

Die Toten von Rottweil

KOMMISSAR ZELLERS ERSTER FALL

GMEINER

Die automatisierte Analyse des Werkes, um daraus Informationen
insbesondere über Muster, Trends und Korrelationen gemäß § 44b UrhG
(»Text und Data Mining«) zu gewinnen, ist untersagt.

Immer informiert

Spannung pur – mit unserem Newsletter informieren wir Sie
regelmäßig über Wissenswertes aus unserer Bücherwelt.

Gefällt mir!

Facebook: @Gmeiner.Verlag
Instagram: @gmeinerverlag

Besuchen Sie uns im Internet:
www.gmeiner-verlag.de

© 2021 – Gmeiner-Verlag GmbH
Im Ehnried 5, 88605 Meßkirch
Telefon 0 75 75 / 20 95 - 0
info@gmeiner-verlag.de
Alle Rechte vorbehalten
4. Auflage 2024

Lektorat: Susanne Tachlinski
Herstellung: Mirjam Hecht
Umschlaggestaltung: U.O.R.G. Lutz Eberle, Stuttgart
unter Verwendung eines Fotos von: © Andreas Göllner / Pixabay.com
Druck: CPI books GmbH, Leck
Printed in Germany
ISBN 978-3-8392-0018-6

Personen und Handlung sind frei erfunden. Ähnlichkeiten mit lebenden oder toten Personen sind rein zufällig und nicht beabsichtigt.

KAPITEL 1

Es hätte ein ganz normaler Tag werden können, wie es schon unzählige normale Tage in dieser ältesten Stadt Baden-Württembergs gegeben hatte und immer wieder geben würde, an denen nichts passierte. Rottweil war das Tor zum Schwarzwald und nicht Stuttgart. Kein Verkehr brummte um diese frühe Morgenstunde. Nur ein paar Busse schluckten mit weit geöffnetem Maul bereitwillig wenige Fahrgäste und ließen sie in ihrem Inneren verschwinden, um sie kurze Zeit später an irgendeiner nahen oder entfernten Haltestelle wieder auszuspucken.

Einige Elstern balgten sich auf dem gepflasterten Weg um die Reste einer Mahlzeit, die ein nächtlicher Passant achtlos weggeworfen hatte. Allerdings waren sie nicht allein bei ihrem Festmahl. Sie mussten es mit weiteren, eilig herbeigeflatterten Vögeln teilen, denn auch diese Horde von aufgeregten, hin und her wuselnden Spatzen wollte etwas zum Frühstück ergattern. Da kam diese üppige Mahlzeit gerade recht. Erst eine neugierig herbeigelaufene Katze bereitete dem Treiben ein Ende. Ihre bloße Anwesenheit reichte aus. Die Vögel flüchteten und flogen ohne einen Bissen im Schnabel ärgerlich zwitschernd davon.

Ein junger Angestellter des italienischen Cafés unterhalb des Schwarzen Tors stellte missmutig die gekippten Stühle aufrecht um die Tische. Seine gegelten Haare glänzten in der aufgehenden Sonne. Man sah ihm an, dass er seine Arbeit nicht besonders schätzte und sie widerwillig erledigte. Sein Gesicht hellte sich erst auf, als ein hübsches junges Mädchen in einem karierten Minirock an ihm vorbeilief. Interessiert unterbrach er seine Arbeit und pfiff ihr verhalten hinterher. Sie schien es nicht zu bemerken und eilte weiter in Richtung Königsstraße. Enttäuscht schaute er ihr nach. Dafür hatte sein Chef das Gepfeife gehört und rief ihm aus dem Inneren des Lokals ärgerlich etwas auf Italienisch zu. Es wirkte augenblicklich. Der junge Mann riss sich zusammen und erledigte im erhöhten Tempo seine Aufgabe.

Auch in den angrenzenden Buchladen kam Bewegung. Ein ungefähr 40-jähriger Mann schloss die Ladentür von innen auf, öffnete sie schwungvoll und trat entschlossen auf die Straße. Als Erstes schaute er zum Himmel hinauf. Der Tag würde schön werden, dachte er, lächelte vergnügt und rieb sich die Hände. Alles sah nach viel Laufkundschaft aus. Zwei seiner Angestellten schlenderten soeben auf den Laden zu – er winkte sie heran und zeigte auf die Verkaufstische und Bücherständer im Inneren des Geschäftes. »Guten Morgen, Vera und Sabine. Beeilt euch ein wenig! Alles muss sofort nach draußen. Ich kümmere mich um die neue Bestsellerliste des SWR am Schaufenster.«

Die beiden schienen es gewohnt, so empfangen zu werden. Rasch warfen sie ihre Taschen in die Ecke, packten einen Verkaufstisch und schleppten ihn nach draußen.

Die Besitzerin des gegenüberliegenden Buchladens sah interessiert auf die Aktivitäten ihres Mitbewerbers. Sie rief etwas in den Laden hinein und kurze Zeit später erschien ihr Ehemann in der Tür. Auch er schaute zuerst zum Himmel hinauf und schmunzelte. Es würde ein schöner Tag werden, meinte er zu seiner Frau, es würden viele Menschen unterwegs sein. Beide taten es ihrem Gegenüber nach und trugen den großen Büchertisch ins Freie. Außerdem rollerten sie noch zwei Postkartenständer dazu und positionierten sie an den Seiten des langen Tisches.

So erwachten langsam alle Geschäfte auf der Straße zum Schwarzen Tor. Als Letztes öffnete das »Schweizer Lädeli«. Das war keine Überraschung. Seine Kundschaft kam später.

Alles war wie immer. Friedlich, verschlafen und harmonisch. Fast schon langweilig. Nichts deutete darauf hin, dass etwas Außergewöhnliches passieren würde an diesem Tag. Etwas, mit dem niemand gerechnet hatte. Das das Leben in der Stadt in Atem halten würde. Obwohl es kaum etwas geben konnte, was Rottweil noch nicht erlebt oder gesehen hatte.

*

Man erkannte nicht gleich, was es war, das da auf dem gedrungen wirkenden und aus rotem Sandstein bestehenden Hofgerichtsstuhl nahe der Steinmauer im Schatten der mächtigen Bäume bewegungslos lag. Der Mann sah aus, als ob er betrunken wäre und seinen Rausch ausschlafen würde. Nicht so, als ob er dringend Hilfe benötigte. Er war sehr gut gekleidet, der maßgeschneiderte schwarze Anzug schien nicht billig gewesen zu sein. Den Kopf hatte er auf die Brust gesenkt. Der Hut war herabgefallen und lag im Schmutz vor ihm. Vielleicht war er ein wenig zu luftig angezogen, das Sakko zu dünn für die Temperaturen um diese frühe Uhrzeit.

Um den Hals trug er ein dunkles, mit einem dezenten Muster besticktes Seidentuch. Es war ein schönes, modisches Accessoire, passend zu seinem Anzug. Sicherlich hatte er es vorbeugend gegen eine Erkältung umgebunden, mochte der Passant denken, der gerade mit raschem Schritt an ihm vorbeieilte und den Mann dabei nur mit einem flüchtigen Seitenblick bedachte.

Glück für ihn, dass er nicht genauer hingesehen hatte. Wer weiß, wie sein weiterer Tag sonst verlaufen wäre? Wenn er durch Zufall erkannt hätte, wer der Mann war, der dort regungslos lag. Denn er war beileibe kein Unbekannter. Als oberster Richter hatte er schon Urteile mit weitreichender Bedeutung am Landgericht gefällt, welches schräg gegenüber stolz und eindrucksvoll, vielleicht sogar ein wenig einschüchternd stand wie ein uneinnehmbares Bollwerk des Rechtes gegen das Unrecht.

Aber der Mann schlief nicht und hatte auch keinen Rausch. Es sah nur auf den ersten Blick so aus. Er war tot.

KAPITEL 2

Zeller konnte es nicht glauben, als das schrille Klingeln seines Smartphones ihn am heutigen Samstag weckte. Der Blick zur Uhr ließ ihn erschaudern. Er hatte gerade mal drei Stunden geschlafen. Es war spät geworden gestern Nacht, zuerst im »Kapuziner«, dann im »Goldenen Becher« und zum Schluss im »ZiZ«. Er hatte seinen Ärger herunterspülen müssen. Wieder einmal war er allein losgezogen. Sie hatte nicht mitgewollt.

Und jetzt riefen sie ihn um sechs an. Dachten seine Kollegen etwa, Zeller konnte man immer erreichen, bei Tag und bei Nacht? Er hatte weder Bereitschaft noch normalen Dienst. Eigentlich wäre er gar nicht da. Hätte Anne ihre gemeinsame Reise nicht gecancelt, dann säßen sie in diesem Moment am Stuttgarter Flughafen und würden auf ihre Maschine nach Wien warten. Und er hätte keinen Kater, weil er keinen Ärger gehabt hätte.

Doch jetzt lagen sie hier in ihrem Bett und Anne schlief tief und fest. Ihre Atemzüge gingen gleichmäßig, von dem flehentlichen Rufen seines Smartphones hatte sie nichts mitbekommen. Er gab ihr einen Kuss auf das unschuldige Gesicht und strich ihr eine Haarsträhne aus der Stirn. Sie fühlte sich gestört und drehte sich murrend auf die andere Seite. Zeller bedeckte ihren Rücken mit der heruntergerutschten Bettdecke und nahm das Smartphone in die Hand.

»Ja? Zeller hier.« Er gähnte laut ins Telefon. Der Kriminalhauptkommissar war nicht gerade für seine Freundlichkeit bekannt.

»Paul, wir haben einen Toten. Keinen Unbekannten, wenn du verstehst, was ich meine«, sagte eine Frauenstimme.

»Auch das noch. Es ist Samstag. Können die sich nicht am Montag gegenseitig umbringen und uns wenigstens das Wochenende in Ruhe lassen? Wer ist es denn?« Etwas Hoffnung schwang in seiner Stimme mit. Vielleicht war es doch nicht unbedingt notwendig, dass er dabei sein musste. Womöglich konnten das auch seine Kollegen lösen.

»Linus Schuhmacher. Der Richter.«

Zeller war augenblicklich hellwach. Jetzt verstand er, was sie damit gemeint hatte, er sei kein Unbekannter. Schuhmacher war tot? Er hatte ihn doch gestern Morgen noch gesprochen.

»Du machst Witze.«

»Paul, wach endlich auf.«

»Wie ist er umgekommen?«, fragte Zeller, und fügte noch hinzu: »Wurde er etwa ermordet?«

»Du kannst Fragen stellen, Zeller. Hätte ich angerufen, wenn er an Altersschwäche gestorben wäre? Los, raus aus den Federn.«

»Wohin soll ich kommen?«

»Zum Hofgerichtsstuhl«

»Carla, bitte. Wohin?«

»Kennst du den Hofgerichtsstuhl nicht? An der Königsstraße, Ecke Lorenz-Bock-Straße. Gleich in der Nähe vom Gericht. Also schwing dich in dein Auto und komm endlich her. Es ist wichtig. Hier ist jetzt schon großer Bahnhof. Sogar Bausinger ist da.«

Zeller quälte sich aus dem Bett. Das konnte ja heiter werden. Sein Chef schon im Einsatz? Er stellte sich seine Stimmung lebhaft vor. Eigentlich hatte er keine Lust darauf und überlegte einen Moment, sich lieber krankzumelden. Einfach wieder hinlegen, die Bettdecke über den Kopf ziehen und schlafen.

Als Zeller am Tatort eintraf, war immer noch »großer Bahnhof«, wie Carla Zimmermann ihn vorgewarnt hatte. Das Gelände um den Hofgerichtsstuhl, der seit dem Ende des 18. Jahrhunderts als Erinnerung an das kaiserliche Hofgericht hier stand, war weiträumig abgesperrt. Einige neugierige Fußgänger waren stehen geblieben und glotzten sich die Augen aus. Viele hatten Smartphones in den Händen. Wahrscheinlich war der Vorfall in Rottweil längst in aller Munde. Ein paar Leute von der Zeitung sah er auch. Als sie Zeller erblickten, rannten sie auf ihn zu und versuchten, ihm Fragen zu stellen. Der Kommissar winkte ab.

Ein junger Mann probierte, unter der Absperrung hindurchzuschlüpfen. Vergeblich. Ein Polizist bekam es mit, packte ihn an der Kapuze seiner Jacke und zog ihn hinter die Absperrung zurück. Er werde sich beschweren, hörte man den Mann schimpfen, die Hörer des Antenne 1 Neckarburg Rock & Pop hätten ein Recht auf eine aktuelle Berichterstattung. Der Polizist gab ihm trotzdem nicht die Erlaubnis.

Viel war für die Schaulustigen nicht zu sehen. Ein großer weißer Pavillon war von den Beamten über den

Hofgerichtsstuhl gestülpt worden. Zeller klappte die Wand des Sichtschutzes beiseite und sah Ulrike Brenner zu, wie sie den toten Richter fotografierte. Einer ihrer Kollegen sicherte indes mit einem Pinsel unsichtbare Spuren auf dem Steinthron. Ein weiterer untersuchte die Sakkotaschen des Richters. Die Kriminaltechnik war gut vertreten, im Gegensatz zur Kriminalpolizei. Da war nur er da und sein Chef Bausinger.

Neben Bausinger stand eine junge Frau im weißen Overall. Sein Chef redete unaufhörlich auf sie ein, hatte einen Arm auf ihre Schulter gelegt und zeigte mit dem anderen auf den Toten. Zeller sah auf einen Blick, dass er sie beeindrucken wollte und sein Wissen mit einer großen Gießkanne über sie ausleerte. Er drehte sich ab und wandte sich an die Leiterin der Spurensicherung – der K8, wie sie hier dazu sagten. Vielleicht hatte sie Informationen für ihn.

»Hallo, Ulli. Schon was gefunden an diesem gottverdammten Tagesbeginn?«

»Ach, Paul. Wieso bist du so schlecht drauf? Heißt es nicht: Eine Leiche am Morgen vertreibt Kummer und Sorgen? Oder so ähnlich.«

»Kannst du schon was sagen?«

»Männliche Leiche«, antwortete Doktor Ulrike Brenner spöttisch. Die gut 40 Jahre alte Frau mit dem etwas rundlichen Gesicht sah im Gegensatz zu Zeller ausgeruht und gut gelaunt aus. Ihr dezentes Make-up war sorgfältig aufgetragen.

»Prima! Ich wusste, du bist eine der Besten, die wir haben.«

»Man hat ihn erhängt, erdrosselt, stranguliert. Such

dir was aus. Auf jeden Fall war es kein Selbstmord. Der Kehlkopf ist eingedrückt. Außerdem hat er die typischen Flecken im Gesicht.«

»Weißt du, wann es passiert ist?«

»Kann noch nicht lange her sein. Ich denke, keine drei Stunden, zwischen 2 und 4 Uhr. Die Leichenstarre ist noch nicht eingetreten.«

»Ist es hier geschehen?«

»Glaube ich nicht. Das hier ist nie und nimmer der Tatort.«

»Habt ihr noch was anderes gefunden?«, fragte Zeller in der Hoffnung, wenigstens einen kleinen Anhaltspunkt für seine Anfangsermittlungen zu bekommen.

»Später, Paul. Lass uns erst mal unsere Arbeit tun. Ich melde mich bei dir.«

»Aber nicht nur beim Zeller, werte Frau Doktor. Ich möchte auch informiert werden. Als Erster, bitte schön.«

Zeller schaute zu Bausinger hinüber, der offenbar den Chef vor der jungen Dame heraushängen lassen wollte, die ihn begleitete und die Zeller noch nicht kannte. Ein Umstand, der sich gleich ändern würde, denn die beiden kamen auf ihn zugelaufen.

»Paul, ich möchte dir unsere neue Mitarbeiterin vorstellen. Eine der Besten im Kurs ihres Jahrgangs an der Polizeihochschule in Böblingen. Ich hatte es dir vor einiger Zeit gesagt. Sie heißt ... Ach, das kann sie dir alles selbst sagen. Bitte, junge Dame«, fügte er mit einem süßlichen Lächeln hinzu.

»Elli Jones. Ich freue mich, Sie kennenzulernen, Herr Kriminalhauptkommissar«, sagte sie brav und streckte ihm die Hand entgegen.

Zeller musterte sie kritisch. Wer so eng verbandelt mit Bausinger war, konnte nichts taugen. Sie würde nicht lange bleiben. Sicherlich nur eine Praktikantin auf der Suche nach der Abteilung bei der Kriminalpolizei, die ihr am besten gefiel. Gerade als er der jungen Frau etwas erwidern wollte, rief Ulrike aufgeregt nach ihm.

»Paul, kommst du mal bitte? Wir haben da was, das wird dich interessieren.«

Als Zeller neben ihr stand, zeigte sie auf die rechte Hand des Toten. An ihr fehlte der Zeigefinger, abgetrennt mit einem sauberen Schnitt. Sie hätten nicht lange nach ihm suchen müssen, erzählte Ulli ihm weiter. Er hatte sich in der Innentasche seines Sakkos befunden.

Etwa zur gleichen Zeit ärgerte sich Berta Abele, als sie an diesem Samstag auf der Arbeit im TK Elevator Testturm erschien. Eigentlich war es ihr freier Tag. Doch gestern am späten Nachmittag hatte man sie angerufen und gefragt, ob sie nicht noch einmal Feuerwehr spielen könne. Genau wie schon die Wochen zuvor. Wieder war jemand plötzlich erkrankt. Es sei aber wirklich das letzte Mal in diesem Monat.

Na gut, hatte sie zu sich gesagt. Ihre Partnerin würde Ramona sein, das junge Ding. Mit ihr arbeitete sie gern. Sie würden rasch fertig werden, denn Ramona war genauso schnell wie sie. Keine Trödlerin wie so manche andere Kollegin. Da konnte man sich nebenbei auch noch ein wenig unterhalten.

Doch am späten Abend hatte Ramona sie zu Hause angerufen und sich bei ihr abgemeldet. Das war schon wirklich nett von ihr, ehrlich. Die Begründung dagegen weniger. Sie hatte schweren Durchfall und konnte unmöglich arbeiten kommen.

Als ob ganz Rottweil mit diesem Virus befallen wäre und eine Magen-Darm-Grippe hätte. Jetzt fehlte Ramona also auch noch! Wie schon so oft in der letzten Zeit. Da war etwas, was sie ihr verschwieg, war sich Berta sicher. Wahrscheinlich war sie doch schwerer erkrankt, als sie zugab.

Doch Berta machte sich nichts vor. Bestimmt war es die letzte Chance für Ramona gewesen. So etwas konnte sich niemand ewig erlauben. Egal, wie lange man schon in der Firma beschäftigt war. Der Chef hatte ihr bereits beim vergangenen Fernbleiben gedroht, dass sie sich nach einem anderen Job umschauen solle, nach einem, der ihre Gesundheit nicht so strapaziere. Es gebe genug Anfragen, sie würden vor seinem Büro geradezu Schlange stehen. Jeden Tag! Sofort würde er eine neue Putzkraft einstellen können. Unter Tränen hatte Ramona ihn angefleht, sie zu behalten. Sie brauche das Geld. Unbedingt! Er hatte sich erweichen lassen. Das letzte Mal, wie er gesagt hatte. Und nun fehlte sie schon wieder.

Seufzend öffnete Berta die Eingangstür zum Turm. Verwundert stellte sie fest, dass gar nicht abgeschlossen war. Das hatte sie noch nie erlebt, seitdem sie hier in der Frühschicht arbeitete.

Sie zog ihre Jacke aus und hängte sie an einen Haken neben ihrem Spind. Dann ging sie in den Nebenraum, in dem sich die Sanitärartikel befanden, und belud ihren Wagen mit den fehlenden Flaschen, Handtüchern und Lappen. Noch zwei weitere Toilettenreiniger aufgeladen und sie konnte loslegen. Berta schaute auch nach der Essigessenz und angelte sich einen neuen Wischmopp aus dem Ständer. Lieber ein bisschen mehr mitschleppen als zu wenig. Sie mussten schließlich später nach oben in den Konferenzraum. Der war heute dran, gestern hatte es eine Abendveranstaltung gegeben.

Den Aufstieg mit dem Fahrstuhl in diese luftige Höhe vertrug sie nicht gut. Schließlich war sie vergangene Woche stolze 70 Jahre alt geworden und hatte eigentlich nie im Leben daran gedacht, dass sie in diesem Alter immer noch arbeiten würde. Aber sie tat es gern. Die Putzerei war nicht besonders anspruchsvoll und der Lohn dafür nicht schlecht. Da blieb etwas für ihre Enkel übrig. Welche Oma steckte ihren Lieblingen nicht gern etwas zu?

Ein lautstarkes und übertrieben frisches »Guten Morgen« schlug ihr mit einem sächsischen Unterton brutal in den Magen. »Na, Berta, wie geht's dir? Oh, mir geht's gar nicht gut. Kurt war gestern Abend nämlich bei mir. Der hatte ein wunderbares Wässerchen dabeigehabt. Mann, war das gut. So richtig fruchtig. Jetzt geht's mir schlecht. Hab ich einen Brand! Ich verdurste fast.«

Berta war bedient. Auch das noch, schoss es ihr durch den Kopf, diese vorlaute und primitive Kuh Gudrun Zetsche hatte man ihr zugeteilt. Es hätte nicht schlimmer kommen können. Der Tag war gelaufen. Wäre sie doch bloß zu Hause geblieben. Es gab nichts Schlimmeres als diese Kampfdrohne.

Wortlos hielt sie der drallen Frau ihre Wasserflasche hin. Gudrun griff hastig danach und trank sie in gierigen Zügen leer.

»Oh, danke, Berta. Das war meine Rettung. Habe ich heute einen schlimmen Schädel. Das hämmert wie verrückt«, jammerte sie weiter. Mit dem Handrücken wischte sie ihren Mund trocken und zog dabei geräuschvoll die Nase hoch.

»Nimm doch wenigstens ein Taschentuch. Das ist ja nicht zum Aushalten mit dir. Los jetzt! Wir sind spät dran.«

Sie begannen ihre Arbeit im Eingangsbereich, reinigten die Kassenschalter und wischten die Scheiben ab. Der Boden war schon fertig geputzt. Dafür gab es einen fahrbaren Kärcher. Das wäre ja auch noch schöner gewesen, jeden Morgen hier den Schmutz der vielen Besucher herauszuwischen. Da hätten sie schon um vier anfangen müssen.

Danach ging es in die Sanitärräume. Berta hatte es geahnt. Ihre Kollegin machte sich erst einmal aus dem Staub und verschwand im Frauenklo. Berta nahm sich stattdessen die Herrentoilette vor. Rasch putzte sie den Waschbereich, um dann die Kabinen mit ihrem Mopp zu beglücken. Als sie bei der letzten Kabine angelangt war, bemerkte sie neben der Kloschüssel auf dem Boden etwas Ungewöhnliches. Es war nichts Besonderes, wenn hier im Klo nach einem Abend mit viel Publikum etwas herumlag. Irgendjemand verlor immer etwas, aber das da war wohl eher selten. Ein schwarzes Schlüsseletui in Form eines Eishockeyschlägers mit einem großen K in einer dreizackigen Krone darauf. Seufzend bückte Berta sich und steckte das Etui in die Tasche ihres Arbeitskittels. Sie würde es unten am Empfang hinterlegen. Sicher würde bald jemand danach fragen.

Jetzt sah sie auch noch einen blassrosa Blutfleck auf dem Boden. Angestrengt versuchte sie, ihn zu entfernen, was gar nicht so einfach war. Mehrfach musste sie mit dem Lappen darüberschrubben, ehe er endlich verschwunden war. Wahrscheinlich hatte da gestern jemand Nasenbluten gehabt, dachte sie sich. Am Morgen des vorangegangenen Tages war der Fleck jedenfalls noch nicht da gewesen. Sie hätte ihn beim Reinigen bestimmt nicht übersehen. Im selben Moment hörte sie, wie jemand die Toilette betrat. Sie erschrak. Wer konnte das um diese Uhrzeit sein? Mit einem raschen Blick sah sie noch einmal nach dem Fleck. Er war nicht mehr zu sehen. Zufrieden schloss sie die Tür hinter sich.

Es war kein fremder Besucher, den sie gehört hatte, sondern ihre Kollegin. Als ob sie nichts anderes zu tun hätte, als ihr nachzuschnüffeln.

»Was hast du denn so lange in der Kabine gemacht? Hat da wieder einer rumgesaut?«, wollte Gudrun prompt von ihr wissen.

»Bist du endlich fertig mit deinem Geschäft?«, erwiderte Berta unwirsch und ging gleich in den Gegenangriff über: »Muss ich wieder alles allein machen? Jedes Mal, wenn ich mit dir arbeite, kommst du mit irgendwelchen Ausreden daher. Mal ist es dein Kreuz oder du hast dir dein Bein vertreten und kannst nicht mehr laufen. Oder du hast plötzlich ganz schlimmen Durchfall und kommst nicht vom Klo runter. Immer ist es etwas anderes. Aber nicht mit mir, meine Liebe. Mich verkaufst du nicht für dumm. Geraucht hast du auch schon wieder. Das rieche ich doch! Los jetzt, ab nach oben. Der Konferenzraum ist noch schmutzig. In ein paar Stunden kommen die Besucher. Da müssen wir fertig sein und alles muss glänzen. Ich hole jetzt geschwind den Schlüssel für den Aufzug.« Resolut marschierte sie an Gudrun vorbei.

»Berta, das dürfen wir nicht«, sagte die kleinlaut zu ihr.

»Papperlapapp. Sonst hast du immer die große Klappe, aber auf einmal kommen dir wegen dieser kleinen Fahrt Bedenken. Hättest du mal lieber auf die Uhr geschaut, als du gekommen bist.«

Sie nahmen den Panoramaaufzug trotz ausdrücklichen Verbots der Geschäftsleitung. Der war schön geräumig. In ihm konnte Berta einigermaßen entspannt bis nach oben fahren, ohne eine klaustrophobische Attacke zu bekommen. Die rasende Fahrt dauerte nicht lange. Am großen Konferenzraum ließen sie den Aufzug anhalten. Als die Tür sich öffnete, schlug ihnen ein erbärmlicher Gestank entgegen. Misstrauisch schaute Berta in den Gang, doch hier oben sah es aus wie immer. Gudrun schob den Wagen. Wie immer stellte sie sich tollpatschig an und hätte Berta nicht blitzschnell zugegriffen, wäre er umgekippt. Das wäre eine schöne Sauerei geworden.

Etwas verwundert stellte sie fest, dass der Aufzug sich in Bewegung setzte. Um diese Zeit war außer den Sicherheitsleuten niemand auf dem Testturmgelände zu finden, geschweige denn im Turm selbst. Sie hatte es noch nie erlebt, dass einer von ihnen um diese Zeit im Aufzug nach oben kam. Aber heute war alles anders.

Die Tür zum großen Konferenzzimmer stand offen. Je näher sie dem Raum kamen, desto stärker wurde dieser Gestank. Was war das nur, dachte sich Berta und hielt sich mit einer Hand die Nase zu. Gudrun stieß ihre Kollegin zur Seite und rannte ins Konferenzzimmer. Kaum war sie darin verschwunden, schrie sie fürchterlich. Berta folgte ihr augenblicklich. Auch sie stieß einen grellen Schrei aus. Der Anblick war einfach nur grauenhaft.

Die beiden Frauen machten augenblicklich auf dem Absatz kehrt und rannten zurück zum Aufzug. In der Aufregung stieß Berta gegen den Putzwagen. Er fiel krachend um und die verschiedenen Flaschen, Tuben und Dosen verteilten sich quer über den Flur. Endlich am Aufzug angekommen, drückte Berta wie wild auf den grünen Knopf. Immer wieder. Doch der Fahrstuhl war noch unterwegs. Hand in Hand standen die beiden Frauen dicht nebeneinander und warteten. Endlich kam der Lift in ihrer Etage zum Stehen. Die Tür öffnete sich mit einem zischenden Geräusch. Erschrocken riss Berta die Augen auf. »Nein! Bitte nicht«, rief sie aus und hob schützend ihre Arme über den Kopf. Doch vergeblich. Wuchtig krachten mehrere Schläge auf ihren Schädel nieder. Leblos sank sie zu Boden. Gudrun rannte schreiend davon. Doch es half nichts, sie war zu langsam. Auch sie bekam einen schweren Schlag auf den Hinterkopf. Weitere folgten. Doch die bemerkte sie nicht mehr. Auch sie war tot.

KAPITEL 3

Kriminalhauptkommissar Paul Zeller stand stumm neben seiner neuen Assistentin vor dem Aufzug des TK Elevator Testturms und wartete. Was war heute nur los, überlegte er dabei, ohne sich etwas anmerken zu lassen. Vor nicht einmal 100 Minuten waren sie beim ermordeten Richter Schuhmacher gewesen und nun gab es einen weiteren Fall. Wieder Mord. Zwei Tote. Warum nur war er nicht nach Wien geflogen? Vielleicht wäre er gerade um diese Uhrzeit im Café Central in der Wiener Herrengasse gesessen und hätte ein Stück Sachertorte mit einem großen Mokka vor sich stehen gehabt. Oder im Prater in einer Gondel des Riesenrades hoch über der Stadt. Es wäre so friedlich gewesen, so erholsam und inspirierend. Doch er war hier, in seinem Rottweil, welches er seit knapp zwei Stunden nicht wiedererkannte.

So viele Opfer gab es sonst nicht einmal in einem ganzen Jahr. War es Zufall oder Absicht? In Anbetracht der geringen Kriminalitätsrate in Rottweil hätte er eigentlich zu Ersterem tendiert. Aber etwas in ihm war skeptisch. In seinem langen Polizistenleben hatte er gelernt, dass es keine Zufälle gab. Wenn er den Gedanken weiterspann, wurde es noch fürchterlicher. Denn wenn es kein Zufall war, dann wäre alles akribisch geplant gewesen. Keine Bluttat im Affekt. Und vielleicht waren diese Taten erst der Anfang? Er hoffte inständig, dass es anders war. Der Beginn einer Mordserie, hier in dieser Stadt, überstieg seine Vorstellungskraft.

Noch immer warteten sie auf den Aufzug. Mit einem Seitenblick schaute er auf die junge Frau neben sich. Eigentlich hätte er etwas zu ihr sagen müssen. Doch er schwieg. Er hatte mit sich zu tun. Worüber sollte er sich auch mit ihr unterhalten? Die Themen dieser Generation waren nicht die seinen. Für Social Media war er zu alt. Für ihre Musik genauso. Überdies kam erschwerend hinzu, dass ausgerechnet sein Vorgesetzter diese Frau Jones ausgesucht hatte – wahrscheinlich um ihn zu bespitzeln. Also schwieg er lieber. Über das Wetter zu reden war für ihn pure Zeitverschwendung.

Zeller vermied es in der Folge krampfhaft, Jones anzuschauen, und blickte stur auf die Tür des Aufzuges. Als ob dort die Lösung ihres Falles geschrieben stünde. Jetzt bewegte sich was in dem Schacht. Der Aufzug hielt vor ihnen an, die Tür öffnete sich. Drei Männer standen darin, einer davon trug die rote Jacke des Notfallarztes, die beiden anderen die Uniformen der Rettungssanitäter. Sie nickten sich zu.

»Hallo, Paul. Auch schon auf? Hätte ich gar nicht gedacht von dir«, begrüßte ihn der Notarzt vertraut. Sie kannten sich seit vielen Jahren.

»Da fragst du noch, Lothar? Kennst mich doch. Du bist schon fertig? Nichts mehr zu tun da oben?«, entgegnete Zeller gleich mit mehreren Fragen und ahnte sogleich die Antwort. Die irrwitzige Hoffnung, dass es nicht so schlimm werden würde wie angenommen, war gegenstandslos. Wenn der Notarzt so rasch den Tatort verließ, dann gab es aus medizinischer Sicht nichts mehr zu tun. Jetzt erfolgte eine fließende Übergabe an die andere Zunft, die Bestatter. Sie würden die beiden Toten in einen Alu-Sarg packen und in die Rechtsmedizin nach Tübingen zur Obduktion bringen. Vorher musste sie der Staatsanwalt anordnen. Obduktionen waren teuer.

»Ich hätte mir den Weg sparen können. Leider. Da oben sieht es aus wie in einem Schlachthaus. Ich hoffe, ihr habt gut gefrühstückt. Schönen Tag noch.« Er machte eine grüßende Handbewegung an den nicht vorhandenen Hut und verschwand.

Zeller und Jones betraten die Kabine. Hinter ihnen schlossen sich die Türen. Die mitfahrende Angestellte des Testturms drückte einen Knopf und der Fahrstuhl setzte sich lautlos in Bewegung.

Unauffällig musterte Zeller seine neue Kollegin. Seine langjährige Erfahrung hatte ihm im Voraus gesagt, was er sehen würde in ihrem hübschen Gesicht: Diese Mischung aus Aufgeregtheit und Lampenfieber, verbunden mit der Freude, zu einem ersten richtigen Einsatz mitgenommen zu werden, und die zögerliche Angst vor dem, was sie erwarten würde. So war es bei allen gewesen, die er an seiner Seite eine Weile durch den Polizeialltag mitgenommen hatte. Keine hatte es bisher lange bei ihm ausgehalten. Außer Susanne, die war nicht unterzukriegen gewesen. Bis es nicht mehr gegangen war zwischen ihr und Zellers Chef. Dazu diese fatale Fehlentscheidung. Es hätte nie so weit kommen dürfen. Doch daran war nur Bausinger schuld gewesen.

Immerhin schien seine Neue ihre Aufregung gut im Griff zu haben und redete nicht pausenlos auf ihn ein. Oder hatte ihr das erste, unfreundliche Treffen mit ihm die Sprache verschlagen und sie war vorsichtig geworden? Fast tat es ihm leid, ihr nicht die Hand gegeben zu haben. Egal, sie würde es verkraften. Und wenn nicht, war es ihr Problem.

Er bemerkte nicht ohne einen Anflug von Sympathie, dass sie sich mit ihren Fragen tapfer zurückhielt. Es fiel ihr sicherlich nicht leicht. Erst Anfang letzten Monats hatte man ihm die Lehrgangsbeste an der Polizeihochschule Baden-Württemberg in Böblingen angekündigt. Nach ihrer Polizeiausbildung war sie kurze Zeit in Stuttgart gewesen und später auf diesem Lehrgang. Er hatte die Information gleich wieder vergessen und sich nicht weiter darum gekümmert. Schließlich hatte er anderes zu tun gehabt. Erst als Bausinger Jones heute Morgen vorgestellt hatte, war es ihm wieder eingefallen. Sein Chef hatte sie ihm damals schon angepriesen wie einen Rohdiamanten, den es galt, behutsam zu formen. Auch wenn es nicht der richtige Ausdruck für die Bearbeitung eines Diamanten war, gefiel Paul die Wortwahl besser. Ein Schleifer wollte er keinesfalls sein. Dafür konnte Bausinger andere nehmen.

»Sie heißen Elli Jones?«, ließ sich Zeller zu einer Frage hinreißen.

»Ja.«

»Woher?«

»Aus Triberg. Jedenfalls die letzten 20 Jahre.«

»Und vorher?«

»Israel.«

»Echt?«, gab er zurück und war kurz interessiert, fragte aber nicht weiter nach und so verebbte das gerade begonnene Gespräch wieder.

Während sie in einer enormen Geschwindigkeit nach oben brausten, schaute er versonnen durch die Panoramafenster nach draußen. Wie schön hätte diese Fahrt sein können, wenn man sich nur an der ständig verändernden fantastischen Aussicht hätte berauschen können. Ewig hätte er so weiterfahren können. Egal, wie hoch. Doch sein Wunsch blieb unerhört. Fast unmerklich wurde der Fahrstuhl abgebremst und die Fahrt war beendet. Als sich die Türen öffneten, zögerten sie zunächst, hinauszutreten. Die Worte des Notarztes hallten noch nach. Außerdem schlug ihnen ein erbärmlicher Gestank entgegen. Es roch wie in einem Schweinestall. Zeller gab sich einen Ruck und sagte zu seiner Kollegin, die ihn mit angstvollem Blick ansah:»Na los, Jones. Es wird schon nicht so schlimm werden. Bleiben Sie hinter mir. Ist besser so. Und halten Sie sich ein Taschentuch vor die Nase.«

Mehrere Kriminaltechniker, verhüllt in ihren weißen Ganzkörperanzügen, liefen, standen oder knieten um zwei Hügel mit abgedeckten Inhalten. Der eine direkt neben dem Aufzug, der andere um die 30 Meter weiter weg. Der Notarzt hatte nicht übertrieben mit seiner Warnung. Blut und Gehirnmasse waren weiträumig auf dem Boden des Korridors verteilt. Hier hatte ein wahres Gemetzel stattgefunden. Er konnte sich nicht erinnern, schon einmal etwas Ähnliches gesehen zu haben.

Als er sich die Leichen unter den Tüchern zeigen ließ, vernahm er einen dumpfen Aufprall hinter sich, wenige Meter vom Aufzug entfernt. Seiner Begleiterin war der Anblick um diese Uhrzeit wohl zu viel. Zeller tat so, als habe er es nicht bemerkt. Sie wird schon wieder hochkommen, dachte er nur. So etwas gehörte zum Anfang bei der Kripo dazu. Erst später würde man bei solch schrecklichen Bildern nicht mehr das Bewusstsein verlieren.

Er brauchte nicht lang hinzuschauen, um einen ersten Eindruck zu gewinnen. Beide Frauen hatten die gleiche Todesursache erlitten. Jeder von ihnen war der Schädel mit brachialer Gewalt eingeschlagen worden. Das konnte kein Mensch überleben. Keine Chance.

Er sah die Leiterin der Spurensicherung vor einem der Tücher knien und lief zu ihr. »Ulli, du schon wieder. Ich sehe dich seit Neuestem öfter als meinen besten Freund. Gegenüber dem Anblick heute Morgen allerdings sieht es ja hier echt schlimm aus. Da war der tote Richter eine wahre Augenweide.«

»Als ob du Freunde hättest, Paul. Die wenigen, die dafür infrage kämen, sind schon lange davongelaufen oder tot.«

»Ach, komm. So schlecht bin ich doch gar nicht«, versetzte er. »Hast du schon was Besonderes gefunden?«

Sie schüttelte zögernd den Kopf. »Noch nicht, Paul. Wir haben gerade erst angefangen. Es ist ein schrecklicher Tag, den ich bestimmt nicht so schnell wieder vergessen werde. Wir kommen mit der Arbeit kaum hinterher. Heute Morgen da draußen, jetzt hier drin. Meine Truppe musste sich teilen. Drei Kollegen sind beim Hofgerichtsstuhl, der Rest hier. Immerhin haben wir hier weniger Gaffer. Eines aber passt nicht und macht mich nachdenklich.«

»Was? Raus damit.«

»Die Ältere von den beiden, die vorn am Fahrstuhl liegt, trägt nur einen Unterrock. Sie wird wohl kaum so gearbeitet haben.«

»Das ist eigenartig. Habt ihr den fehlenden Arbeitskittel gefunden?«

»Noch nicht. Aber wenn es sein muss, krempeln wir den gesamten Turm nach dem Kleidungsstück um. Egal, wie lange er dann geschlossen bleiben muss.«

»Kannst du was zur Tatzeit sagen?«, versuchte Zeller erneut, Ulli ein paar Informationen zu entlocken.

»Es ist noch keine drei Stunden her. Der Notruf von hier kam um 6.40 Uhr. Viel früher wird man sie nicht getötet haben. Irgendwann zwischen ihrem Arbeitsbeginn und dem Anruf. Genauer geht's nicht. Die Todesursache scheint klar, so eine rohe Gewalt überlebt niemand. Die jüngere Frau, da weiter hinten, versuchte zu flüchten. Sie kam nicht weit. Der Täter holte sie ein und erschlug sie. Dass kein Mensch ihr Schreien hörte? Man hat sie beide erschlagen wie räudige Hunde. Einfach nur grausam.«

»Die Tatwaffe muss stabil gewesen sein«, entgegnete Zeller und kauerte sich neben sie. »Ein Schirm oder ein Spazierstock wird es wohl eher nicht gewesen sein.«

»Auf keinen Fall! So eine Sauerei kann nur etwas Hartes anrichten wie ein Baseballschläger, eine Metallstange oder ein dicker Knüppel«, antwortete Ulrike Brenner und erhob sich.

»Oder ein Golfschläger«, sagte Zeller mehr zu sich selbst und schaute nachdenklich drein. Er meinte sich zu erinnern, im Foyer eine Tasche mit mehreren Golfschlägern stehen gesehen zu haben.

»Kann gut sein. Es gibt viele Möglichkeiten«, erwiderte die Kriminaltechnikerin dünnhäutig.

»Ich muss dir noch etwas zeigen. Du wirst erstaunt sein.« Er folgte ihr in den großen Konferenzraum. Der Gestank wurde immer grässlicher. Elli Jones, gerade ein wenig erholt, war zu ihnen gestoßen und hielt sich ein Taschentuch vor die Nase. Angewidert drehte sich die junge Frau bei dem Anblick gleich wieder weg.

Zeller traute seinen Augen nicht. Was sollte das sein? Eine Protestaktion mit Symbolcharakter? Hatte der Vortrag vom gestrigen Abend damit zu tun? Oder ging es gegen die Firma, die den Turm erbaut hatte? Mitten im Konferenzraum hing ein Schwein von der Decke. Der Bauch war geöffnet, aus ihm baumelten die Gedärme heraus. In die Schnauze hatte man dem Tier einen Packen Geldscheinattrappen gesteckt. »Zur Abwechslung wirklich was Neues, Ulli. Den Mord an einem Schwein habe ich bisher noch nie untersuchen müssen. Was soll Jones hier neben mir davon halten? Sie wird sich fragen, wo sie hineingeraten ist. Tierkadaver, ein ermordeter Richter und zwei erschlagene Frauen. Etwas viel für einen einzigen Tag.«

Er stellte seine blasse Kollegin und die Kriminaltechnikerin gegenseitig vor. Ulli Brenner lächelte Jones freundlich an. Irgendjemand musste ihr den Tag retten. Zeller würde es bestimmt nicht sein. »Ist für mich auch neu. Weder in der Ausbildung noch in Verbindung mit einem Mordfall habe ich so was schon gehabt. Allerdings hatte ich schon mit allerlei anderen Schweinen zu tun – unterschiedlichen Alters, beruflicher Position und Geschlechts. Wenn das nichts zu bedeuten hat … Ich habe die Sau extra für dich hängen lassen und hoffe, du dankst es mir einmal«, sagte sie zu Paul.

»Aber natürlich! Das weißt du doch. Ich bin gespannt auf den Todeszeitpunkt. Hing das Schwein schon, als die beiden Frauen den Raum betraten, oder hat man es später hier drapiert? Ich denke mal, es war schon da. Alles andere ergibt wenig Sinn.« Zeller hatte genug gesehen und verließ mit seiner neuen Kollegin den Konferenzraum. Draußen wandte er sich ihr zu: »Ich hoffe, der Tag heute wird Sie nicht von der Verwirklichung Ihres Berufswunsches abhalten. So etwas habe ich auch noch nicht erlebt. Glauben Sie mir. Und wahrscheinlich werden Sie das auch nie mehr erleben. Damit Sie auf andere Gedanken kommen, bringen Sie in Erfahrung, was hier gestern für eine Veranstaltung stattgefunden hat, wer referiert hat und wie viele Besucher da waren. Vielleicht ist eine Liste für Kartenvorbestellungen vorhanden. Dann haben wir Informationen darüber, wer anwesend war. Und lassen Sie bei den Bauern der Umgebung nachfragen. Ich will wissen, wem eine Sau abhandengekommen ist. Allerdings braucht derjenige nicht zu denken, dass er die zum Verwursten mitnehmen kann. Die geht nach Tübingen.«

»Jetzt gleich?«

»Nein, Jones, nächstes Jahr. Oder vielleicht übernächstes? Was stellen Sie für Fragen? Natürlich sofort! Wir brauchen Fakten.«

Sie nahmen den Panoramaaufzug nach unten. Eva, eine junge Polizistin, die gerade ihre Ausbildung beendet hatte, kam im Foyer auf Zeller zu. »Herr Kriminalhauptkommissar, im Raum zwei wartet die verantwortliche Turmmanagerin. Möchten Sie mit ihr sprechen? Sie heißt Elke Schatz.«

Er nickte und entschuldigte sich bei Jones. Dann folgte er der anderen Kollegin in das Zimmer neben dem zentralen Besuchereingang.

Dort stellte er sich kurz vor und setzte sich der Turmmanagerin gegenüber. Sie sah mitgenommen aus, weinte unaufhörlich und wischte sich ständig mit einem Taschentuch die Augen trocken. Das Make-up der adretten Frau um die 40 war verwischt. Schluchzend schnäuzte sie sich. Zeller wartete. Er wollte sie nicht drängen. Hier würde ein zu forsches Befragen das Gegenteil von dem bewirken, was er erreichen wollte. Er würde nichts erfahren. Als sie sich allmählich beruhigt hatte, sagte sie zu ihm: »Schrecklich. Einfach nur furchtbar. Berta war so eine treue Seele. Eigentlich hatte sie heute frei. Sie hätte gar nicht kommen müssen. Doch die Kollegin, die für heute eingeteilt war, musste sich krankmelden. Als ob sie es geahnt hätte. Berta ist deshalb kurzfristig eingesprungen. Man konnte immer auf sie zählen.«

»Sie waren zu zweit.«

»Ja, die andere Frau hieß Gudrun. Auch sie hat eine erkrankte Mitarbeiterin vertreten. Doch die Gudrun war das Gegenteil von Berta. Aber was soll man machen, es gibt nicht mehr viele gute Kräfte für diesen Job. Wer will sich denn heutzutage noch die Hände schmutzig machen! Da waren wir froh, dass ...« Sie verstummte wieder. Der nächste Weinkrampf schüttelte sie. »Bitte entschuldigen Sie, Herr Polizist. Es ist einfach abscheulich. Ich muss immerzu heulen. Dagegen kann ich nichts machen«, sagte sie schließlich etwas gefasster.

»Kein Problem, Frau Schatz. Sie sagen uns, was Sie gesehen haben, wenn Sie es können. Lassen Sie sich Zeit. Das wird schon noch«, beruhigte er sie.

Sie nickte und wischte sich wieder mit dem zerknüllten Taschentuch über die Augen.

Der Kommissar versuchte es erneut. »Ist Ihnen etwas aufgefallen, als Sie den Turm betraten?«

Die Frau schüttelte den Kopf. »Nichts Ungewöhnliches. Es war wie jeden Tag. Die Schicht der Putzkräfte begann gegen 6 Uhr. Schließlich hätten wir heute unseren Turm ganz normal geöffnet und da kommen wirklich viele Leute zu uns. Da muss alles sauber sein. Es gab jede Menge Vorbestellungen für Führungen und Einzelbesuche. Die meisten Tickets werden über unseren Onlineshop geordert.«

»Gibt es einen Portier oder einen Sicherheitsdienst?«

»Nur einen Portier als Wachdienst in Personalunion. Der ist dann mit der Polizei verbunden. Zweimal die Nacht kommt eine Streife vorbeigefahren, einmal um Mitternacht, dann noch mal gegen vier.«

»Wer hatte Dienst in der vergangenen Nacht?«

»Eduard Seidel. Er war die gesamte letzte Woche zuständig. Es wird wöchentlich gewechselt. Bei großen Veranstaltungen hilft manchmal stundenweise Personal von einem anderen Sicherheitsunternehmen.« Wieder kamen der Frau die Tränen.

Zeller stand auf. Von ihr würde er heute nichts Verwertbares mehr erfahren. »Frau Schatz, es ist gut für heute. Kommen Sie morgen in mein Büro. Es ist zwar Sonntag, aber Ihre Aussage ist wirklich wichtig, das brauche ich Ihnen nicht extra zu sagen. Morgen können

Sie mit mir oder mit einem meiner Kollegen über alles in Ruhe reden. Man wird sich jetzt um Sie kümmern und Sie gern nach Hause bringen, wenn Sie möchten.« Mit einem Kopfnicken gab er der soeben eingetroffenen Polizeipsychologin ein Zeichen.

Gerade als er den Raum verlassen wollte, rief die Managerin ihm aufgeregt hinterher: »Herr Kommissar, da war doch noch was. Fast hätte ich es vergessen. Als ich gleich nach dem Notruf gegen 7 Uhr zum Turm kam, war Ede Seidel vom Sicherheitsdienst nicht im Foyer an seinem Platz, wie sonst in aller Regel. Und trotzdem konnte ich eintreten, ohne den Pin eingeben zu müssen. Es war aber kein Mensch da. Erst nachdem ich laut nach Seidel gerufen habe, ist er erschienen.«

»Wo ist er gewesen?«

»Das weiß ich nicht. Er trug eine Papierrolle im Arm. Er sagte, er käme aus dem Raum für die Reinigungskräfte. Seine Jacke hatte einen deutlich sichtbaren nassen Fleck. Er hatte etwas verschüttet. Wenn Sie mich fragen, sah es wie Rotwein aus. Doch ich kann mich auch irren.«

»Ist die Tür um diese Uhrzeit immer nur über den Pin zu öffnen?«

»Oder mit dem Chip, den braucht man nur dranzuhalten. Meistens winke ich aber einfach nur dem anwesenden Sicherheitsbeamten zu und dieser öffnet mir dann die Eingangstür von seiner Theke aus. Der Betrieb geht ja erst viel später los. Heute war die Tür aber wie gesagt gar nicht verschlossen.«

Zeller dankte ihr und versuchte, freundlich zu lächeln, obwohl er mit seinen Gedanken längst woanders war.

Der Hinweis auf Seidels Abwesenheit konnte wichtig sein. Was hatte der Mann gemacht, als Frau Schatz im Turm erschienen war? Hatte er wirklich etwas verschüttet und war gerade dabei gewesen, das Malheur zu beseitigen? Und konnte der Fleck nicht viel eher von Blut herrühren als von Rotwein? Er dankte der Turmmanagerin und versuchte, Jones zu finden. Doch sie war nirgendwo zu sehen.

Zeller lehnte sich an die Theke und wartete. Sein Smartphone fing an zu schellen. Es war Anne. Sie machte sich Sorgen um ihn. Normalerweise hätte er wenigstens einmal durchgerufen, wenn er schon so mir nichts, dir nichts verschwand. Ihre Stimme klang aufgeregt. Es war besser, wenn er sich beeilte, nicht, dass dieser Zustand sich noch hochschaukelte. Das wollte er unbedingt vermeiden. Er versuchte, sie zu beruhigen, was ihm ganz gut gelang. Jedenfalls hörte sie sich schon nach kurzer Zeit entspannter an. Es werde spät werden heute, sagte er ihr. Leider. Sie solle nicht auf ihn warten.

Beim Verstauen seines Smartphones in der Manteltasche fühlte er den Flachmann. Er verzog sich auf die Besuchertoiletten im Foyer, angelte sich den Schnaps aus der Innentasche seines Mantels und nahm einen tiefen Schluck daraus. Jetzt konnte es weitergehen. Anne würde schon klarkommen.

KAPITEL 4

Zeller rief die junge Polizistin Eva zu sich. Sie schien in diesem Chaos den meisten Durchblick zu besitzen. Von ihr ließ er sich zum diensthabenden Wachmann führen. Nur eine Person als Nachtwache in einem millionenteuren Gebäude – das verwunderte den Kommissar. Reichte das im Zweifel aus?

Der Mann saß nicht allein in dem kleinen Besprechungszimmer. Ein Kollege passte auf, dass er nicht das Weite suchte. Mit einem Kopfnicken entließ der Hauptkommissar den Beamten aus dem Zimmer. Zeller stellte sich dem Wachmann vor, zeigte seinen Dienstausweis und fragte nach dessen Namen.

»Eduard Seidel«, kam die knappe Antwort. »Und das seit über 30 Jahren«, fügte der Mann patzig hinzu.

»Sind Sie schon lange hier angestellt? Oder andersherum, gehören Sie zu den Angestellten der ersten Stunde seit der Turmeröffnung?«, fragte der Hauptkommissar in einem vertraulichen Ton.

»Nein, ich kam später dazu. Jetzt werden es an die sechs Monate sein.« Seidel riss plötzlich den Mund auf und gähnte herzhaft.

»Wieso arbeiten Sie hier und nicht woanders?«, fragte Zeller weiter.

»Ach, Herr Kommissar. Was soll die ganze Fragerei? Kommen Sie auf den Punkt. Oder muss ich Ihnen um diese Uhrzeit meinen gesamten Lebenslauf erzählen? Ich bin müde.«

»Es dauert nicht lange, Herr Seidel. Dennoch muss ich Sie das fragen. Wenn Sie mir helfen, sind wir schneller fertig. Wieso also hier?«

»Es ist praktisch. Ich wohne in Rottweil. Vorher musste ich 50 Kilometer weit zur Arbeit fahren, jetzt nur noch fünf. Fast zwei Stunden weniger Fahrerei am Tag. Ist doch prima, nahe bei seinem Job zu wohnen, auch wenn ich hier weniger Geld verdiene. Aber man kann nicht alles haben im Leben«, erklärte Seidel und nieste. Umständlich kramte er ein Taschentuch aus der Hosentasche und schnäuzte sich dröhnend.

Zeller wartete so lange ab und fragte nun in einem schärferen Ton: »Was war los heute Morgen? Gab es etwas Ungewöhnliches während Ihrer Schicht? Etwas, das anders war als sonst?«

»Nicht, dass ich wüsste. Nur das, was da oben auf der Saalebene geschehen ist. Ich hab die abscheuliche Sauerei entdeckt und sofort die Elke, also Frau Schatz, angerufen. Gleich danach hab ich den Notruf der Polizei gewählt. Aber ich habe weder etwas gehört noch gesehen. Obwohl ich immer an meinem Platz war. Keine Ahnung, wie das passieren konnte«, antwortete Seidel und fügte hinzu: »Wie lange muss ich denn noch hier warten? Ich habe doch schon alles einem Ihrer Kollegen erzählt und bin einfach müde. Verstehen Sie mich?« Er war bedient. Sein ohnehin gerötetes Gesicht verdunkelte sich mit jedem gesprochenen Wort. Mit erhobener Stimme fuhr er fort: »Es war wie immer, wenn abends eine dieser zahlreichen Veranstaltungen stattfindet. Davon gibt es Jahr für Jahr mehr im Turm und wir sollen das alles stemmen. Viele Leute, viel Arbeit, viel

Geschwafel, bis spät in die Nacht. So ein Halbdackel wollte, dass ich ein Taxi für ihn rufe. Als ob ich dafür zuständig wäre. Ich bin hier der Sicherheitsmann und nicht der Butler! Ein anderer Dummschwätzer fragte mich nach dem Turm in Dubai aus, diesem Burj kaliffa, oder wie das Ding heißt.«

»Burj Khalifa, meinen Sie«, verbesserte ihn Zeller.

»Meinetwegen. Der fragte doch allen Ernstes, ob der schon einen Aufzug von TK Elevator hat. Als ob ich das wüsste. Bin ich denn der liebe Gott? Ich hatte alle Hände voll zu tun. Gegen 22 oder 22.30 Uhr war die Veranstaltung vorbei. Ehe alle Gäste das Haus verlassen hatten, war es 23.30 Uhr. Danach räumten die Mädels das Geschirr und die Getränke weg. Erst nach 24 Uhr war alles ruhig.«

»Was haben Sie dann gemacht?«

»Eine geraucht.«

Zeller zog die Augenbrauen hoch. Hatte er nicht gerade behauptet, nie seinen Platz verlassen zu haben? Die Frage, wo er denn seine Zigarette geraucht habe, verkniff er sich. Stattdessen wollte er von ihm wissen: »Sind Sie immer allein? Die ganze Nacht?«

»Eigentlich nicht. Wir sind unterbesetzt. Viele sind krank, andere auf Fortbildung. Die sparen, wo sie können.«

»Und dann? Was passierte heute Morgen, als die beiden Reinigungsfrauen ankamen? Alles wie gehabt?«, hakte der Kommissar nach.

Seidel stieß mit einem lauten Zischen die Luft durch die zusammengepressten Lippen aus. Mit zunehmender Dauer des Gesprächs rutschte der Sicherheitsmann immer unruhiger auf seinem Stuhl hin und her. Wenn er in Richtung des Hauptkommissars ausatmete, ließ sein Mundgeruch Zeller den Atem stocken.

»Alles war wie immer. Nichts Besonderes. Die Mädels kamen um 6 Uhr, trugen sich in die Liste ein und nahmen sich aus dem Abstellraum, was sie brauchten. Es war alles wie an jedem Samstag.«

»Nein, das stimmt nicht! Es war nicht wie immer. Die Mädels, wie Sie sie nennen, wurden getötet. Und Sie hätten das verhindern müssen. Dafür hat man Sie angestellt. Wo waren Sie heute Morgen, als Ihre Chefin kam?«

»Wo soll ich schon gewesen sein! Hier am Tresen natürlich.«

»War die Eingangstür verschlossen?«

»Logisch. Ich hatte Ihnen gesagt, es war wie immer. Außerdem, was soll diese Befragung? Ist ja wie beim Verhör hier.«

»Sie sind Zeuge, Herr Seidel. Zeugen werden immer am Tatort befragt. Das ist Routine. Bitte nur noch eine Antwort auf meine letzte Frage.«

Der Wachmann stand auf und baute sich mit den Händen in den Hosentaschen breitbeinig vor Zeller auf. »Ich höre?«

»Wieso sagen Sie, dass die Tür verschlossen war? Frau Schatz behauptet das Gegenteil. Und wo kamen Sie her, als sie die Halle betrat? Sie waren nicht an Ihrem Platz!«

»Die Schatz, die spinnt doch. Wahrscheinlich hat sie noch nicht richtig ihre Äuglein aufbekommen, so verschlafen wie sie in der Früh hier manchmal erscheint. Natürlich war die Tür verschlossen. Ich selbst habe sie extra kontrolliert. Das mache ich jeden Tag so. Dabei habe ich draußen etwas gesehen. Da stand nämlich ein Auto auf dem Vorplatz. Wohlgemerkt nicht auf dem öffentlichen Parkplatz, sondern auf dem Platz gegenüber dem Mitarbeitereingang. Ich dachte schon, da wird aber lange gearbeitet. Darüber hatte ich mich gewundert. Alle Gäste und Mitarbeiter waren schließlich schon seit Stunden zu Hause.«

»Was für ein Auto? Fabrikat? Farbe? Haben Sie sich das Nummernschild gemerkt?«

»Dieses Auto kam mir bekannt vor. Ein Daimler. Rot. So einen, wie ihn der Schuhmacher fährt. Eine alte Kiste jedenfalls.«

»Wen meinen Sie mit Schuhmacher? Den Richter am Landgericht?«, fragte Zeller alarmiert.

»Na klar meine ich den Richter Unbarmherzig, der hat doch gestern hier referiert. Da drüben hängt noch ein Plakat. Hat man Ihnen das nicht erzählt? Es kam zu einem noch nie dagewesenen Vorkommnis.«

Zeller schaute in die Richtung, in die Seidel zeigte, und las: ›Demokratie und harte Strafen – ist das ein Widerspruch?‹ Er wunderte sich selbst darüber, dass es ihm nicht eher aufgefallen war. »Was für einen Vorfall?«

»Gegen 21.30 Uhr wurde ich gerufen. Da gab es im Konferenzsaal eine lautstarke Diskussion zwischen Schuhmacher und einem Mann. Der wollte sich nicht beruhigen und beschimpfte Schuhmacher als Richter ohne Mitleid, als rabiaten Schreckensherrscher, als Tyrannen in Robe. Da musste ich einschreiten und ihn rauswerfen.«

»Ich denke, Sie haben Ihren Platz nie verlassen?«, merkte Zeller an.

»Sorry, das hatte ich vergessen. Es war das einzige Mal. Ehrlich!«

Zeller machte sich eine Notiz in sein kleines Heft. Das war erstaunlich. Unvermutet ein erster Verdächtiger. Ob er die Personendaten wüsste, fragte Zeller den Wachmann. Seidel verneinte. Wieso auch, der Mann habe den Turm auf seine Bitte hin sofort verlassen.

»Wo ist das Auto des Richters jetzt?«

»Keine Ahnung. Als ich vor ein paar Minuten danach schaute, war es nicht mehr da. Er muss es abgeholt haben. Davor jedenfalls stand es die ganze Nacht da.«

»Das ist unmöglich. Schuhmacher ist seit heute Morgen nicht mehr unter den Lebenden. Befand sich nur dieses eine Auto heute Morgen hier?«

»Nein, drei«, antwortete der Wachmann.

»Drei?«, fragte Zeller verwundert.

»Na, das Auto von dem Richter und der Porsche vom Rechtsanwalt Hirsch«, antwortete Seidel mit Unschuldsmiene.

»Rechtsanwalt Hirsch?«

»Der war auch bei der Veranstaltung und ist danach wahrscheinlich zu Fuß nach Hause gelaufen. Doch auch sein Flitzer ist mittlerweile weg.«

»Und der dritte Wagen?«

»Das war mein Auto«, antwortete der Wachmann mit unverschämtem Grinsen.

Zeller grinste zurück und belehrte den Witzbold. Er könne jetzt gehen, vorerst seien sie fertig. Er solle seine Adresse bei den uniformierten Kollegen hinterlassen und sich verfügbar halten. Zeller störte Seidels freche Art. So obercool aufzutreten angesichts einer wenige Stunden zurückliegenden grausamen Bluttat, warf kein gutes Licht auf ihn. Wenn er annahm, damit durchzukommen, hatte er sich gewaltig geirrt. Da war noch recht viel unbeantwortet geblieben, was dringend geklärt werden musste. Doch die nächste Befragung würde nicht hier im Turm stattfinden. Dafür war das Polizeirevier besser geeignet.

KAPITEL 5

»Haben Sie die Namen aller Teilnehmer? War die gestrige Veranstaltung gut besucht?«, fragte Zeller seine neue Kollegin, kaum hatte er sie im Foyer des Turms wieder angetroffen.

»Es gibt keine Liste der anwesenden Zuhörer. Die Karten wurden nicht online angeboten, sondern von den Veranstaltern ausgegeben. Es war eine Gemeinschaftsveranstaltung des Rotary und des Lions Clubs. Einmal im Jahr findet ein Abend zu einem bestimmten Thema mit einem geladenen Referenten statt. Als Ansprechpartner fungierte der Präsident des Rotary Clubs, ein gewisser Herr Stranger. Über ihn lief alles zusammen. Der Club buchte den Referenten und übernahm die Kosten. Was der Richter für den Vortrag ausgezahlt bekam, weiß ich nicht. Meistens spenden die Referenten den Betrag an eines der Hilfsprojekte ihrer jeweiligen Organisation. Es ist nicht billig, das große Konferenzzimmer im Turm zu mieten. Da legen Sie für vier Stunden schon ein paar Tausend Euro hin. Dazu noch Getränke, Fingerfood und ein kleiner Snack als Bewirtung – man hat sich nicht lumpen lassen. Gleichfalls gab es einen Spendenaufruf an die Gäste für ein Projekt in Südamerika. Das ist bei derartigen Veranstaltungen gang und gäbe. Rotary unterstützt soziale Hilfsprojekte in der ganzen Welt, da wird immer Geld benötigt.«

Zeller hegte schon die Befürchtung, dass Jones mit ihrem Monolog nie zum Ende kommen würde. Als sie eine kurze Pause einlegte, um Luft zu holen, nutzte er den Moment und sagte: »Haben Sie den Präsidenten vom Rotary kontaktiert? Ich kenne ihn persönlich. Er ist ein guter Mann.«

Elli schüttelte den Kopf. »Leider habe ich ihn nicht erreicht. Dafür den vom Lions Club, einen Herrn Brauer. Aus seinem Verein sind insgesamt 35 Leute gekommen. 40 waren ursprünglich angemeldet, also konnten noch fünf Personen aus dem Freundes- oder Bekanntenkreis mitgebracht werden. Die Beschaffung dieser Namen wird etwas Zeit in Anspruch nehmen. Brauer hat versprochen, sich darum zu kümmern.«

»Gut gemacht, Jones. Danke.«

Die junge Kollegin reagierte verlegen auf das unerwartete Lob. Ein Hauch von Röte überzog ihr Gesicht.

Zeller sah ihrer beider Anwesenheit im Turm vorerst als nicht mehr notwendig an. Sie könnten nun verschwinden, beschied er Elli und strebte gemeinsam mit ihr dem Haupteingang zu.

Beim Verlassen des Gebäudes sahen sie sich einer größeren Menschenmenge gegenüber. Die Anzahl überraschte selbst Zeller. Waren Sie alle hierher nach Rottweil gekommen, um von der höchsten Besucherplattform Deutschlands in über 200 Metern einen wunderbaren Blick auf die Alb und das Umland zu riskieren? Dass sie aus Sensationslust wegen des Mordes an den beiden Frauen erschienen waren, bezweifelte er. So rasend schnell konnte sich das kaum in der Stadt herumgesprochen haben. Dafür hätte schon das Schwarze Tor einstürzen müssen. Wahrscheinlich hatte man seitens des Turmbetreibers noch nichts unternommen, potenzielle Besucher über die zeitweise Schließung zu informieren. Jetzt standen sie vor dem Gebäude und warteten. Sicherlich fragten sie sich, was der Rettungswagen bedeutete und warum die Einsatzwagen der Polizei vor dem Eingang standen. Die Leute brauchten eine Erklärung.

Zeller spürte die wachsende Unruhe. Er kehrte zurück in den Turm und ließ die Turmmanagerin rufen. »Sie müssen schleunigst den Leuten da draußen Bescheid geben«, forderte er sie auf. »Die stehen da und warten auf Einlass. Hier kommt an diesem Wochenende aber niemand mehr rein. Das wird Ihnen hoffentlich klar sein.« Frau Schatz würde auf der Stelle handeln müssen.

Das war schließlich ihr Job. »Haben Sie etwas auf Ihrer Homepage vermerkt?«, setzte er nach. »Noch nicht? Dann machen Sie es bitte rasch. Wenn das so weitergeht, stehen da draußen in ein paar Stunden einige Hundert Menschen. Da kann es zu Problemen kommen. Geben Sie auch eine Mitteilung ans örtliche Radio, damit erreichen Sie ebenfalls viele Leute. Kommendes Wochenende sieht es wieder anders aus. Da bin ich mir sicher.«

Frau Schatz wandte sich gerade zum Gehen, als Zeller sie nach einem weniger belagerten Ausgang fragte. Sie führte die beiden zum seitlichen Mitarbeitereingang und ließ sie hinaus.

»Hier soll das Auto vom Richter gestanden haben. Ganz schön clever. Da denkt man doch, es gehört einem, der hier arbeitet«, meinte der Hauptkommissar zu seiner Kollegin.

Sie kamen ohne große Schwierigkeiten an ihren Dienstwagen und fuhren zurück in die Stadt. Zeller rief im Büro an und fragte nach der privaten Adresse von Schuhmacher. Sie war nicht weit weg von hier, zentral gelegen, unterhalb der Königsstraße. Als sie dort eintrafen, sahen sie bereits zwei Autos der K8 vor dem Haus parken. Die sind wirklich auf Zack, dachte sich Zeller, da wird nichts auf die lange Bank geschoben. Ulli Brenner hatte ihre Truppe gut im Griff.

Kaum waren sie an der Wohnungstür angelangt, flogen ihnen zwei weiße Overalls entgegen. Zum dritten Mal an diesem Tag quälten sie sich hinein.

»Ich fasse es nicht, Paul. Schon wieder du. Anscheinend verfolgst du mich«, begrüßte ihn Ulli scherzhaft. Natürlich hatte sie ihn längst erwartet.

Zeller lachte. »Das hättest du wohl gern. Aber leider muss ich dich enttäuschen, du bist nicht der Grund, warum ich hier bin.« Er sah sich um. »Auf den ersten Blick eine ganz normale Wohnung. Ich hätte eigentlich erwartet, dass Schuhmacher anders gelebt hat. Wesentlich mondäner, mit einem alten, aus dunklem Mahagoniholz und bequemen Sesseln bestehenden Herrenzimmer, wo er abends gerne eine Zigarre rauchte und ein Glas Whisky dazu trank. Der Richter bekleidete seinen Posten schließlich schon seit etlichen Jahren. Ob er hier illustre Gäste empfangen hat? Kann ich mir nicht vorstellen. Na, immerhin verfügt die Wohnung über einen Balkon.«

»Wusstest du nicht, dass er geschieden war? Wie es heißt, hat er dabei sein Haus in Zimmern ob Rottweil und nicht gerade wenig Geld verloren. Seine ehemalige Angetraute hat ihn ausgenommen wie eine Weihnachtsgans. Sie lebt jetzt auf Gran Canaria und lässt es sich gut gehen. Das hat ihn total aus der Bahn geworfen. Noch dazu musste er seine zwei Kinder unterstützen, die beide studieren.« Ulli kannte sich blendend aus. Immer wenn Zeller Hintergrundinformationen zu stadtbekannten Leuten benötigte, fragte er zuerst die Leiterin der Kriminaltechnik. Erst wenn sie nichts wusste, und das war äußerst selten der Fall, versuchte er, andere Quellen anzuzapfen.

»Sucht nach Fremdspuren. Vielleicht war der Richter gestern Abend nicht allein. Sein Auto jedenfalls hatte er am Turm stehen gelassen. Außerdem hatte es einen handfesten Streit bei seinem Vortrag gegeben. Von hier aus ist es nicht sonderlich weit bis zum Hofgerichtsstuhl, wo man ihn gefunden hat. Die Strecke könnte ein Mann alleine schaffen, ohne für den Transport der Leiche ein Auto nehmen zu müssen«, überlegte Zeller laut.

»Es ist immer wieder schön, wenn du uns sagst, wie wir unsere Arbeit zu machen haben. Was würden wir nur ohne dich anstellen, Paul«, parierte Ulli die Gedankenspiele des Kommissars.

»Ich meine ja nur«, knurrte der zurück und es war nicht zu übersehen, dass er der Frotzelei überdrüssig wurde. Er schaute noch etwas unschlüssig in der Wohnung umher und sagte dann zu Elli Jones: »Kommen Sie, wir gehen woanders hin. Hier sind wir unerwünscht. Der Tag war bisher schon hart genug, da wird uns eine kleine Pause guttun.«

Sie spazierten von der Wohnung des Richters aus zuerst auf die Königsstraße. Zeller hatte die Hände in den Taschen seines Mantels vergraben. Den schwarzen Borsalino aus Biberhaar hatte er tief ins Gesicht gezogen. Unmittelbar nach dem Café »Herz« blieb er ohne Ankündigung stehen und überquerte die Straße. Ein entgegenkommendes Auto musste abrupt bremsen. Der Fahrer zeigte dem Kommissar den Vogel und schimpfte wie ein Rohrspatz in seinem Fahrzeug. Zeller winkte ab und lief rasch weiter, so schnell, dass Jones Probleme bekam, mit ihm Schritt zu halten. Kaum auf der anderen Seite angelangt, sah die junge Polizistin das Park-Hotel, offenbar der Grund für die gefährliche Straßenüberquerung ihres Kollegen.

Zeller stürmte in das Gebäude und direkt zur Rezeption. Jones folgte ihm.

»Sind alle Ihre Gäste noch im Haus oder haben heute schon welche ausgecheckt?«, fragte der Kommissar, ohne sich lange mit Begrüßungsfloskeln aufzuhalten.

»Wer will das wissen?«, erkundigte sich die schwarzhaarige Frau hinter der niedrigen Theke anstelle einer Antwort. Auf einem weißen Schildchen am Revers ihrer roten Jacke stand »Martina Donatu«.

Zeller zeigte ihr seinen Ausweis und stellte sich vor. Die Frau schaute in ihren PC. »Nein. Sie haben anscheinend Glück, es sind alle noch da. Ein Pärchen will morgen abreisen, zwei einzelne Herren bleiben bis Mittwoch. Sie sind zu dieser Zeit unterwegs. Keiner von ihnen ist im Augenblick im Hotel. Hier, sehen Sie, alle Gäste haben Ihre Schlüssel bei mir hinterlegt.« Sie zeigte mit einer ausholenden Geste zum Schlüsselregal hinter sich. Tatsächlich waren alle Fächer komplett belegt.

»Wer bewohnt die Zimmer mit den Fenstern zur Straße hinaus?«

Frau Donatu überlegte. »Lassen Sie mich kurz nachschauen. Ach, den Herrn hier hatte ich ganz vergessen. Er kam gestern spätabends unangemeldet an und bestand darauf, dass ich ihm noch ein Zimmer zuweise. Es gibt viele Hotels in Rottweil, da musste es doch nicht unbedingt meines sein, oder was sagen Sie? Er hat mich richtig in Stress versetzt und ich musste einiges umplanen. Dazu bezahlte er die Übernachtung im Voraus, also durfte ich ihm auch noch eine Rechnung ausstellen. Anschließend nahm er den Schlüssel entgegen, stellte seine Tasche ab und verschwand wieder. Einfach so.«

»Was ist ›spätabends‹ bei Ihnen?«

»Nach 19 Uhr.«

»Wissen Sie, wohin der Mann wollte?«, fragte Zeller gespannt.

»Er ist gleich zum Testturm gefahren. Da gab es wohl einen Vortrag oder so was Ähnliches. Warum fragen Sie, Herr Kommissar?«

»Haben Sie sein Auto gesehen?«

»Nur kurz. Es war ein SUV oder ein Kleinbus. Ich kenne mich da nicht aus. Die Farbe war jedenfalls dunkel«, antwortete die Rezeptionistin.

»Kann ich den Herrn sprechen?«

Das sei leider nicht mehr möglich, erklärte sie nach einem Blick in ihren PC. Der Gast sei in den frühen Morgenstunden abgereist.

Als Zeller wissen wollte, wann er denn nach dem Vortrag ins Hotel zurückgekehrt sei, konnte sie ihm keine Auskunft geben. Sie selbst habe ihn nicht mehr angetroffen und der Nachtportier, der ihm sicherlich weiterhelfen könne, erscheine erst heute gegen 22 Uhr wieder zum Dienst. Da könne Zeller gerne noch einmal wiederkommen und ihn selbst fragen.

Der Kommissar verlangte die Daten des Gastes. Umständlich schrieb die Rezeptionistin diese auf einen Zettel und versprach, sich bei ihm zu melden, sobald die anderen Herrschaften von ihren Ausflügen zurückkehren würden. Zellers Karte steckte sie sich dafür extra auf die Tastatur ihres PC.

Die beiden Kriminalbeamten verließen das Hotel. Zeller betrachtete den gerade mal 25 Meter entfernt liegenden Tatort von heute Morgen. Rechts daneben das Postamt, davor eine Bushaltestelle ohne einen wartenden Menschen. Am großräumig abgesperrten Ort des

Verbrechens arbeiteten immer noch die Techniker aus Ullis Team. Mittlerweile dehnten sie die Suche auf die angrenzende Wiese aus, bis hin zur Post. Zwei andere überprüften die Parkplätze und den Bürgersteig der danebenliegenden Querstraße.

Zeller widerstand der Versuchung, zu den Kollegen hinüberzugehen und nach den bisherigen Ergebnissen zu fragen. Seine Neugierde kam nicht immer gut an. Manchmal wirkte es so, als ob er ungeduldig sei oder, schlimmer noch, die Techniker bei ihrer Arbeit kontrollieren wolle. Stattdessen fragte er Jones, ob sie Lust hätte, einen Kaffee mit ihm zu trinken.

Sie willigte ein. Dieser Tag war nicht spurlos an ihr vorübergegangen. Da war ein Kaffee genau das Richtige.

Nach ein paar Metern wechselten sie beim Kreisverkehr in die Stadionstraße und liefen weiter geradeaus, bis Zeller plötzlich scharf links in einen Hof einbog und direkt in den Bioladen »b2« stapfte. Im dortigen Bistro angekommen, bestellte er sich bei der Verkäuferin mit den knallroten Haaren einen doppelten Espresso.

»Wie immer, Herr Kriminalhauptkommissar?«, fragte sie und lächelte ihn freundlich an. Zeller nickte. Sie stellte den Espresso auf ein Tablett und zwei große Gläser mit Wasser dazu. Seine Kollegin bestellte lieber einen Latte macchiato.

Die beiden Kommissare setzten sich an den einzigen freien Tisch. Durch das gegenüberliegende Fenster sahen sie hinaus auf den Hof. Es herrschte ein geschäftiges Treiben an diesem Tag, ein ständiges Kommen und Gehen. Immer wieder trafen Lieferfahrzeuge ein, luden volle Kisten, Körbe und Pakete ab oder leere Behälter auf und fuhren weg. Unter dem überraschten Blick von Elli Jones holte Zeller einen Flachmann aus der Innentasche seines Mantels und goss sich einen gehörigen Schluck in die Espressotasse.

Ungefragt streckte sie ihm auch ihre Kaffeetasse entgegen. »Genau das brauche ich jetzt, Herr Kriminalhauptkommissar.«

Er zögerte kurz, ehe er den Schnaps in ihre Tasse goss. »Wird uns beiden guttun nach diesem verrückten Tag. Prost«, sagte er dann. Mit einem einzigen Schluck trank er die schwarze, hochprozentige Kaffeemischung aus. Akribisch schälte er danach das beiliegende Keks aus der Verpackung und schob es sich zwischen die Zähne. Genüsslich zermalmte er das harte Gebäck. »Kennen Sie den Bioladen? Ja? Haben Sie schon mal hier gegessen? Nein? Das müssen Sie unbedingt nachholen. Die französischen Linsen aus der Auvergne sind ein Traum. Oder der Rotbarsch im Salzmantel, dazu ein Gemüseragout aus Auberginen, Tomaten und Sellerie. Alles frisch zubereitet. Ich liebe es.« Für Zellers Verhältnisse war das ein ungewohnter euphorischer Ausbruch gewesen. So was hörte man selten von ihm. Er ließ es auf sein Gegenüber wirken. Jones sollte sich den Moment einprägen, allzu oft würde sie ihn nicht erleben. Erst nach einer Weile sprach er weiter und fragte: »Wieso wollten Sie eigentlich unbedingt nach Rottweil? Sie hätten es sich aussuchen können. Bei Ihren Noten und der super Beurteilung hätte jede Dienststelle Sie mit Handkuss genommen. Leute wie Sie sind gefragt. Nur kann ich mir nicht vorstellen, wie man zu so einer großartigen Benotung kommt. Ist Ihr Vater Innenminister oder irgendein anderes hohes Tier? Sagen Sie mir, was Sie dafür getan haben.« Er grinste unverschämt.

»Mit dem Chef geschlafen natürlich, was sonst?«, gab sie zurück und sah ihn mit großen Augen an.

»Hören Sie auf, Jones. Mit dem alten Griesgram Kopella ins Bett? Ich habe viel Fantasie, aber da hört sie auf.« Er winkte der Bedienung, bestellte sich einen weiteren Espresso und seiner Kollegin eine Latte gleich mit. Ihre Antwort gefiel ihm. Die Frau war gar nicht so übel.

»Natürlich habe ich nichts mit Kopella gehabt, mit ihm nicht und auch mit keinem anderen.«

»So genau wollte ich es gar nicht wissen«, entgegnete Zeller und grinste wieder.

Sie bekam einen roten Kopf und war um Festigkeit in ihrer Stimme bemüht: »Was denken Sie denn von mir! Ich habe mich angestrengt. Es ist mein Traumberuf! Ich will was bewegen. Ich möchte dazu beitragen, dass sich jeder in unserem Land sicher fühlen kann, dass das Verbrechen keine Chance hat. Ich möchte mithelfen, dass es weniger Kriminalität in unserem Lande gibt.« Sie trank einen Schluck von ihrer zweiten Latte macchiato, die die Bedienung eben vor ihr abgestellt hatte. Langsam normalisierte sich ihre Gesichtsfarbe wieder.

»So kriminell ist es bei uns gar nicht. Zum Glück, und wir machen einiges dafür, damit es so bleibt. Unsere Zahlen sind gut. Also, warum Rottweil? In einer Großstadt wäre mehr los als hier. Bis heute Morgen war das jedenfalls noch so. Mit den aktuellen Mordfällen können wir es allerdings mit jeder Metropole aufnehmen. Bitte verraten Sie mir, warum Ihre Wahl nicht auf Stuttgart gefallen ist, wo alle guten Abgänger hinwollen, oder meinetwegen auf Heidelberg. Meines Wissens suchen die dort dringend jemanden.«

»Ich komme von Stuttgart. Dort habe ich meine dreijährige Ausbildung absolviert. Es musste aber unbedingt Rottweil sein. Ich wollte zu Ihnen.«

»Zu mir?« Er schaute sie erstaunt an. Das war mal etwas ganz Neues, dass jemand seinetwegen in die Stadt kam. Die meisten wollten wegen ihm so schnell es ging wieder weg.

»Genau. Sie haben einen wirklich guten Ruf. Da habe ich mir gedacht, wenn es irgendwie geht, will ich zum Zeller. Der kann mir was beibringen, bei dem lerne ich wirklich etwas. Wie Sie den Fall mit den Dutzenden Mafiosi gelöst haben – echt toll. So will ich werden.«

Zeller musste bei diesen Worten grinsen. Da hatte er ja gleich am Anfang viel dafür getan, um ihre schönen Vorstellungen von ihm zu zerstören. Als ob er ein Vorbild sein könnte! Sein Heiligenschein dürfte in ihren Augen dahin sein. Und das war gut so. Womöglich ohrfeigte sie sich schon jetzt im Stillen für ihre fixe Idee und überlegte panisch, wie sie aus dieser Nummer wieder rauskam, ohne einen negativen Eintrag in ihre Personalakte verpasst zu bekommen. Ihr polizeiliches Idol war ein Säufer. Das hatte ihr bisher niemand gesteckt. Alle hatten dichtgehalten und ihn nicht verraten.

Als eine Art Wiedergutmachung bot er ihr das Du an. Sie freute sich sichtlich darüber. Ihm erschien es schlicht unkomplizierter im Umgang miteinander. Zeller schmunzelte und goss sich einen Schluck aus seinem Flachmann in die leere Tasse. Genau wie in ihre.

KAPITEL 6

Am Tisch hinter den beiden Kriminalbeamten saß scheinbar ein vollkommen in seine Zeitung versunkener junger Mann. Nichts in der Welt vermochte ihn von seiner Lektüre abzulenken. Es musste ein spannender Bericht sein, den er da las. Er wandte selbst dann nicht den Blick ab, als er sein Croissant nach französischer Art in einen großen Pott mit dampfendem Kaffee tunkte. Genussvoll und genau zum richtigen Zeitpunkt steckte er sich das aufgeweichte Plunderteiggebäck in den Mund. Nicht zu früh und nicht zu spät. Hätte er einen Augenblick länger gewartet, wäre es als teigige Masse im Kaffeepott versunken.

Mike Färber war stolz auf seine französische Vergangenheit. Er hatte seine gesamte Jugend unweit von Paris verbracht, war in der Hauptstadt zur Schule gegangen und hatte später sogar ein paar Semester Philosophie an der Sorbonne studiert. Das war eine tolle Zeit gewesen, intensiv und aufregend. Doch was gewesen war, war vorbei und allenfalls noch als nostalgischer Erinnerungskram etwas wert. Es war nicht alles schön gewesen und er war inzwischen froh, damals das Weite gesucht und in Deutschland eine neue Heimat gefunden zu haben. Aber immerhin hatte er in Frankreich gelernt, wie man richtig frühstückte. Er trank einen Schluck Kaffee und wischte sich mit dem Handrücken den Mund sauber.

Wieso sprachen die beiden so leise? Kommissar Zeller war sonst kein Mann der leisen Töne. Er sagte deutlich, was er wollte. Nicht immer gewählt formuliert, aber so, wie es sein sollte – klar, schonungslos und ehrlich. Bei ihm gab es kein großes Drumherumgerede, kein Wischiwaschi wie bei den anderen, die sich oft scheuten, Stellung zu beziehen. Er machte unmissverständliche Ansagen. Jedenfalls meistens.

Mike Färber saß nicht zufällig auf dieser Bank im Bistro des Rottweiler Bioladens. Die Zeitung interessierte ihn keineswegs. Sie diente nur der Tarnung, genau wie die Zelebrierung eines französischen Frühstücks. Ihn interessierte an diesem Samstagnachmittag nur, was der Kriminalhauptkommissar und seine ganz passable Begleitung zu besprechen hatten. Den Zeller kannte er gut, nicht persönlich zwar, aber von einigen Besuchen im Gericht und aus der Zeitung. Der Hauptkommissar stand öfter Rede und Antwort bei Prozessen, was er stets souverän und unaufgeregt meisterte. Färber hatte noch nie eine Situation erlebt, in der er aus der Ruhe gebrachte worden wäre. Zeller aufs Kreuz zu legen, wie es manche Verteidiger versuchten, war ein erfolgloses Unterfangen.

Färber wollte näher ran an den Kommissar, ihn am besten als Informanten gewinnen. Vor einiger Zeit hatte er ihn deshalb um ein Interview gebeten. Ganz groß hätte er ihn im Radio herausgebracht, zur gefragtesten Sendezeit. Er hatte sich intensiv darauf vorbereitet und einige schöne Ideen entwickelt. Sein Konzept war genial gewesen.

Doch es war anders gekommen. Zeller hatte ihm einen Korb gegeben. Kurz und knapp. Als ob er als Chefredakteur beim Radio Antenne 1 Neckarburg Rock

& Pop in Rottweil überhaupt nichts zu melden hätte. Färber war beleidigt gewesen und hatte dies Zellers Vorgesetztem, Polizeirat Bausinger, gesagt. Der hatte nur mit den Schultern gezuckt und ihm erklärt, dass der Kommissar nun mal so sei. Da könne man nichts machen, weder er als sein Chef noch Färber als Starreporter. Er solle sich doch einen anderen bewährten Polizisten oder noch besser eine Polizistin suchen. Zeller sei nicht der Einzige hier. Aber der Beste, hatte er dem Polizeirat damals grimmig an den Kopf geworfen und die Polizeidirektion unverrichteter Dinge wieder verlassen. Dann würde er eben ein Interview mit einer Krankenschwester oder einem Feuerwehrmann führen. Die waren auch wichtig im städtischen Zusammenleben, genau wie die Kriminalpolizei.

Sein heutiger Tag, dachte sich Färber, während er die beiden heimlich beobachtete, war nicht erfolgreich gewesen. Er ärgerte sich richtig darüber. Zu der toten Person auf dem Hofgerichtsstuhl am frühen Morgen hatte man ihn nicht vorgelassen. Wie dumm auch von ihm, dass er den Presseausweis in der anderen Jacke vergessen hatte. So hatte er erst mal zurück nach Hause gemusst, um den Ausweis zu holen. Eilig war er anschließend wieder zum Hofgerichtsstuhl zurückgekehrt. Doch trotz Presseausweises bekam er auch diesmal nicht die Erlaubnis, den Toten zu sehen oder einen der anwesenden Polizeibeamten zu sprechen. Wütend war er zurück nach Hause gefahren. Dort hatte immerhin seine Freundin mit einem liebevoll zubereiteten Frühstück auf ihn gewartet. Kaum hatte er es sich mit ihr gemütlich gemacht, musste er jedoch schon wieder los zum Turm. Sein Informant hielt ihn auf Trab. Als er endlich dort angekommen war, wurde bereits alles abgesperrt. Aber auch hier war es ihm unmöglich gewesen, in den Turm zu gelangen oder wenigstens etwas näher an das Geschehen. Die Leute, die er vor Ort befragt hatte, wussten genauso viel wie er, nämlich nichts, und stocherten im Dunkeln herum oder verloren sich in völlig absurden Verschwörungstheorien. Wenigstens konnte er einen Beitrag über die Stimmung der Menschen anfertigen, die man vergessen hatte, rechtzeitig über die Schließung des Turms zu informieren. Es kam viel Frust zum Vorschein. Zwar gefiel Färber nicht alles, was er hörte, aber es war ein toller Aufmacher für seine Sendung. Prompt griffen einige Radiohörer zum Telefon und spendeten Beifall.

Zeller hatte er nur kurz im Foyer des Turms gesehen, genau wie die unbekannte Kollegin an seiner Seite. Später hatte er beobachtet, wie sie den Turm durch den Personaleingang verlassen hatten und in ihren Wagen gestiegen waren. Er war ihnen gleich hinterhergejagt, hatte ihnen jedoch nicht lange folgen können. Mit seinem Fahrrad war er einfach zu langsam gewesen.

Er wusste aber, wo Zeller stets seinen Kaffee trinken ging. Oder seinen Flachmann auftanken. Es war schon bis zu ihm vorgedrungen, dass der Kommissar gerne einen schnäpselte, auch während des Dienstes. Im »b2« war er ihm schon öfter über den Weg gelaufen. So war ihm die Idee gekommen, dort auf ihn zu warten. Und die war goldrichtig gewesen, seine Journalistennase hatte sich nicht getäuscht. Leider waren die Informationen, die er bisher hatte aufschnappen können, spärlich.

Da hatte er mehr erwartet. Wenigstens wusste er jetzt, dass die Frau an Zellers Seite seine Assistentin war. Wie hatte er sie genannt? Elli Jones? Das klang echt spannend. Färber hatte sofort gemerkt, dass sie nicht von hier sein konnte. Wahrscheinlich kam sie frisch aus den Staaten, nach einem Studium beim FBI oder vielleicht sogar bei der CIA. Bestimmt hatte man sie extra geholt, um der Rottweiler Kriminalpolizei unter die Arme zu greifen und die neuesten Ermittlungsmethoden beizubringen. War sie eine Forensikerin wie in dieser amerikanischen Fernsehserie? Oder war sie eine knallharte, in allen möglichen Kampfsportarten geschulte Kriminalerin mit den neuesten Waffen im Handgepäck? Zwar sah sie auf den ersten Blick nicht danach aus, aber er hatte sich schon oft in den Menschen getäuscht. Die Frau war anders als der sogenannte Sherlock Holmes von Rottweil. Sie würde Zeller Beine machen und Bausinger gleich mit. Da war er sich ganz sicher. An die würde er sich ranmachen, egal wie. Vielleicht als Verehrer, als potenzieller Liebhaber. Sie schien nicht verheiratet zu sein. Einen Ring an ihrer Hand hatte er jedenfalls nicht gesehen. Da müsste doch etwas zu machen sein.

Bei diesem Gedanken fiel ihm seine Freundin ein, mit der er seit ein paar Wochen zusammenwohnte. Hoffentlich würde sie ihm nicht auf die Schliche kommen. Ihre Eifersucht war nicht unerheblich. Egal, hier ging es um mehr. Sie würde es verstehen müssen. Ein investigativer Journalist musste flexibel sein und dabei mitunter gewisse Grenzen überschreiten.

Als die beiden Kriminaler sich nun voneinander verabschiedeten und Zeller in die eine Richtung und die

Assistentin in die andere ging, stand er auf und folgte Jones unauffällig.

KAPITEL 7

Fast hätte Jones ihn umarmt, als sie sich eben vorm »b2« getrennt hatten. Doch er hatte es rechtzeitig registriert und es verhindern können. So weit kam es noch! Er war immerhin ihr Vorgesetzter, nicht ihr Freund. Auch wenn sie einen zusammen getrunken hatten, änderte sich nichts daran. Das musste sie begreifen lernen.

Ein paar Straßen vom Bioladen entfernt blieb Zeller stehen, nahm sein Smartphone aus der Manteltasche und scrollte durch die Nummern des Adressbuches. Wenn er sich nicht täuschte, hatte er die von Edwin Stranger abgespeichert. Da war sie doch. Sauber unter »R« wie »Rotary« abgelegt. Er musste dringend sein Ablagesystem ändern. Die ewige Sucherei war anstrengend.

Der Hauptkommissar musste es nicht lange klingeln lassen, der Präsident des Rotary Clubs meldete sich schnell. Er hatte seinen Anruf erwartet und sich vorsorglich die nötigen Zahlen bereits von seinem Sekretär vorlegen lassen. Es waren nur 55 der 60 Mitglieder zu dem Vortrag erschienen. Dazu fünf Gäste. Er würde ihm die Namen mailen. Als Zeller ihn fragte, wie der Abend gewesen sei, meinte er nur lapidar: »Durchwachsen.« Einige Vorschläge und Ideen des Richters seien zwar gut gemeint gewesen, aber nicht durchsetzbar und abwegig. Sogar auf die Frage nach der Wiedereinführung der Todesstrafe habe er kein klares Statement dagegen abgegeben. Zeller solle sich das mal vorstellen. Ein Richter wie Schuhmacher, und dann so etwas. Er habe mehr von ihm erwartet.

Zeller gab sich damit nicht zufrieden und bohrte weiter. War da nichts anderes? Kein Eklat? Keine Streitereien?

Stranger zögerte kurz und meinte dann, dass Zeller es ja sowieso erfahren würde. Schließlich sei er bei der Kripo. Ja, es habe erheblichen Zoff gegeben. Ein unbekannter Mann habe Schuhmacher vorgeworfen, sein Richteramt zu missbrauchen. Grundsätzlich verhänge er die Höchststrafe. Außer bei einem einzigen Fall, als er »in dubio pro reo« entschieden habe. Kurz bevor er aus dem Saal geworfen wurde, habe der Mann dann noch gedroht, dass Schuhmacher ihm besser nie bei Nacht begegnen solle. »Den Mann hatte von meinen Leuten keiner eingeladen. Da bin ich mir absolut sicher«, erklärte Stranger.

Richter Schuhmacher habe verlegen reagiert, als der

Unruhestifter endlich weg gewesen sei. Er habe gesagt, dass man es als Richter nicht einfach habe und manchmal sogar um sein Leben fürchten müsse. Prahlerisch habe er hinzugefügt, dass er sich zu wehren verstehe, es wäre nicht das erste Mal in seinem langen Leben als Gesetzeshüter, dass er bedroht würde, und immer habe er auf sämtliche Schutzmaßnahmen verzichtet.

Zeller dankte dem Rotary-Chef und hoffte, schon bald die Adressen der anwesenden Gäste von ihm zu bekommen. Stranger versprach es und legte auf.

Zellers heutiger Bedarf an kriminalistischer Arbeit war gedeckt. Er brauchte mehr Zeit, um nachzudenken, ohne jemanden an seiner Seite zu haben. Weder Elli Jones noch einen anderen seiner Kollegen. Auch schaltete er sein Smartphone ab. Er wollte keine Anrufe oder andere Ablenkungen seines Gedankenflusses. Scheinbar missmutig stapfte er mit tief in den Taschen seines Mantels vergrabenen Händen durch die Stadt. Den Kragen hatte er hochgeschlagen, obwohl die Temperaturen an diesem späten Mittag mild waren. Es war September und außer einem immer mal wieder böig auffrischenden Wind war es ein schöner Tag. Der Altweibersommer zeigte schon jetzt, dass er seinem Namen alle Ehre machen würde. Doch im Gegensatz zu den äußeren Umständen fröstelte es Zeller im Inneren. Ihm wurde einfach nicht warm. Die jüngsten Gewalttaten in seiner Stadt nahmen ihn mehr mit, als er es sich eingestehen wollte.

Plötzlich begann es zu nieseln und auf dem Bürgersteig bildeten sich kleine Pfützen, die ganz langsam vollliefen und sich zu größeren vereinigten. Zeller störte es nicht besonders. So ein Wetter hatte er ganz gern. Da konnte er sich selbst fühlen, wurde eins mit seiner Umwelt und der Natur und es waren nicht so viele Menschen auf den Straßen unterwegs. Noch lieber hatte er es, wenn ein richtig starker Wind um seine Nase pfiff, wenn er körperlich schwer dagegen ankämpfen musste und trotzdem kaum vorwärtskam. So ein Wind wie an der weiten französischen Atlantikküste. Dort war er aber nicht, sondern in Rottweil, rief er sich selbst ins Gedächtnis, mit einem großen Haufen Problemen am Hals. Deshalb würde er sich jetzt irgendwo unten im Stadtgraben auf eine Bank setzen und überlegen.

Eigentlich war sein erster Gedanke gewesen, ins Polizeirevier zu gehen und nach dem Stand der Ermittlungen zu fragen. Doch dafür war es noch zu früh und er würde kaum Neues erfahren. Was sollte er also dort? Sollten die mal in Ruhe ihre Arbeit erledigen. Dafür brauchten sie ihn nicht. Nachher hieß es wieder, dass er am liebsten alles selber mache und keinem vertraue. Das stimmte nicht und das wussten all diejenigen, mit denen er schon längere Zeit zusammenarbeitete. Aber er konnte ein Kontrollfreak sein, das gab er unumwunden zu, und wenn etwas nicht passte, und war es nur ein kleines Detail, dann hakte er bei den Kollegen nach. Immer wieder. Egal, wie es bei den anderen ankam.

Kurzfristig änderte er sein Vorhaben, machte kehrt und lief in die entgegengesetzte Richtung. Es war an der Zeit und längst überfällig. Lange hatte er sich davor gedrückt, doch jetzt musste es sein. Über einen seiner seltenen Besuche würde sich sein alter Herr sicherlich freuen. Vielleicht würde er ihn sogar erkennen. Gewiss war es jedoch nicht. An manchen Tagen schimmerte ein wenig Erinnerung durch die unüberwindbare Nebelwand in seinem Hirn. Zwar wurden diese lichten Momente immer weniger, aber man wusste nie, was in so einem Hirn letztendlich vor sich ging. Um dies herauszubekommen, musste er ihn sehen.

Bis zum Hospital war es nicht weit. Zeller würde nicht einmal 30 Minuten brauchen. Am Anfang schritt er kräftig aus und kam gut voran. Doch je näher er dem Rottenmünster und somit seinem Vater kam, desto langsamer wurde er. Tausende Ausreden fielen über ihn her, Tausende Entschuldigungen sausten durch seinen Kopf. Bei jedem Schritt rang er mit sich, ob er seinen Weg fortsetzen sollte oder lieber nicht.

Er besuchte ihn nicht gern, seinen alten Herrn, trat jedes Mal nur mit größter Mühe dem Mann gegenüber, der mal sein herrischer Vater gewesen war. Groß von Wuchs, egoistisch, unerbittlich und verbohrt. Es war ein Elend zu sehen, was aus ihm geworden war. Wie er nicht einmal mehr fähig war, Wörter zu zusammenhängenden Sätzen zu verbinden, und stattdessen in ein unverständliches Gebrabbel eines Kleinkindes verfiel. Allerdings ertappte Zeller sich dabei, und das gar nicht mal so selten, wie er bei sich dachte, dass es ihm recht geschehe, dem fürchterlichen Patriarchen. Dass es schade sei, dass er höchstwahrscheinlich nichts mehr von seinem eigenen Verfall mitbekam.

*

Als er das Hospital nach nicht mal 20 Minuten wieder verließ, war er verstört. Wieso hatte er nicht auf sein Innerstes gehört, sondern dieser törichten Blitzidee nachgegeben, von der er sich im Voraus hätte denken können, wie sie enden würde? Es war noch schlimmer gewesen als sonst. Er hatte das Zimmer seines Vaters fluchtartig verlassen müssen. Sein ohrenbetäubendes Geschrei war nicht zum Aushalten gewesen. Nichts hatte ihn zu beruhigen oder zu besänftigen vermocht. Es war furchtbar gewesen. Wie dieser Mann anschließend von zwei Pflegern fixiert wurde, hatte Zeller nicht mehr bis zum Ende mit anschauen wollen.

Der Kommissar spürte plötzlich, dass er hungrig war. Vor lauter Stress hatte er die Nahrungsaufnahme vollständig vergessen und musste schleunigst etwas zu sich nehmen. Egal wo. Es würde seine Laune wieder aufhellen. Nicht weit entfernt befand sich ein griechisches Restaurant. Vielleicht würde er dort sogar jemanden treffen, den er schon eine Zeit lang nicht mehr gesehen hatte.

Im Dionysos gab es genug freie Plätze um diese Uhrzeit, der Mittagsandrang war vorbei, die meisten Gäste hatten das Lokal bereits verlassen. Nur noch zwei junge Männer saßen an ihrem Gyros. Mit einem Kopfnicken begrüßte Zeller, nachdem er eingetreten war und sich die Regentropfen vom Mantel geschüttelt hatte, den Chef und setzte sich an den etwas abseits stehenden Zweimanntisch mit Blick auf den Innenhof. An diesem Tisch saß er meistens.

Möglicherweise war das Glück ihm heute hold und er würde kommen. Noch besser wäre es, wenn er nicht alleine käme, sondern in Begleitung seiner Frau. Da konnte er ihm nicht so schnell ausweichen wie sonst gerne, wenn er ihn gewollt zufällig traf. Egal, wo er sich gerade aufhielt, Zeller würde ihn finden. Dafür waren ihm die Vorlieben des Mannes zu bekannt. Und wenn er ihn hier nicht antraf, dann würde er als Nächstes seine Schritte in Richtung Stadtpark lenken oder in den Stadtgraben. Auch am Wasserturm hing er gerne ab und mit ihm eine ganze Menge ständig wechselnder jüngerer und älterer, stellenweise polizeibekannter Leute.

Allmählich wurde Zeller die Warterei zu lang. Er saß schon mehr als eine Stunde in dem Lokal und hatte zu den beiden vom Haus spendierten Ouzos noch zwei Gläser Rotwein getrunken. Warum noch warten? Wer wusste schon, ob er heute überhaupt kommen würde. Trotzdem, einen Versuch war es wert. Er gab sich weitere zehn Minuten. Die letzte Frist. Kurz bevor er sein Unterfangen aufgeben und bezahlen wollte, kam der lang ersehnte Gast, und er war nicht allein, genau wie Zeller es sich gewünscht hatte.

Seine Angetraute war bedeutend älter als er, auf den ersten Blick um mindestens zehn Jahre. Ihre wasserstoffblonden Haare und ihr knallroter Mund sollten dies kaschieren. Dazu trug sie heute einen karierten Minirock von verbotener Kürze, nicht nur für Frauen ihres Alters. Die weißen Beine staken wie Stelzen darunter hervor, die Knie wie seltsame, kugelartige Verdickungen an dünnen Stangen.

Der Kommissar kannte auch sie seit langer Zeit und musste bei ihrem Anblick lächeln. Michaela, in den einschlägigen Fachkreisen auch Michi oder Mausi genannt, musste zeitlebens einem inneren Drang gehorchen und als unwiderstehlicher Vamp durch die Straßen der ehemaligen Reichsstadt auf hohen Highheels über das Kopfsteinpflaster stöckeln, ohne sich dabei die Knöchel zu brechen. Anders ging es bei ihr nicht. So war sie schon immer gewesen. Zeller gab sich noch nicht zu erkennen, ließ die beiden zunächst an ihrem Tisch Platz nehmen und wartete ab, bis sie bestellt hatten. Dann erst erhob er sich und schlenderte zu ihnen hinüber, um sich unaufgefordert neben den Mann zu setzen.

»Ich hätte es mir denken können, dass Sie hier sind, Herr Kommissar. Aber ich weiß nichts! Weder von dem Toten auf dem Hofgerichtsstuhl noch von denen im Turm«, begann der in bekannter Manier auf Zeller einzureden, ohne dass der Kommissar ihm eine Frage gestellt hatte.

»Warum bist du so aufgeregt? Habe ich gesagt, dass ich etwas von dir wissen will, Rainer?«

»Sie sind nie ohne Grund hier. Das wissen Sie so gut wie ich. Wahrscheinlich werden wir bald das Stammlokal wechseln. Notgedrungen. Oder, Michi, was sagst du dazu? Dann sind wir den Kommissar los.«

Michi schwieg lieber.

»Ihr werdet mich nie los, das müsste euch eigentlich klar sein. Ist doch schön, wenn man so anhängliche Freunde im Leben hat wie mich. Da ist man nie allein. Oder? Also, Rainer, was willst du mir erzählen? Was drückt auf deinem kläglichen Rest von Gewissen? Komm, erleichtere dich. Ich bin ganz Ohr.« Zeller nutzte das Überraschungsmoment gnadenlos aus. Die Zeit, sich mit seiner Begleitung abzusprechen und eine Strategie festzulegen, gab er Rainer oder besser Fluppi, wie ihn die Szene nannte, nicht. Mit seinem Outfit erschien der Kerl wie aus einer anderen Zeit. Im Gesicht trug er bis zum Unterkiefer reichende geschwärzte Koteletten, die mit dem wuchtigen Schnauzer zusammenwuchsen und einen fließenden Übergang bildeten. Seine schmalen Lippen wurden von dieser Haarpracht eingerahmt. Rainers Kinn zierte ein dünner Zopf, der vernachlässigt wirkte und hin und her baumelte wie das Pendel einer alten Uhr. Seine Kleidung bestand aus einem bunten Hawaiihemd und einer beigen Schlaghose, die allerdings nicht mehr ganz sauber war.

So kannte Zeller ihn schon seit langer Zeit. Rainer blieb sich treu. Er hatte sein Outfit seit den 70ern nicht mehr groß verändert, wie er dem Kommissar einmal stolz erklärt hatte. Außer in den vielen Jahren, die er im Knast gesessen und notgedrungen etwas anderes hatte tragen müssen. Doch diese Phase schien vorbei. In der letzten Zeit war er erstaunlich stabil und es sah so aus, als ob er sein Geld auf ehrliche Art verdiente und nicht mehr durch das Verticken verschiedener Drogen. Vielleicht war es ja die fürsorgliche Überwachung durch Zeller, die Rainer von krummen Touren schon im Vorfeld abhielt. Nur Michi machte den Eindruck, als ob sie wieder anschaffen ging.

»Irgendetwas müsst ihr gehört haben. Es wird darüber gesprochen, da bin ich mir sicher.« Zeller brauchte nur in ihre Gesichter zu sehen. Die beiden wussten mehr, als sie ihn glauben machen wollten.

»Geredet wird doch immer, Herr Kommissar«, fing Rainer mit verlegenem Grinsen an und zeigte dabei seine schwarzen Stummel im Mund. »Aber nichts, was

Sie als Polizist interessieren könnte. Es gibt Dummschwätzer aller Art. Die einen sagen das, die anderen jenes. Warum soll ich Sie damit langweilen?«

»Auch wenn du denkst, es ist nichts von Wert, sag es mir besser trotzdem. Ich kann schon alleine entscheiden, ob es wichtig ist oder nicht«, versetzte Zeller. Er hatte genug von den Spielchen.

Michaela räusperte sich. Der Kommissar nickte ihr aufmunternd zu. »Na, ich weiß nicht, ob ich es Ihnen sagen soll. Man will doch schließlich niemanden belasten.«

»Trau dich ruhig«, ließ Zeller sich vernehmen.

»Ich habe was gehört«, begann sie noch einmal und senkte die Stimme zu einem vertraulichen Flüstern, »der schöne Ede bekam Besuch. Wie schon öfter. Der ist Wachmann im Turm. Seit ein paar Wochen erst, nachdem er von seinem ehemaligen Chef in Neufra rausgeschmissen worden ist. Wahrscheinlich wegen irgendwelcher krummen Dinger, munkelt man. Wenn er Nachtschicht hat, ist immer was los. Auch Weiber sind dabei.«

»Was für Weiber? Geht's vielleicht ein bisschen verständlicher? Ist es eine Beziehungskiste, hat er eine Geliebte?«

»Eine Geliebte?« Michaela prustete los. »Das erlaubt der sich nie und nimmer. Der ist doch nicht lebensmüde. Da würde ihn seine Babbs so richtig fertigmachen. Ritsch, ratsch, ab wäre sein Schwanz. Aber so was von … Ohne Babbs kann der nicht existieren. Sie ohne ihn schon.«

»Was ist es dann?«, fragte Zeller weiter.

»Die treffen sich seit Neustem regelmäßig im Turm. Es sind mehrere. Immer wieder sind andere dabei. Der Hirsch ist dort, der Rechtsanwalt, den kennen Sie doch auch. Der ist oft bei Gericht. Dann noch einer von der Stadtverwaltung und einer vom Landratsamt. So genau weiß ich das auch nicht. Ich bin doch keine 20 mehr.« Michaela lachte ihr dreckiges Lachen so lange, bis sie einen Hustenanfall bekam und nach Luft schnappte. Instinktiv griff sie nach ihrer Zigarettenschachtel. Doch ehe sie eine davon herauszog, besann sie sich und verstaute die Schachtel wieder in ihrem billigen Gucci-Handtaschenplagiat.

Die Kellnerin brachte das bestellte Essen. Der Kreta-Teller war für Michi bestimmt, während Rainer einen auf Vegetarier machte und nur einen Bauernsalat vorgesetzt bekam. Ungefragt stellte die Bedienung drei Ouzos auf den Tisch. Rainer schob einen davon in Zellers Richtung. Der lehnte ab und stand auf, nickte den beiden zu und verließ das Lokal. Er hatte fürs Erste genug gehört. Sie hatten ihm etwas gesagt, aber viel mehr verschwiegen, da war er sich sicher. Vielleicht wollten sie ihn nur auf eine falsche Fährte locken. Zuzutrauen war ihnen grundsätzlich alles, wenn es notwendig war. Hauptsache, die beiden kamen ungeschoren aus der Sache heraus. Er würde den Druck erhöhen müssen. Dann würde er schon sehen, was da noch im Verborgenen ruhte, dachte sich Zeller, während er seinen Hut mit beiden Händen zurechtrückte und in Richtung Innenstadt lief. Für den Anfang konnte er ganz zufrieden sein.

KAPITEL 8

Zeller rief in seiner Dienststelle an und fragte nach dem aktuellen Stand. Es gab nichts Neues für ihn. Auch keinen vorläufigen Bericht aus der Rechtsmedizin. Die Leichen waren zwar mittlerweile in Tübingen angekommen, deren Obduktion dauerte jedoch noch an. Das brauchte seine Zeit. Drei Mordfälle auf einen Schlag hatte man hier nicht alle Tage.

Er bat um die Adresse von Wachmann Seidel und rief sich ein Taxi. Bis zu dessen Wohnung in der Oberndorfer Straße war es ein Stück und er wurde schließlich nicht fürs Wandern bezahlt, rechtfertigte er die Entscheidung vor sich selbst.

Nach kurzer Fahrt hielten sie vor der genannten Hausnummer. Seidel wohnte im dritten Stock eines Hauses aus den 5oer-Jahren. Es sah sauber und gepflegt aus. Die Hauswände waren nicht beschmiert, die Abfalltonnen standen in einem Unterstand ohne herumliegende Papierreste oder Bananenschalen, ein paar Autos in den dafür vorgesehenen Parkbuchten. Keine Hinweise auf Vernachlässigung, auf Armut oder Kriminalität. Ein normales Haus, wie es in Rottweil Tausende andere gab. Wieso war er überhaupt davon ausgegangen, dass Seidel in prekären Verhältnissen lebte, fragte sich Zeller. Nur weil ihn seine Informanten mit Gaunereien in Verbindung brachten? Vorsicht, rief er sich zur Ordnung. Seidel hatte eine geregelte Arbeit, dazu Frau und Kinder.

Er klingelte an der Haustür. Eine weibliche Stimme meldete sich. Zeller stellte sich vor und bat um Einlass. Prompt öffnete sich die Tür. Das ging aber schnell, dachte der Kommissar, erkannte dann aber, dass das Öffnen der Tür nicht von der Dame an der Gegensprechanlage veranlasst worden war, sondern durch einen älteren Herrn, der gerade aus dem Haus trat und wohl zufällig mit angehört hatte, was durch die Anlage gesprochen worden war.

»Na, endlich kommt mal einer von der Polizei in diese abgelegene Gegend. Lange genug hat es gedauert. Es ist doch nicht mehr auszuhalten mit denen da oben!«, redete er sogleich Klartext mit Zeller.

»Wen meinen Sie mit ›denen da oben‹? Die Landesregierung oder die des Bundes?«, gab der ironisch zurück.

»Quatsch! Na, die Seidels im Dritten natürlich. Mit der Frau haben Sie doch gerade gesprochen? Da ist immerzu Krach und Streiterei und Remmidemmi zwischen den beiden. Dazu noch die Kinder. Dabei ist die Frau ja noch ganz nett. Barbara grüßt freundlich und ist schön anzusehen. Immer gepflegt und ordentlich gekleidet. Die hätte Besseres verdient als diesen Kerl. Der hat ein Problem. Schreit beim kleinsten Anlass wie wild durch die Gegend. Doch von mir haben Sie das nicht. Ich möchte keinen Ärger mit ihm haben.«

Ehe Zeller weiter nachfragen konnte, war der Mann in sein Auto gestiegen und davongefahren. Der Kommissar nahm immer zwei Stufen auf einmal und freute sich, dass er dabei nicht außer Atem kam. Dafür reichte seine Fitness also offenbar noch aus. Vielleicht sollte er trotzdem mal wieder zum Training gehen. Für die

Seniorenmannschaft seines Rottweiler Rugbyvereins fühlte er sich allerdings viel zu jung.

Im obersten Stock angekommen, klingelte er an der Eingangstür unter einem von Kinderhand gemalten Namensschildchen. Eine Frau öffnete ihm. Er zeigte ihr seinen Dienstausweis. Sie stellte sich als Barbara Seidel vor und erklärte ihm, dass er ungelegen käme. Ihr Mann habe sich gleich nach der Arbeit hingelegt, eventuell solle der Herr Kommissar später wiederkommen. Es sei eine fürchterliche Nacht gewesen, habe Eduard zu ihr gesagt, ohne es weiter zu erklären. Anders als sonst. Jetzt könne man ihn unmöglich stören, außer, es sei etwas lebensbedrohlich Wichtiges.

»Frau Seidel, lassen Sie Ihren Mann ruhig schlafen. Ich würde Sie gern etwas fragen. Am besten gleich. Kann ich vielleicht reinkommen? Oder wir laufen ein paar Schritte nach draußen?«

Sie überlegte, blieb aber bei der Aussage, dass es in diesem Augenblick unmöglich sei. Die Kinder bräuchten ihr Mittagessen. Aber in zwei Stunden könne sie nach unten kommen, wenn es unbedingt sein müsse. Hauptsache, sie oder ihr Mann bekämen keine Schwierigkeiten.

Sie verabredeten sich auf dem nahen Spielplatz. Zeller wusste, wo er sich befand. Er war mit dem Taxi daran vorbeigefahren.

Frau Seidel hielt Wort und kam mit zwei Kindern im Schlepptau zum vereinbarten Treffpunkt. Noch war hier zum Glück nicht viel los, nur wenige Mütter und Väter mit ihren Sprösslingen waren zu sehen.

Der Lärmpegel kam Zeller entgegen. Die Tochter der Seidels, sie mochte um die fünf sein, lief sogleich hinüber zum Sandkasten und begann mit roten, gelben und blauen Kunststoffformen Sandkuchen zu backen, die sie ständig der Mutter und dem Kommissar zum Probieren brachte. Das andere Kind, ein etwa siebenjähriger Junge, turnte mit zwei weiteren Kindern geschickt im Klettergerüst herum.

»Herr Kommissar, was hat mein Mann schon wieder ausgefressen, dass Sie nicht mit ihm selbst sprechen können? Hängt es mit dem zusammen, was heute im Turm passiert ist?«

»Was wissen Sie darüber?«, fragte Zeller prompt zurück. Vorhin hatte sie doch behauptet, dass ihr Mann so müde gewesen sei und sich sofort habe hinlegen müssen. Vielleicht hatte er ihr mehr erzählt, als sie ihn glauben ließ.

Es stellte sich heraus, dass sie keine Ahnung davon hatte, was geschehen war. Ihr Mann hatte nur angedeutet, dass der Turm für den Besucherverkehr gesperrt worden war und dies über das gesamte Wochenende. Es habe einen Unfall auf der Besucherplattform gegeben. Zeller ließ sie reden. Wortlos hörte er ihr zu und betrachtete sie dabei. Die Frau sprach unaufgeregt und gewählt. Ganz anders als ihr Mann. Er stellte sich vor, dass sie gut Lehrerin sein konnte oder Erzieherin. Den Umgang mit ihren Kindern meisterte sie souverän. Das gefiel ihm.

Allerdings ging es der Frau augenscheinlich nicht besonders gut. Sie sah erschöpft aus und blickte Zeller mit einem traurigen, resignierten Blick an. Sie hatte es offenbar nicht leicht. Zeller glaubte zu wissen, warum, er hatte Frauen wie sie schon oft zu Gesicht bekommen. Meistens wurden sie allein gelassen mit der Erziehung ihrer Kinder, während sich die Erzeuger entweder aus dem Staub gemacht hatten oder in Arbeit, Alkohol oder in andere Affären flüchteten. Diese Männer waren zumeist überfordert von den eigenen Ansprüchen und der unbarmherzigen Realität um sie herum. Zellers Mitgefühl ihnen gegenüber hielt sich in Grenzen.

»Wieso musste Ihr Mann seine besser bezahlte Arbeitsstelle vor ein paar Monaten verlassen?«, brach er das aufkommende Schweigen.

»Man hatte ihm gekündigt. Er wollte dort nicht von sich aus weg.«

»Warum ist er entlassen worden?«

»Er hat selten von der Arbeit erzählt. Seiner Aussage nach hatte man sich für einen anderen, billigeren Wachdienst entschieden. Da wurde er nicht mehr gebraucht. Man hat ihn absreviert und ihm einige Dinge vorgeworfen, die nicht stimmten. Ich glaube ihm. Eduard ist ein ehrlicher Mensch. Lügen ist nicht seine Sache.«

»Warum hat er sich keinen Anwalt genommen?«

»Dafür war er zu feige. Er hatte Angst, danach keinen neuen Job mehr zu finden.«

»Wenig später wurde er im Testturm angestellt. Nicht schlecht für Sie. Oder?«

»Wie man es nimmt. Er verdient dort weniger. Wir haben getrennte Konten, ist besser so. Er kann nicht mit Geld umgehen. In der Regel zahlt er einen festen Betrag auf mein Konto ein. Der ist gleich geblieben, es geht nicht anders. Aber er jammert darüber. Eduard kommt mit dem Wenigen schlechter aus als wir. Er ist leider mehr zu Hause, so komisch das klingt. Das ist nicht immer gut für uns. Wenn er von der Nachtschicht zurückkommt, dürfen wir nur auf Zehenspitzen durch die Wohnung schleichen, und wehe die Kinder sind einmal zu laut. Dann kommt es gleich wieder zu einer Streiterei. Aber es sind doch Kinder! Die kann man nicht immer für alles verantwortlich machen.« Die Züge der Frau wurden hart.

»Spielt Ihr Mann?«, fragte Zeller weiter.

Sie überlegte. Die Antwort schien ihr nicht leichtzufallen. »Ich weiß es nicht. Früher hatte er Probleme mit dem Spielen, mit Alkohol und Amphetaminen. Er war in einer illegalen Pokerrunde. Dazu drückte er sich oft in den Muckibuden herum, war Teil eines speziellen Freundeskreises. Erst Hanteln stemmen, dann in die Sauna und später noch ein wenig mit den Kerlen abhängen und saufen. Als wir uns kennenlernten, hat er mir davon erzählt. Er hat sich geändert. In die Muckibude geht er nur noch selten. Ist auch nicht billig da. Schon deshalb bin ich froh darüber.«

Zeller war unzufrieden. Ihre Aussage passte nicht zu denen der Turmmanagerin und seiner anderen Informanten. Warum sollten Rainer und Michi lügen? Da musste etwas am Laufen sein, wovon Frau Seidel nicht die geringste Ahnung hatte. Und wofür sich eine langweilige Nachtwache besonders gut eignete. Viel gab es nicht, was dafür infrage kam.

»War Ihr Mann in letzter Zeit verändert? Aufgeregter als sonst? Verunsichert? Ist Ihnen irgendetwas Besonderes aufgefallen?«

Wieder dachte sie über seine Frage nach. »Eigentlich war alles beim Alten. Eduard ist immer gereizt, bei der kleinsten Gelegenheit geht er hoch. Besonders seit der Geburt unserer Tochter. Er war nur am Anfang seines Jobwechsels anders. Da war er ausgeglichen und lieb. Hin und wieder brachte er den Kindern etwas mit. Er hat mich sogar ausgeführt, in die Villa Duttenhofer. Ich hatte gehofft, dass alles gut werden würde. Leider hielt dieser Zustand nicht lange an. Nach ein paar Wochen war alles wieder beim Alten. Manchmal schlimmer als vorher und kaum auszuhalten. Schade.«

»Hat Ihr Mann eine Geliebte?«

»Wie kommen Sie darauf? Das soll er sich getrauen! Dann fliegt er achtkantig zu Hause raus, der schöne Ede. Das würde ich ihm nie verzeihen.«

Genauso hatte es kurz zuvor Michi behauptet, erinnerte sich Zeller. Sie hatte also recht gehabt.

Barbara Seidel schaute auf die Uhr und rief nach ihren Kindern. Zeller war klar, dass er heute nichts mehr von ihr erfahren würde. Er dankte ihr für das offene Gespräch und gab ihr sein Kärtchen. Sie versprach, ihn anzurufen, wenn ihr etwas einfallen würde. Aber er solle sich nicht allzu große Hoffnungen machen. Vielleicht würde sich bald alles ändern, sagte sie beim Abschied zu ihm und ein flüchtiges Lächeln huschte über ihre Lippen.

KAPITEL 9

Zeller war auf dem Weg in die Stadt, als er den dringlichst erwarteten Anruf von Martina Donatu aus dem Park-Hotel bekam. Die Gäste seien zurück von ihrem Ausflug, der Testturm immer noch geschlossen, ihre Eintrittskarten wertlos. Die Verärgerung darüber sei groß, nächste Woche wären sie nicht mehr in der Stadt und hätten somit keine Gelegenheit, den Besuch im Turm nachzuholen. Ob der Kommissar etwas Genaueres wisse, das sie ihren Gästen später sagen könne? Oder ob er eine Ausnahmeregelung erwirken könne? Das wäre für ihn doch bestimmt ein Leichtes. Zum Glück sei das Dominikanermuseum geöffnet gewesen. Die Gäste hätten von der Sammlung »Dursch« geschwärmt. Ein richtig schöner Ersatz für den Turm. Ob er die Sammlung kenne?

Ehe er darauf antworten konnte, plapperte sie schon weiter. Die Gäste hätten für abends Tische in ihrem Restaurant bestellt. Am besten, er komme vorbei. Da könne er sie alle auf einmal erwischen und bräuchte nicht an einem anderen Tag noch einmal zu ihr kommen. So viel Polizei in ihrem Haus sei ihr nicht recht. Es würde sich schlecht aufs Geschäft auswirken. Das spräche sich flott rum. Dann legte sie abrupt auf.

Zeller verwarf den Gedanken an eine abermalige Taxibenutzung und eilte auf direktem Wege ins Polizeirevier. Gegebenenfalls gab es bereits erste Ergebnisse und die Obduktionsberichte der drei Leichen waren aus Tübingen eingetroffen. Vielleicht waren auch schon fremde DNA-Spuren entdeckt worden, Fingerabdrücke analysiert und durch die Datenbank gejagt sowie die ersten Verdächtigen verhaftet. Zeller musste über sich selbst lachen. Wenn es doch so einfach wäre, dann könnte er heute Abend zu seiner Anne. Sie würde sich freuen. Anne wusste, wie spät es in seinem Job werden konnte. Da waren zehn, zwölf Stunden Arbeit am Stück keine Seltenheit. Bisweilen sahen sie sich tagelang gar nicht. Das war schlimm. Dann fiel sie regelmäßig in ein Loch und es dauerte von Mal zu Mal länger, bis er sie da wieder herausgeholt hatte.

Außerdem wollte er aus anderen Gründen ins Polizeirevier. Die vorläufigen Ermittlungsergebnisse mussten an der gläsernen Pinnwand angebracht werden, die Fotos, die Schriftstücke, die Fragen und die Fakten. Möglicherweise konnte man schon Verbindungen erkennen und mit Strichen kennzeichnen. Er wusste aus Erfahrung, welche überraschenden Zusammenhänge sich plötzlich auftaten, wenn Fragen neu gestellt und Fakten anders zugeordnet wurden. Morgen würde es die erste Lagebesprechung geben. In aller Frühe. Da musste er vorbereitet sein. Wenn Bausinger die Soko leitete, und davon war auszugehen, wollte er ihm keine Angriffsfläche bieten. Er würde sich nicht wieder vor versammelter Mannschaft so vorführen lassen wie beim letzten Mal. Nicht von ihm. Das hatte er sich geschworen.

Er telefonierte mit Ulrike Brenner. Seine Vermutung war richtig, sie befand sich noch in den Räumen der Kriminaltechnik. Wenn er wolle, könne er kommen.

Sie könne ihm schon einiges zu den beiden Mordtaten berichten. Er solle den Schokoriegel nicht vergessen.

Zeller schmunzelte, er hätte den Riegel auf jeden Fall mitgenommen. Als er im Revier und kurze Zeit später in seinem Büro angekommen war, öffnete er seine Schreibtischschublade und wählte aus den verschiedenen Packungen eine süße Verführung aus, die der promovierten Chemikerin seiner Einschätzung nach schmecken würde. Sie stand auf Schweizer Schokolade. Er wusste nur zu gut, wie wählerisch sie war. Der Kriminalhauptkommissar griff sich einen weiteren Riegel mit einer anderen Geschmacksrichtung und steckte beide in seine Jackentasche. Sicher war sicher.

Er nahm den Aufzug und fuhr hinunter in die »Schlachträume«. So nannte man in der Polizeidirektion despektierlich die Räumlichkeiten, in denen die Leichen manchmal zwischengelagert oder erste Untersuchungen daran durchgeführt wurden, ehe man sie meistens in die Rechtsmedizin nach Tübingen überführte. Gab es dort viel zu tun oder musste es außerordentlich schnell gehen, schaffte man sie nach Stuttgart oder Freiburg. Da war man flexibel.

Wie immer, wenn Ulli am Arbeiten war, schallte laute Musik durch die Gänge. Vielleicht vertrieb sie sich damit die Einsamkeit hier unten, vermutete Zeller, obwohl sie nicht wirklich allein war. Zumeist ging ihr ein Kollege bei der Arbeit zur Hand. Ullis Musikauswahl war variabel und folgte ihrer jeweiligen Stimmungslage, spezielle musikalische Vorlieben waren nicht zu erkennen. Jedenfalls hatte Zeller noch keine ausgemacht. Heute schallte ihm ein Klavierkonzert entgegen, das er sofort als das vierte von Beethoven erkannte. Zeller mochte klassische Musik und er hörte sie – neben seiner heißgeliebten Jazzmusik – gern zum Ausgleich.

Als er den Raum betrat, war Ulli gerade damit beschäftigt, Reagenzgläser mit verschiedenen Lösungen zu befüllen, zu schütteln und anschließend in einen speziellen Apparat zu stellen. Im angrenzenden Zimmer sah er eine mit einem Tuch abgedeckte Person auf dem Edelstahltisch liegen. Nur die Füße schauten darauf hervor. Zeller ging hin, schlug das Tuch zurück und sah verdutzt auf die unbekannte Leiche. Hatte Ulli nichts Wichtigeres zu tun? Das gesamte Team wartete händeringend auf jedes kleinste Ergebnis der Kriminaltechnik zu Linus Schuhmacher und den toten Putzfrauen, und sie schnippelte an eher zweitrangigen Fällen herum. Na, ging's noch? Das würde sie ihm erklären müssen. Der Kommissar atmete tief durch.

Ihrem Blick nach zu urteilen, hatte Ulli seine Verstimmung registriert. Sie ließ sich aber nicht aus der Ruhe bringen und beauftragte ihren jungen Gehilfen, die Leiche in den Kälteschrank zu schieben.

Zeller konnte nicht länger an sich halten. »Ulli, was soll das? Wir warten sehnsüchtig auf deine Ergebnisse und du gibst dich mit einer anderen Leiche ab, die absolut unwichtig für unsere derzeitigen Ermittlungen ist. Oder habe ich etwas verpasst? Kannst du mir das bitte erklären?«

Ulli schwieg, wusch sich sorgfältig die Hände, trocknete sie penibel ab und desinfizierte sie anschließend. Dann sah sie Zeller an. »Sag mal, Paul, was willst du von mir? Möchtest du mir jetzt vorschreiben, was ich in meinem Job zu tun und zu lassen habe? Das gefällt mir nicht und geht entschieden zu weit. So brauchst du mir gar nicht kommen. Sonst können wir in Zukunft alles schön auf den dienstlich vorgeschriebenen Wegen erledigen. Da gibt's keine Infos zwischendurch. Dauert zwar länger, aber was soll's. Ist dir das lieber?«

»Ulli, versteh mich doch. Wir brauchen ...«

Sie hob die Hand. »Du kannst dich beruhigen«, unterbrach sie ihn, »ich habe alles erledigt, deine Leichen liegen auf dem Tisch bei Professor Doktor Bertram in Tübingen. Er versprach mir hoch und heilig, sich sofort darum zu kümmern, auch wenn es eine Nachtschicht bedeuten sollte. Der Tote von eben ist zu Schulungszwecken für meinen Mitarbeiter bei mir. Also, keine Panik.« Sie lächelte ihn entwaffnend an.

»Oh, das wusste ich nicht.« Zeller kratzte sich verlegen am Kopf. Dann kramte er den Schokoriegel aus seiner Tasche und hielt ihn ihr entschuldigend hin. »Frieden?«

»Na, ich will mal nicht so sein«, ließ Ulli sich herab und nahm den Riegel mit spitzen Fingern entgegen. Genussvoll wickelte sie ihn aus und biss hinein.

Zeller war erleichtert. Seine Unbeherrschtheit schien kein großes Nachspiel zu haben.

Kauend sprach Ulli weiter: »Viele verwertbare Spuren wurden bisher nicht gefunden. Hans, also Doktor Bertram, hat die Todesursache der beiden Damen im letzten Telefonat bestätigt. Wie heute Morgen von mir vermutet, waren es die Schläge auf den Kopf, die den Tod herbeiführten. Schweres Schädel-Hirn-Trauma, verursacht durch einen stumpfen Gegenstand. Dazu Frakturen des Schläfen-, des Nasen- und des Jochbeins. Bei beiden wurde die rechte Gesichtshälfte regelrecht demoliert. Die Hiebe wurden mit großer Kraft und Brutalität ausgeführt. Von einem Linkshänder, nehme ich an. Aber dies absolut hypothetisch. Ich weiß nicht, wie die Frauen standen, als der Täter sie malträtierte. Tatsächlich kann als Tatwaffe einer der Golfschläger infrage kommen. Natürlich wäre es besser, wenn wir sie finden würden.«

Zeller nickte und erklärte, dass sie die Namen der Besucher bereits auswerteten. Er erwarte nicht viele neue Erkenntnisse davon. Es wären alles rechtschaffene Vereinsmitglieder und keine Mörder, die am zeitigen Samstagmorgen zwei armen Frauen den Schädel einschlügen. Er seufzte und fragte: »Weißt du was über den Richter?«

»Nein. Da müssen wir noch abwarten. Auf jeden Fall stranguliert. Zuerst hatten wir nach Resten von einem Strick gesucht. Aber nichts gefunden. Dann sind mir am Hals kleinste Faserspuren eines Tuches aufgefallen. Und was soll ich dir sagen: Das Tuch war gar nicht weit weg. Die Leiche trug es beim Auffinden immer noch um den Hals gebunden. Ich nehme an, dass er vorher betäubt oder zumindest ruhiggestellt worden ist, denn es gab keine Abwehrspuren, keine Hautabschürfungen, nichts unter den Fingernägeln. Ihm wurde hinterhältig und feige die Gurgel zugedrückt. Abscheulich! Aber wir sind dran. Auch warten will gelernt sein.« Sie legte eine Pause ein. Zeller hielt ihr den anderen Riegel hin, den sie genauso rasch ergriff und sich in den Mund steckte. Wieder kauend sagte sie: »Hast du schon gehört? Man hat den Daimler vom Richter gefunden. Oder besser gesagt das, was davon übrig ist.«

»Das ging aber schnell. Wir sind doch noch gar nicht an die Öffentlichkeit gegangen. Wo befand sich das Auto?«

»In einem Schotterwerk in Zimmern ob Rottweil. Dort hat man den Wagen abgefackelt. Der Besitzer des Werks hat angerufen. Wir sind schon dran, aber mach dir keine großen Hoffnungen. Da ist nicht mehr viel Brauchbares zu finden.« Sie räumte ein paar Instrumente vom Tisch und zog sich die Handschuhe aus. Etwas verhalten stellte sie dem Kommissar danach die nächste Frage: »Übrigens, Paul, hast du etwas dabei? Du weißt schon, was. Ich könnte einen vertragen.«

Der Kommissar verstand und holte den Flachmann aus der Innentasche seines Mantels. Er schraubte den Verschluss auf und goss die zwei kleinen Schnapsgläser voll, die Ulli in der Zwischenzeit aus einem Schränkchen mit der Aufschrift »Giftschrank« geholt hatte. Als ob dies nicht schon allein Abschreckung genug wäre, war darunter das Bild eines großen Totenkopfes zu sehen. Es war ihr geheimes Lager für Gegenstände, die man nicht auf den ersten Blick sehen sollte. Sie prosteten sich zu und kippten die hochprozentige Flüssigkeit in sich hinein. Ulli hielt Zeller wortlos ihr leeres Glas hin. Er füllte erst ihres, dann seines erneut bis zum Rand und das Prozedere wiederholte sich.

»Konntest du wenigstens etwas über den Tatort herausbekommen? Wurde der Richter am Auffindeort umgebracht?«

»Auf keinen Fall. Man hat ihn dorthin gebracht und fein säuberlich abgelegt. Eine beachtliche Leistung und von einer Person allein kaum zu bewältigen. Zudem handelt es sich ja nicht gerade um einen abgelegenen Ort. Hast du schon die Überwachungskameras am Gericht gecheckt? Vielleicht haben die etwas aufgezeichnet.«

Zeller schüttelte den Kopf. »Daran habe ich als Erstes gedacht. Ist aber nichts drauf zu sehen. Der Winkel ist nicht optimal. Der Stuhl steht sozusagen falsch herum in dem kleinen Rondell. Die hohe Lehne verdeckt alles, was sich dahinter abgespielt haben muss. Auch die Kameras des Postamtes haben nichts Relevantes erfasst. Ich hoffe auf die Aussagen der Gäste des Hotels gegenüber. Vielleicht haben die etwas gesehen. Wie und mit welchem Mittel wurde er betäubt?«

»Ich habe am Hals zwei Einstichstellen gefunden. So könnte ihm eine Substanz verabreicht worden sein, die ihn zwar zeitweilig außer Gefecht setzte, aber nicht umbrachte.«

»Geht's genauer, Frau Doktor?«, fragte Zeller ungeduldig. Irgendwie passte hier nichts zusammen. Die Morde an Schuhmacher und den beiden Frauen waren so unterschiedlich, dass er als einzigen Zusammenhang nur den Todestag finden konnte. Aber zwei verschiedene Mörder am gleichen Tag in einer Stadt unterwegs, wo Kapitalverbrechen nicht an der Tagesordnung waren und die absolute Ausnahme darstellten? Das war schwer vorstellbar. Einen Mann wie den Richter umzubringen, brauchte Planung und war mit Sicherheit nicht im Affekt geschehen. Die Morde im Turm dagegen schon. Dort war brachiale Gewalt eingesetzt worden, man hatte zugeschlagen, immer wieder, bis von den Opfern nur noch traurige, blutüberströmte menschliche Überreste geblieben waren. Zeller war sich sicher, dass die Frauen Zeugen von etwas geworden waren, zufällig etwas gesehen oder erkannt hatten, was sie nicht hätten sehen dürfen. Daran gab es für ihn keinen Zweifel. Aber was sollte es gewesen sein, da oben? Das Schwein im Konferenzraum bestimmt nicht. Eher schon derjenige, der es aufgehängt hatte. Doch der hatte das aller Wahrscheinlichkeit nach nicht an jenem Morgen getan.

Der Mord an dem Richter bildete dazu einen regelrechten Kontrast. Er war durchdacht und geplant und sollte etwas aussagen. Die Ablage der Leiche auf dem Stuhl war symbolträchtig, genau wie die Abtrennung des rechten Zeigefingers. Hatte Schuhmacher nicht immer damit im Gerichtssaal bei der Urteilsverkündung herumgefuchtelt? Zeller meinte, sich dunkel daran zu erinnern.

»Noch nicht, Paul«, riss Ulli ihn aus seinen Gedanken. »Ich bin keine Prophetin. Was ich dir soeben gesagt habe, ist nur für deine Ohren bestimmt. Ich habe meine Entdeckung Hans in Tübingen mitgeteilt. Er will mir vorab Bescheid geben, wenn er dazu etwas gefunden hat. Du erfährst es als Erster. Ich schwöre es hoch und heilig«, fügte sie noch hinzu und zeigte lächelnd die Schwurhand.

Doch da war Zeller schon hinaus auf den Flur getreten. Er ging im Geiste die Täter durch, mit denen er in seinem langen Polizistenleben zu tun gehabt hatte. Ihm fiel auf Anhieb niemand ein, der zu solchen Taten fähig gewesen wäre. So etwas hatte es hier noch nie gegeben.

Als Zeller im Aufzug stand, die Tür hinter ihm geschlossen war und er die Taste für die Fahrt in den zweiten Stock betätigt hatte, klingelte sein Smartphone. Unterdrückte Rufnummer. Widerwillig nahm er das Gespräch entgegen. Diese ständige Erreichbarkeit störte ihn. In der Leitung knackte es und die Verbindung war undeutlich und gestört, als ob der Anruf aus dem entferntesten Winkel dieser Erde käme.

»Hallo!«, rief der Kommissar in sein Handy. »Ja, hier ist Zeller. Wer ist dran? Ich kann Sie schlecht verstehen.«

Die Stimme am anderen Ende der Leitung war fast bis zur Unkenntlichkeit verfremdet und mit Hintergrundgeräuschen unterlegt: »Das war erst der Anfang! Denke dran, Zeller, du entgehst mir nicht. Jetzt bist du fällig. Nicht gleich. Nicht als Nächster. Aber danach …«, klang es abgehackt.

»Mit wem spreche ich? Haben Sie einen Namen?« Er redete bewusst langsam, versuchte, Zeit zu gewinnen. Vielleicht würde er den Anrufer hinhalten können, bis er oben war, bei seinen Kollegen. Er hoffte, dort auch noch einen Techniker anzutreffen.

»›Narrenengel‹! Nenn mich ›Narrenengel‹. Für die Betrogenen! Die Geschundenen! Die Gequälten! Die Ausgesaugten!«

»Wie darf ich das verstehen?«

»Später, Zeller! Nicht jetzt.«

»Woher kennen Sie meinen Namen?«

Der Aufzug hielt an, die Tür öffnete sich. Zeller stürmte in das Büro des Technikers. Es war leer, der Mann unterwegs.

86

»Wie heißt Ihr Opfer? Wen haben Sie umgebracht? Sagen Sie es! Und warum?«

Zeller bekam keine Antwort auf seine Frage, stattdessen wiederholte der Anrufer seine Drohung: »Zeller, du kommst später dran. Bald ist es so weit!« Dann war die Verbindung unterbrochen. Einen Moment später kam der gesuchte Kollege in den Raum. Wütend steckte Zeller das Smartphone in die Tasche und stürmte an dem verdutzten Mann vorbei. »Eine Minute eher, nur eine einzige Minute!«, schrie er beim Hinausgehen. »Dann hätten wir ihn aufgespürt, ihn geortet, ihn erkannt.« Krachend flog die Tür hinter ihm ins Schloss.

Zeller stürmte in Richtung Ausgang. Die fragenden Blicke der zwei überraschten Kollegen, die – durch den Lärm neugierig geworden – auf den Flur getreten waren, ignorierte er.

Glücklicherweise war dem Kommissar der Anruf der Hotelangestellten wieder eingefallen. Genau im richtigen Moment. Es tat gut, die Dienststelle für eine Weile verlassen zu können und Abstand zu gewinnen. Es würde ihm helfen, sich zu beruhigen. Er war noch immer wütend. Wütend darüber, dass es ihm nicht gelungen war, den Anrufer länger in der Leitung zu halten. Dies würde ihm nicht noch einmal passieren.

»Da kommen Sie ja endlich, Herr Kommissar. Die Herrschaften sitzen bereits da hinten und warten. Ich habe sie schon auf ihren Besuch vorbereitet«, begrüßte ihn Frau Donatu und führte ihn von der Lobby aus ins angrenzende Hotelrestaurant.

Dort zeigte Zeller seinen Ausweis und stellte sich den versammelten Gästen vor. Er richtete seine Fragen gleich an alle gemeinsam. Ob sie in der vergangenen Nacht oder heute am frühen Morgen etwas Außergewöhnliches mitbekommen hätten?

Sie schüttelten beinahe gleichzeitig die Köpfe. Übereinstimmend sagten sie aus, dass sie nichts bemerkt hätten. Wie sollten sie auch, ihre Zimmer befanden sich auf der entgegengesetzten Seite des Tatortes. Dort war es wesentlich ruhiger.

Zeller gab sich damit nicht zufrieden, nicht an diesem schrecklichen Tag. Er bat die Leute noch einmal eindringlich, genau darüber nachzudenken, ob sie nicht doch etwas Ungewöhnliches bemerkt hätten. Sollten sie wissentlich etwas verschweigen, zöge dies rechtliche Konsequenzen nach sich. Doch die Gäste blieben bei ihrer Aussage. Keiner von ihnen wollte irgendetwas gesehen oder gehört haben. Nicht einmal ein Licht sei ihnen aufgefallen. Zeller verteilte Visitenkarten. Wenn ihnen doch noch etwas einfalle, sollten sie ihn anrufen. Zu jeder Tages- und Nachtzeit.

Er verabschiedete sich und verließ den Speisesaal. Wieder eine Möglichkeit vertan, ärgerte er sich. So ganz glaubte er nicht daran, dass niemand etwas bemerkt hatte. Wahrscheinlich hatten die meisten nur Angst, es ihm zu sagen. Oder keine Lust.

Ehe er auf die Straße trat, wurde ihm plötzlich von hinten auf die Schulter getippt. Einer der Gäste war ihm gefolgt. Sein Name sei Holger Brand, stellte der Mann sich vor. Er wolle sich für sein Schweigen am Tisch entschuldigen – er sei sich unsicher und habe außerdem die

Befürchtung gehabt, man könne ihn auslachen. Deshalb habe er eben nichts gesagt. Auf die Witze und den Spott der anderen Gäste könne er verzichten.

»Von mir haben Sie keinen Spott zu erwarten, Herr Brand. Ganz im Gegenteil, ich nehme jeden Hinweis sehr ernst!«, gab Zeller zurück.

»Nun gut. Es ist so«, begann der Mann. »Nachts muss ich regelmäßig auf die Toilette. Das Alter, wissen Sie. Danach kann ich immer schlecht einschlafen. Zu Hause laufe ich in meiner Wohnung auf und ab. Das beruhigt mich ein wenig. Hier, im Hotelzimmer, konnte ich das nicht. Ich wollte meinen Zimmergenossen nicht wecken. Also bin ich stattdessen im Flur umhergelaufen.«

»Um welche Uhrzeit?«

»Einmal gegen halb zwei und einmal so gegen 4 Uhr«, antwortete Herr Brand. Er wirkte immer noch verlegen.

»Sehr gut, erzählen Sie bitte weiter«, ermunterte der Kommissar ihn.

Der Mann blickte betreten zu Boden. »Hierbei habe ich an den Türen gelauscht. Sich vorzustellen, wer sich dahinter aufhält, finde ich spannend und regt meine Fantasie an. Zu hören, wie jemand atmet oder sich im Bett hin und her dreht und Laute von sich gibt oder im Schlaf spricht, lenkt ab. Verstehen Sie mich aber bitte nicht falsch!«

»Keine Sorge, Herr Brand. Was haben Sie denn belauscht?«

»Gegen halb zwei war nichts Außergewöhnliches zu hören. Alles schlief tief und fest. Das war bei meinem zweiten Toilettengang anders. In dem Zimmer, das direkt zur Straße führt, war offenbar ebenfalls jemand wach. Es brannte Licht und man hörte Geräusche.«

»Was für Geräusche?«

»Der Gast darin sprach mit jemandem. Vielleicht am Telefon, vielleicht hatte er auch Besuch. Ich weiß es nicht genau, denn ich vernahm nur seine Stimme. Die aber deutlich.«

»Und was sagte er?«

»Dass er sich mit einem Richter gestritten habe und ihn am liebsten umbringen würde. Das Schwein müsse man aufhängen.«

Zeller glaubte, nicht richtig verstanden zu haben, und fragte vorsichtshalber noch einmal nach. »Er wolle den Richter umbringen? Das hat er wirklich gesagt? Bitte überlegen Sie noch einmal genau, wie er sich ausgedrückt hat. Es ist wichtig!«

»Ja, ich habe es deutlich gehört. Am liebsten würde er das Schwein mit seinem eigenen Tuch erdrosseln, den unbarmherzigen Lebensvernichter!«

Zeller bedankte sich. Der Mann reichte ihm seine Karte und ging zurück zu den anderen Gästen ins Hotel. Kaum draußen, durchwühlte der Kommissar seine Manteltaschen, bis er den Zettel fand, den er bei seinem ersten Besuch im Hotel von der Inhaberin bekommen hatte. »Pius Scherzinger«, stand darauf. Dazu eine Handynummer. Zeller tippte sie umgehend in sein Smartphone.

Kaum war das erste Freizeichen erklungen, nahm der Angerufene ab. »Ja bitte, hier Scherzinger?« Er sprach einen tadellosen badischen Dialekt.

»Kriminalhauptkommissar Paul Zeller, Kripo Rottweil. Ich habe ein paar Fragen an Sie. Können wir uns treffen?«

KAPITEL 10

Zeller arbeitete die gesamte Nacht durch. Die Entwicklungen schritten rascher voran als gedacht. Das war gut. Allerdings brauchte er Struktur, sonst verlor er den Überblick. Die schuf er jetzt und brachte sie für alle gut sichtbar an die überdimensionale Pinnwand im großen Besprechungszimmer an. Er arbeitete gern, wenn außer ihm niemand im Büro war und kein Telefon klingelte. Nur kurz unterbrach er seine Arbeit – der müffelnde Geruch unter seinen Achseln signalisierte ihm, dass er dringend sein Hemd wechseln musste. Auch eine Dusche wäre nicht schlecht.

Auf dem Weg zu Annes Einfamilienhaus kaufte er beim Bäcker frische Weckle. Als er wenig später ihre Küche betrat, sah er, dass sie gerade aufgestanden war.

Verschlafen stand sie in ihrem Nachthemd und den idiotischen rosa Puschen an der Kaffeemaschine und löffelte das braune Pulver in den Filter. Im Radio dudelte Musik. Sie gaben sich einen flüchtigen Kuss.

Zeller duschte ausgiebig, rasierte sich und wechselte seine Kleidung. Anne deckte inzwischen den Tisch, wartete, bis er seine Morgentoilette erledigt hatte, und las solange die Tageszeitung.

Als Zeller fertig war, fühlte er sich wie ein neuer Mensch. So würde er den heutigen Herausforderungen begegnen können. Vorher brauchte er jedoch ein stärkendes Frühstück. Er setzte sich zu Anne an den Tisch und griff herzhaft zu. Er liebte es, wenn die Weckle besonders knackig waren und die noch warme Kruste beim Reinbeißen zerbröselte. Genussvoll zelebrierte er jeden Bissen. Er ließ sich Zeit. Der Tag würde lange genug werden und wer wusste schon, wann er das nächste Mal in Ruhe etwas zu sich nehmen konnte.

Es war ein schöner Tagesbeginn. Fast unwirklich, einfach unglaublich harmonisch. Er hätte den Augenblick gerne bis in alle Ewigkeit festgehalten. Anne war sehr gesprächig an diesem Morgen. Von dem Moment an, an dem er sich zu ihr an den Tisch gesetzt hatte, brach ein wahrer Hurrikan voller Ideen und unausgereifter Pläne über Zeller herein. Sie war plötzlich voller Tatendrang und Energie. Unentwegt sprudelte es aus ihr heraus. Gleich morgen würde sie beginnen mit ihrem neuen Leben. Dann sei alles überstanden. Keine Sitzungen mehr beim Psychiater, keine Therapien mehr, keine Reha. Wie gut sie sich fühle, weil alles vorbei sei. Sie habe gewonnen. Wer hätte das außer ihr jemals gedacht!

Er wusste aus Erfahrung, wie lange es anhalten würde, wahrscheinlich nicht einmal 24 Stunden. Dann war alles wie früher. Bisweilen schlimmer als vor der positiven Phase. Trotzdem bestärkte er sie, redete ihr gut zu und versuchte, ihr die Hoffnung zu geben, die sie brauchte. Wieder einmal. So richtig freuen konnte er sich nicht über ihre Euphorie. Seine Skepsis war zu groß. Doch dies behielt er für sich.

Kurz bevor der Besprechungstermin im Polizeirevier begann, kehrte Zeller zurück in sein Büro. Noch im Eingang blieb er plötzlich stehen, hielt sich am Türrahmen fest und musste nach Atem ringen. Die Schwächephase dauerte nicht lange an. Er griff zu seinem Flachmann und nahm einen tiefen Schluck daraus. Dabei strich er sich mit seiner linken Hand angespannt über die Stirn und versuchte, sich zu konzentrieren. Er hatte nicht geschlafen, keine einzige Minute. Jetzt bekam er die Quittung dafür.

Seine Gedanken schweiften ab. Noch immer konnte er nicht glauben, was er gestern durch den unbekannten Anrufer gesagt bekommen hatte. Nicht die Morddrohung war das Problem – es war nicht die erste, die er erhalten hatte. Immer wieder gab es besonders Schlaue, die glaubten, sich die Polizei mit Drohungen vom Leibe halten zu können. Absolut falsch gedacht. Zeller einzuschüchtern war ein Unterfangen, das nie gelingen würde. Der Versuch stachelte ihn eher noch an und die Betroffenen erzielten damit genau das Gegenteil von dem, was sie eigentlich erreichen wollten.

Was ihn nachdenklich stimmte, war die Verbindung zur Rottweiler Fasnetsgestalt. Den Narrenengel kannte

jeder hier in Rottweil. Regelmäßig führte er die Nar-
ren beim Sprung an. Diese sehr alte Figur nahm Bezug
auf die Organisation der Engelsgesellen der Reichsstadt,
in denen die Junggesellen der Zünfte vereinigt waren.
Aus ihr kam der Narrenmeister, der die Polizeigewalt
während der Fasnet besaß. In der Historie waren die
Engelsgesellen zuständig für Zucht und Ordnung in
der Stadt. Wollte der Anrufer mit seinen mörderischen
Taten etwa für Gerechtigkeit sorgen? Eine Gerechtigkeit
natürlich, die nur er kannte. Dazu trug der historische
Narrenengel eine Tafel mit der Aufschrift: »Niemand
zu Leid – jedem zur Freud«. Also genau das Gegenteil
dessen, was dieser Verbrecher seinen Opfern angetan
hatte. Wenn sie es denn mit nur einem Täter zu tun hatten. Das wussten sie immer noch nicht. Vieles sprach
eher dafür, dass verschiedene Mörder am Werk gewesen waren.

Zeller trank einen weiteren Schluck, steckte den
Flachmann zurück in seinen Mantel und hängte diesen
an den einzigen Haken im Büro. Er würde der Letzte
sein auf der Liste dieses Scheusals. Egal, so weit waren
sie noch lange nicht.

Die in die Soko berufenen Polizisten waren allesamt
im großen Besprechungsraum des Polizeireviers versammelt, dem Ort, der für die nächste Zeit ihre Zentrale
sein würde. Jeden Tag würden sie hier zumindest am
Morgen zusammenkommen. Nicht alle wurden jederzeit gebraucht. Zumeist nur das Kernteam. Hier war
der Dreh- und Angelpunkt ihrer Arbeit, fanden die
Mitarbeiter alle bekannten Ermittlungsergebnisse, die
Fotos und Lebensläufe und Informationen an die Glas-

scheiben geklebt. Hier wurden die nächsten Aktionen besprochen. In diesem Raum liefen sämtliche Fäden der Mordermittlung zusammen, flossen ineinander und gediehen zu einem großen Ganzen. Es würde ihr Lebensmittelpunkt werden, bis der Mörder gefasst und der Fall abgeschlossen war. Fast wie bei einer Papstwahl, doch mit einem ungewisseren Ausgang.

Die Soko »Stuhl« nahm ihre Arbeit auf. Das Kernteam kannte sich und brauchte untereinander nicht vorgestellt zu werden. Die Aufgaben waren klar verteilt. Polizeirat Dieter Bausinger, der Leiter der Rottweiler Polizeidirektion, sprach seine obligatorische Einführung kurz und für ihn äußerst einsilbig. Im Anschluss übergab er das Wort an den Polizeipräsidenten des gesamten Polizeipräsidiums Konstanz, Alois Bastian, der extra, und dies war ungewöhnlich, aus der Bodenseestadt herbeigeeilt war. Der untersetzte Mann, Anfang 60, hatte ein Stofftaschentuch in der Hand und wischte sich ständig mit fahrigen Bewegungen die Schweißperlen von der Stirn. Die Sätze flossen auch ihm nicht wie sonst aus dem Mund. Mehrfach verhedderte er sich und musste neu beginnen. So kannte Zeller ihn nicht. Normalerweise war er ein ruhig und besonnen auftretender Polizeibeamter.

Als Bastian die Leitung der Soko verkündete, wurde es still im Raum. Alle hatten damit gerechnet, dass diese wie immer Bausinger übernehmen würde. Doch da lagen sie falsch. Bastian setzte Zeller dafür ein. Was für eine Überraschung. Ulli Brenner schaute bedeutungsvoll zu ihrem Kollegen Karl Riechle, welcher ihr direkt gegenübersaß, und rieb sich unter dem Tisch die Hände. Unmerklich signalisierte ihr Riechle mit erhobenen Augenbrauen seine Verwunderung und lächelte zurück. Sogar Carla Zimmermann, die bisher Jüngste im Team und erst seit zwei Jahren regelmäßig dabei, schaute erstaunt und blähte kurz ihre etwas zu stark gepuderten Wangen auf. Dies war ein unerwarteter Knaller. Sie alle wussten um das angespannte Verhältnis zwischen Zeller und Bausinger, es war ein offenes Geheimnis. Keiner von ihnen kannte den Grund dafür, außer Zeller und Bausinger selbst. Für die meisten hier war es einfach schon immer so gewesen und nicht an einem bestimmten Punkt festzumachen. Die Spannungen schwankten, manchmal ruhten sie wie bei einem Waffenstillstand, und damit es so blieb, ging man sich aus dem Weg. Doch sobald es hektisch, die Arbeit stressig und intensiv wurde, flackerten sie wieder auf und gerieten bei jedem Mal härter und persönlicher.

Es musste Bausinger wie ein Affront gegen ihn vorkommen und ihm unendlich schwerfallen, dass er die Leitung diesmal nicht bekommen hatte. Jedem hier war bekannt, dass er gern den Chef heraushängen ließ. An der Entscheidung für Zeller konnte seiner Meinung nach daher nur das persönliche Verhältnis zwischen dem Kommissar und dem Polizeipräsidenten schuld sein. Es war unter den Kollegen bekannt, dass Zeller und er gut miteinander auskamen und sich gegenseitig schätzten. Es wurde gemunkelt, dass sie sich auch privat trafen. Polizeirat Bausinger verließ nach der Verkündung den Raum. Er hätte einen wichtigen Termin, ließ er sie alle wissen.

Elli Jones war die Einzige, die sich nicht über die Entscheidung wunderte. Man sah ihr aber an, dass sie aufgeregt war und sich darüber freute, in der Runde dabei sein zu dürfen. Ihre Wangen waren vor Aufregung mit einer feinen Röte überzogen. Immer wieder wanderte ihr Blick von einem zum anderen.

Zeller selbst ließ sich seine Überraschung über Bastians Entscheidung nicht anmerken. Fast hätte man vermuten können, dass er bereits davon gewusst hatte. Allerdings war dies nicht der Fall. Er war genauso erstaunt wie jeder andere hier im Konferenzraum, aber es gelang ihm ganz gut, das zu verbergen.

Er erhob sich und dankte dem Soko-Team kurz für das Erscheinen. Er wusste, dass nicht alle auf dem neuesten Stand waren und somit den Ernst der Lage nicht richtig einschätzen konnten. Einige unter ihnen wussten nicht einmal, was am gestrigen frühen Morgen passiert war. Riechle und eine weitere Kollegin, Lisa Brecht, kamen direkt aus dem Urlaub. Man sah es ihnen an. Ihre sonnengebräunten Gesichter ließen nicht den geringsten Zweifel daran aufkommen, dass sie ihre freie Zeit genossen hatten. Ihre Begeisterung, heute hier dabei sein zu müssen, hielt sich in Grenzen, denn es war Sonntag, eigentlich für sie ein noch freier Tag.

»Wir haben drei ermordete Personen in Rottweil und wissen nicht, ob die Taten am Hofgerichtsstuhl und im Testturm zusammenhängen«, begann Zeller ohne Umschweife und machte eine kurze Pause, um seinen Worten mehr Gewicht zu verleihen. »Und ob sie vom selben oder von verschiedenen Mördern begangen worden sind«, fuhr er dann fort. »Es gibt bis zum jetzigen Zeitpunkt keine Verbindung. Alles spricht für unterschiedliche Täter, die Verbrechen wurden grundverschieden ausgeführt. An der Tafel habe ich alles bisher Bekannte zusammengetragen.« Er nahm einen Schluck aus dem bereitstehenden Wasserglas. »Doch ehe wir mit der Arbeit beginnen, möchte ich Kriminalkommissarin Elli Jones begrüßen, die frisch von der Schule in Böblingen kommt und dort als Streberin«, er grinste schelmisch, »und Klassenbeste bekannt war und uns für einige Zeit verstärken wird. Vorsicht! Sie ist Meisterin der Kampfkunst Krav Maga, trägt das Goldene Abzeichen mit rotem Streifen und bildet in speziellen Kursen darin aus. Auch wenn man ihr dies auf den ersten Blick nicht ansieht. Wenn ihr also nahkampftechnisch nicht mehr auf dem neuesten Stand seid, habt ihr die Gelegenheit, bei ihr ein paar Nachhilfestunden zu nehmen.« Er lächelte Jones an und bedeutete ihr, aufzustehen.

Elli bekam einen feuerroten Kopf. Ihr war nicht wohl bei der Sache. So viel Aufmerksamkeit war sie nicht gewohnt. Die Kollegen begrüßten sie, Karl und Lisa klatschten Beifall, die anderen nickten ihr zu.

Zeller räusperte sich und sprach ernst weiter. »Gestern Abend erhielt ich einen Anruf auf mein Smartphone mit unterdrückter Nummer. Die Stimme des Anrufers war stark verfremdet. Nach seinen Worten war das, was bisher geschah, nur der Anfang. Die Person bezeichnete sich selbst als ›Narrenengel‹ und könnte somit aus Rottweil stammen. Die Verwendung dieses Namens ist schon Frevel genug. Der ›Narrenengel‹ kündigte an, dass ich der Übernächste sein würde – wohlgemerkt nicht der Nächste. Es muss deshalb mit einem weiteren Mordversuch gerechnet werden, ehe er sich dann mit mir beschäftigt. Wir kennen bisher kein Motiv und haben keinen Anhaltspunkt für den Grund seiner abscheulichen Taten. Es gibt keine Forderungen und kein Bekennerschreiben. Wir haben Spuren aufgenommen und sind am Auswerten. Oder Ulli will uns im Anschluss mit neuen Daten positiv überraschen. Dann nur zu! Wir stehen jedenfalls ganz am Beginn.«

Alois Bastian stand auf und verließ den Raum, wobei er Zeller ein Zeichen gab, ihm zu folgen. Dieser übergab das Wort an die Leiterin der Spurensicherung und folgte dem Präsidenten in Bausingers Büro. Zeller schloss die Tür hinter sich.

»War das klug, Bausinger einfach die Leitung der Soko vorzuenthalten, Alois? Mit der Unterstützung des Alten wird es nun schlecht aussehen. Er wird es sich kaum bieten lassen und mir, so oft es geht, Knüppel zwischen die Beine werfen. Ich bin gespannt, wann er die erste Aktion startet.«

»Paul, es ging nicht anders. Wie er beim letzten Fall polarisiert und dich behindert hat, war unfair und hat die Ermittlungen unnötig erschwert. Ich musste ihm eine Lektion erteilen. Leider.«

»Wir brauchen alle Leute. Der Fall wird nicht einfach. Ich habe so ein komisches Ziehen in der Magengrube. Das habe ich immer, wenn es ganz schwierig wird.« Zeller verzog sein Gesicht zu einer Grimasse.

Der Polizeipräsident hatte sich in Bausingers Sessel fallen lassen und trommelte mit den Fingern der rechten Hand auf der Tischplatte. »Jeder Fall hat am Anfang seine Tücken und man weiß nie, was sich daraus entwickelt. Deshalb wollte ich dich als Soko-Leiter. Auch wenn ich dafür granatenmäßig unter Beschuss geraten werde. Dazu stehe ich! Obwohl ich schon jetzt den Innenminister mit der Frage an mich herantreten sehe, was ich mir dabei gedacht habe. Erschwerend kommt hinzu, dass Bausinger und der Minister sich kennen und öfter zusammen golfen. Da entstehen Männerfreundschaften oder, anders ausgedrückt, Zweckgemeinschaften, wobei Bausinger der größere Nutznießer ist. Bitte lasse mich nicht im Regen stehen und fasse diesen Wahnsinnigen besser heute als morgen. Mach einfach schnell!« Er stand auf und schaute auf die Uhr. »Ich muss weiter. Halte mich auf dem Laufenden, Paul. Regelmäßig! Und gewöhne dir deine Alleingänge ab. Du hast Kollegen und die sind gut in ihrem Metier. Forme die Truppe zu einer Einheit – nicht wie beim letzten Mal. Klar? Wir haben uns verstanden, denke ich. Viel Glück.« Sie gaben sich die Hände. Ehe Bastian das Büro verließ, drehte er sich noch einmal. »In der Aufregung habe ich es ganz vergessen: Wie geht es Anne?«

»Danke der Nachfrage, Alois. Wie soll es ihr schon gehen! Immer noch unverändert. Mal so, mal so. Es ist nicht einfach. Leider«, sagte Zeller in einem für ihn ungewöhnlich resignierenden Ton.

»Dann grüße sie von mir. Kopf hoch, Paul. Es wird schon wieder. Ich freue mich jetzt schon darauf, wenn wir zusammen grillen und dazu eine gute Flasche Wein köpfen. Ich habe einen wirklich edlen Tropfen aus Rioja bekommen. Noch ist das Wetter nicht so schlecht.«

Zeller nickte und wusste, dass es wieder leere Worte waren. Er hatte sie in letzter Zeit so oft von Alois gehört und nie war etwas daraus geworden. Es würde ihn wundern, wenn er sich in ein paar Tagen noch daran erinnerte. Das wäre neu.

Kaum hatte Bastian sich von Zeller verabschiedet, kam Carla Zimmermann zu ihrem Chef. Er wisse bestimmt, dass der Richter nicht gerade sehr beliebt gewesen sei. Gnade sei ein Fremdwort für ihn gewesen. Deshalb hätten sie sich als Erstes seine Straffälle der letzten Jahre vorgenommen. Sie waren bei Weitem noch nicht durch, aber ein Fall aus dem letzten Jahr sei interessant. Dabei war es um Pius Scherzinger gegangen, 64 Jahre alt, geschieden, aus Baden-Baden. Scherzinger selbst sei nicht der Angeklagte gewesen, sondern sein Sohn, der hier bei seiner Mutter in Rottweil wohne. Das Ehepaar Scherzinger lebe seit einigen Jahren getrennt. Der Junge, Mario Scherzinger, habe mit Drogen gedealt und sei mehrmals erwischt worden. Wirkliche Einsicht habe Mario nicht gezeigt. Die Strafe für sein unreflektiertes Handeln sei hoch gewesen und wahrscheinlich in den Augen der Scherzingers reichlich überzogen. Mario sei erkrankt und im Jugendstrafvollzug überraschend verstorben. Seitdem habe Scherzinger gegen den Richter geklagt. Damit hätte er ein Motiv.

Als Zeller ihr verkündete, dass er erst gestern mit besagtem Scherzinger telefoniert habe, schaute Carla ihn überrascht an. Das, was er danach sagte, verwunderte sie dagegen nicht mehr. Wieso auch. Es war nur folgerichtig, dass er einen Termin mit ihm vereinbart hatte. Manchmal gab ihnen Zeller Rätsel auf.

KAPITEL 11

Am nächsten Tag kam Paul Zeller mit bester Laune zur Arbeit. Er wusste selbst nicht genau, warum. Lag es daran, dass Annes Tatendrang immer noch anhielt und sie entgegen seiner Befürchtung nicht bereits wieder in ein tiefes Loch der Verzweiflung gestürzt war? Dass sie ausnahmsweise weder geklagt noch alle Menschen um sich herum beschuldigt sowie die ganze Nacht mit sich und vor allen Dingen mit ihm gehadert hatte? Oder daran, dass sie seit Langem wieder einmal gemeinsam im Bett gelegen hatten, zur gleichen Zeit und nüchtern, und dabei sogar gekuschelt hatten? Dass sie Zukunftspläne besprochen, von einem gemeinsamen Urlaub geträumt und dass sie ihm sogar das Land verraten hatte, in das sie gerne reisen wollte? Warum nicht – er hatte nichts dagegen, Hauptsache, ihr ging es besser dabei. Vielleicht würde es sie aufheitern und dauerhaft aus ihrem Tief herausholen.

Dass sie gerade ins kalte England wollte, überraschte ihn nicht. Sein persönlicher Favorit war das Ziel zwar nicht, aber er würde überall mit ihr hinfahren, solange es ihr half. Sogar England war ihm dafür recht. Er würde Brian anrufen, den Inspektor beim »Scotland Yard«, wie er immer wieder scherzhaft sagte und darauf wartete, dass der andere ihm ein ums andere Mal erklärte, dass es »Metropolitan Police Service« hieß. Ein alter Freund aus vergangenen Zeiten. Der konnte ihnen im alten London Dinge zeigen, die nicht jeder zu sehen bekam. Brian kannte sich aus. Der Mann war noch nie aus der Hauptstadt herausgekommen. Zeller musste lächeln. Auch wenn es Montag war und gleich die nächste Sitzung der Soko anstand. Das Leben konnte schön sein.

Er war nicht der Erste im Revier. Carla war schon anwesend und auch Karl. Als ob sie gemeinsam gekommen wären, was natürlich Quatsch war. Der eine wohnte in Zimmern ob Rottweil, die andere in Villingendorf. Elli Jones war natürlich auch schon da und in ein angeregtes Gespräch mit Karl verstrickt. Er konnte es nicht lassen, dachte Zeller, kaum war eine neue Beamtin in ihrer Gruppe, musste sie erst mal beschnuppert und die Chancen bei ihr ausgelotet werden. Karl würde immer ein Schwerenöter bleiben. Es begann stets mit einem Sympathietest – die ersten Sekunden, in denen klar wurde, ob man sich leiden konnte oder nicht. Im nächsten Schritt versuchte er herauszufinden, ob sich ihre Interessen ähnelten, um gleich darauf auszuprobieren, wie weit er gehen konnte. Zeller hatte es nicht so gern, aber was sollte er machen. Sie waren alles erwachsene Menschen, die überdies in extremen Situationen miteinander funktionieren mussten. Wenn es darauf ankam, war auf Karl Verlass, und das war für Zeller das Wichtigste. Da konnte er über solche Spielchen schon mal hinwegsehen.

Endlich traf auch Ulli ein. Sie hatte den Obduktionsbericht dabei. Der Professor in Tübingen hatte Wort gehalten und die drei Leichen vorgezogen. Zeller wusste, dass Ulli den Bericht schon studiert hatte, und bat sie, das Wichtigste daraus zusammenzufassen. Sie ließ sich nicht lange bitten.

»Die beiden Damen wurden Opfer tödlicher Schläge durch einen stumpfen Gegenstand. Unsere Vermutung, dass es sich dabei um einen Golfschläger gehandelt haben könnte, war richtig. Das Opfer vom Hofgerichtsstuhl, Richter Schuhmacher, wurde erst betäubt und danach stranguliert. Darauf brachten uns bereits die beiden Einstiche am Hals. Allerdings hätte man den Mann gar nicht umbringen müssen. Schuhmacher war krank – er hatte irreversiblen Leberkrebs im Anfangsstadium. Wir hätten ihm noch ein halbes Jahr gegeben, vorsichtig ausgedrückt.«

»Wann war der Todeszeitpunkt?«, insistierte Zeller.

»Wie ich am Tatort gesagt hatte: Samstag, zwischen 2 und 4 Uhr. Wohlgemerkt habe ich das ohne große Untersuchungen vermutet. Ich bin gut, nicht?« Triumphierend schaute Ulli in die Runde, machte eine etwas zu lange Pause und fügte hinzu: »Dafür hätten wir die Leichen nicht extra nach Tübingen kutschieren müssen. Das wäre mir auch gelungen. Aber auf mich hört ja keiner.« Ein bisschen Beifall von den Kollegen, das sah man ihrem Gesicht an, hätte ihr gefallen.

»Wir wissen es alle, Ulli, du bist einsame Spitze. Aber geht's nicht etwas schneller mit deiner Zusammenfassung? Wir brauchen keine Selbstinszenierung von dir, sondern Fakten. Es wartet viel Arbeit auf uns.« Carla Zimmermann warf ihrer Kollegin einen giftigen Blick zu.

»Was weiß man noch über das männliche Opfer?«, fuhr Zeller dazwischen. Das konnte ja ein schöner Montagmorgen werden, wenn die beiden schon zu Beginn aufeinander losgingen.

Ulli atmete hörbar aus. Paul bestand darauf, den

Mann wie einen Unbekannten zu behandeln und erst mal alle Fakten über ihn auf den Tisch zu legen. Als ob den Richter nicht alle sowieso schon kannten! Doch der Kommissar wollte es so. Alle im Team sollten sich immer auf dem gleichen Stand befinden. Ulli fügte sich. »Linus Schuhmacher, Richter am Landgericht, 58, geschieden vor zehn Jahren, zwei Kinder. Seine Ex wurde informiert. Genau wie die Kinder. Die nahmen es gefasst auf. Oder andersherum, die Trauer hielt sich bei den engsten Angehörigen in Grenzen.«

»Wusste die Familie über seine Krankheit Bescheid?«

»Er hat es für sich behalten. Erst durch die Obduktion haben wir davon erfahren. Schuhmacher muss Schmerzen gehabt haben. Er hat es gut kaschiert. Niemandem war etwas aufgefallen.«

»Tatort?«

»Nicht identisch mit dem Auffindeort. Er wurde umgebracht, kurz bevor man ihn dort hingebracht hatte. Es ist tatsächlich so, wie ich angenommen hatte.« Sie schaute ernst zu Carla und fügte hinzu: »Durch die vorgenommene Betäubung gab es keinen Kampf. Wir konnten keine entsprechenden Spuren wie Hautpartikel unter den Fingernägeln finden. Man hat den Mann heimtückisch betäubt und dann erdrosselt. Mit seinem Tuch, das konnte nachgewiesen werden. Überhaupt gab es sehr wenige Spuren, muss ich leider einräumen. Außer einem schönen Fußabdruck, aber der kann schon vorher am Auffindeort gewesen sein.«

»DNA, Fingerabdrücke?«

»An der DNA sind wir noch dran, Fingerabdrücke gab es keine.«

»In seiner Wohnung?«

»Einige, die wir aber noch nicht zuordnen konnten.«

»Womit wurde er betäubt?«

»Mit einem Barbiturat. Innerhalb kurzer Zeit verliert man das Bewusstsein.«

»Der Zeigefinger?«

»Sauber mit einem Messer abgetrennt. Einwandfreier Schnitt, kaum Ausrisse an den Rändern. Womöglich mit einem Skalpell. Ansonsten post mortem durchgeführt. Der Finger ist meiner Meinung nach, genau wie der Fundort, als reiner Symbolakt zu betrachten.«

»Ist Scherzinger nicht Arzt?«, warf Carla ein.

»Nicht ganz«, entgegnete Zeller. »Er ist 53 Jahre alt, hat ein super Abitur abgelegt und zwei Semester Medizin studiert. Danach wurde er Rettungsassistent. Außer einer kleinen Sache, die man vielleicht unter der Rubrik Rosenkrieg ablegen kann, ist seine Weste sauber. Seine Exfrau hatte ihn nach ihrer Scheidung angezeigt wegen übler Nachrede und Beleidigung. Er stritt sich nicht lange herum, sondern bezahlte die Strafe und zog nach Baden-Baden. Seit acht Jahren ist er im dortigen Casino angestellt. Er ist Croupier an einem Roulette-Tisch. Sein Motiv ist stark!« Er wandte sich wieder Ulli zu. »Habt ihr Hinweise auf den Tatort gefunden?«

»Noch keine zwingenden, die es lohnen würde, weiterzuverfolgen. Wir suchen in verschiedenen Richtungen. Da warten wir auf eure Hilfe. Die K8 hat geliefert. Wieder einmal. Jetzt seid ihr dran!«

Zeller hatte genug gehört und verteilte die Aufgaben. Carla solle sich über die Arbeit des Richters hermachen, die Pressemitteilungen durchgehen, alle Berichte im Umfeld der Rechtsprechung überprüfen. Da musste es was geben. Nicht nur Morddrohungen seien dabei interessant, meinte Zeller, auch alles andere, was man Schuhmacher angeboten oder in Aussicht gestellt hatte. Die wiederholten Bestechungsversuche, die Beeinflussungen, Manipulationen, Erpressungen. Das gesamte Spektrum eben. Als IT-Expertin in ihrem Team war sie die richtige Person dafür.

Karl und Lisa würden die Nachbarn des Richters befragen. Die hatten sicherlich etwas gehört oder gesehen. Sie sollten sich Hilfe von der Polizei besorgen. Danach waren die Besucherlisten durchzugehen, die mittlerweile verfügbar waren. Die beiden Vereine hatten sie ihnen noch am Sonntag zugemailt. Zeller teilte Elli Jones zu sich ein. Er wollte mit ihr den Golfer besuchen. Man hatte auf dem im Foyer des Testturmes gefundenen Bag, wie die Tasche für die Schlägergarnitur hieß, den Namen des Golfklubs gefunden – »Golf Club Kaisersbronn«. Bisher hatte noch niemand danach gefragt. Für solch eine kostspielige Sportausrüstung eher ungewöhnlich. In der Tasche befanden sich 13 verschiedene Schläger.

Er ließ Elli Jones ans Steuer des Dienstwagens. So konnte er besser seinen Gedanken nachhängen. Außerdem fuhr er sowieso nicht gern mit dem Auto und war dementsprechend kein guter Fahrer. Ihm fehlte die Übung. Sie machten sich auf den Weg nach Kaisersbronn, wo sich eine der schönsten Golfanlagen im süddeutschen Raum befand, rund zehn Kilometer von Rottweil entfernt. Er kannte den Platz. Vor zwei Monaten war er zu einem Schnupperwochenende eingeladen worden. Sein Freund Alois, der Polizeipräsident, hatte diese grandiose Idee gehabt. Er war ein begeisterter Golfer und hatte Zeller mit allen Mitteln der Überredungskunst davon zu überzeugen versucht, dass diese Sportart die beste überhaupt sei. Immer an der frischen Luft, viel Bewegung, ohne sich zu übernehmen, und manchmal sogar spannende Wettkämpfe. Dazu traf man hier immer interessante Leute. Entscheider aus der Wirtschaft, Ärzte, Zahnärzte, Unternehmer oder Beamte. Das konnte manches Mal helfen im Leben. Auch bei Zellers Arbeit. Golfen öffnete Türen. Egal, wohin man kam. Obwohl sich Alois große Mühe gab, war Zeller nicht dafür zu begeistern. Die Sportart war einfach nicht nach seinem Geschmack. Der Kriminalhauptkommissar zog lieber ein gepflegtes Schachspiel vor – auch mal allein, wenn gerade kein passender Gegner in der Nähe war. Oder noch besser ein hartes, kampfbetontes Rugbyspiel im Rottweiler Verein, mit vollem Einsatz und ohne Rücksicht auf Verluste. Das war ehrlicher Sport, wie er ihn liebte. Bis es ihm vor zehn Jahren den Knöchel demoliert hatte. Sein Knie hatte noch wochenlang geschmerzt und ihn humpelnd auf Verbrecherjagd gehen lassen. Danach war Schluss gewesen. Ich bin nun über 40, hatte er sich damals gesagt und die Notbremse gezogen. Es war besser für ihn.

Der Platz war gut besucht. Auf der 36-Loch-Anlage gab es heute ein kleines Turnier. Der Golfnachwuchs, jetzige und ehemalige Schüler und Internatsbewohner, maßen ihre Kräfte mit anderen Nachwuchsspielern aus der ganzen Welt. Viele kamen aus dem Golfinternat der Freien Schule Kaisersbronn. Der Besitzer der vergessenen Golfgeräte musste zu ihnen gehören. Warum er die Schläger nicht abgeholt oder sich wenigstens nach ihrem Verbleib erkundigt hatte, war seltsam und unverständlich. War ihm etwas zugestoßen oder war er nur nachlässig? Wieso hatte er das Equipment überhaupt zu der Veranstaltung im Turm mitgenommen? Je mehr Zeller darüber nachdachte, desto mehr Fragen tauchten auf und suchten nach einer Antwort.

Der Kommissar war sich sicher, dass der Besitzer der Golftasche heute zu dem Turnier kommen würde. Immerhin war es ein besonderes Ereignis im Leben der Internatsbewohner und Golfspieler. Ein Highlight im ländlichen Golferleben – ein Fehlen ohne triftigen Grund war ausgeschlossen. Waren verlorene Golfschläger ein Problem oder konnte man sich mühelos welche besorgen oder ausleihen? Sicherlich! Schläger blieb Schläger. Doch Golfer hatten in dieser Beziehung vermutlich genauso eine Macke wie Fußballer mit ihren speziellen Schuhen oder Sportschützen mit ihren Waffen. Zeller wollte es herausfinden und den Leuten ein wenig auf den Zahn fühlen. Dafür war ein unangekündigter Besuch auf dem Golfplatz bestens geeignet.

Das Turnier war gut besucht, obwohl Montag war. Jede Menge Autos standen vor dem Restaurant oder parkten entlang der Straße. Die Kennzeichen waren bunt gemischt, neben Rottweil und der Bodenseeregion war der Schwarzwald oft vertreten. Elli hatte Mühe, eine geeignete Parkmöglichkeit zu finden, bei der sie nicht Hunderte Meter zurücklaufen mussten. Endlich wurde sie für ihre geduldige Suche belohnt. Die entdeckte Lücke war nicht gerade geräumig, für Zeller hätte dies ein größeres Problem bedeutet. Nicht so für Jones. Mit nur einem Zug parkte sie zielgenau ein.

Die Pizzeria im Eingangsbereich des Platzes war von Glas umgeben, auf zwei niedrigen Türmchen neben dem Eingang thronte jeweils ein dunkelgrüner Zwiebelhelm. Die Tür öffnete sich lautlos vor den beiden Polizisten. Im Lokal sah es eher leer aus. Drei ältere Männer saßen um einen Tisch herum und waren in ein angeregtes Gespräch vertieft. Offenbar hatten sie nichts mit dem Turnier zu tun. Draußen auf der Terrasse war es dagegen voll. Die Stehtische, überzogen mit weißen Hussen, wurden dicht umlagert von gut gelaunten Menschen mit Sektgläsern in den Händen. Es wurde viel gelacht, die Stimmung war ausgelassen. Das Turnier verbreitete eher den Eindruck eines Klassentreffens als den einer ernst zu nehmenden Sportveranstaltung.

Der Kellner bemerkte Zeller und Jones und fragte nach ihren Wünschen. Auf einem Schildchen an seinem Kragenaufschlag stand »Salvatore Russo«. Sie zeigten ihm ihre Ausweise. Elli verlangte nach dem Chef des Vereins.

»Es könnte einige Zeit dauern, bis Herr Fauser zu Ihnen kommen kann. Er ist gerade am 34. Loch. Es fehlen nur noch zwei bis zum erfolgreichen Schluss. Er liegt supergut im Rennen. Ich denke, in einer halben Stunde dürfte er fertig sein. Können Sie solange warten?«, gab er bereitwillig Auskunft.

Sie konnten. Auf die paar Minuten käme es nicht an. Salvatore versprach, Herrn Fauser direkt Bescheid zu geben, sobald er sein Spiel beendet habe.

Zeller bestellte italienisch korrekt zwei Espressi und verzichtete auf den Schluck aus seinem Flachmann. Stattdessen betrachtete er lieber die fröhliche Menge um sich herum. Man bekam den Eindruck, dass hier ein Teil der kommenden Leistungsträger der Republik versammelt waren, hübsch anzuschauen, gut gekleidet und kommunikativ. Manchmal schwoll der Lärmpegel bedenklich an. Auf den ersten Blick war hier kein Platz für Verbrechen, hätte man meinen können.

Günter Fauser war exakt nach 30 Minuten bei ihnen, genau wie der Kellner versprochen hatte. Der Mann im besten Alter kam mit einem Golfcart angefahren und hielt direkt vor der Terrasse gegenüber einer stilisierten, überdimensionalen und farbenprächtigen Krone aus Holz. Er schien ein Energiebündel zu sein, denn er stürmte auf Zeller und Jones zu und gab ihnen die Hand. Sein braun gebrannter Teint stand im Kontrast zu seiner weißen Golf-Cap und dem ebenso weißen kurzärmeligen Hemd, aus dessen Ausschnitt eine dicke goldene Kette hervorblitzte. Sein braunes Haar war mit blonden Strähnchen aufgehübscht. Beim Sprechen blitzte ihnen ein makelloses Gebiss entgegen. Ein Mann wie einem Lifestylemagazin entsprungen, dessen tatsächliches Alter, Zeller schätzte ihn auf über 60, wahrscheinlich nur er selbst kannte.

»Wie kann ich Ihnen helfen, meine Dame und mein Herr? Darf ich Sie zu einem Gläschen Sekt einladen?«, gab Fauser den charmanten Gastgeber.

Sie verneinten und zeigten ihre Dienstausweise. »Im TK Elevator Testturm wurde ein teures Bag mit Golfgeräten gefunden. Darauf steht der Name Ihres Vereins. Wissen Sie, wem es gehören könnte?«, kam Zeller sofort zur Sache.

»Nein, keine Ahnung. Wie soll das Bag überhaupt dorthin gekommen sein?«

»Das wollte ich gern von Ihnen erfahren«, gab Zeller trocken zurück. »Es fand dort weder eine Golf- noch irgendeine andere Sportveranstaltung statt.«

»Da kann ich Ihnen beim besten Willen nicht weiterhelfen. Es muss nicht unbedingt jemand aus unserem Verein gewesen sein, nur weil unser Emblem darauf angebracht ist. Aber ich kann mich gern für Sie erkundigen. Schauen Sie sich in der Zwischenzeit unsere weitläufige Anlage an. Am besten, Sie gehen hinunter zu den Teichen. Ein wunderschöner Seerosenteich kann ganz umrundet werden, ohne dass man Angst haben muss, von einem Golfball niedergestreckt zu werden. Schade, dass ich Ihnen heute keinen Prominenten präsentieren kann. Die geben sich bei uns normalerweise die Klinke in die Hand. Da gibt es immer wieder spannende Duelle mit Gästen, die man sonst nur aus dem Fernsehen kennt. Bestellen Sie sich etwas zu trinken! Der Verein freut sich darüber, Sie bewirten zu dürfen.«

Der Mann sprach ohne Punkt und Komma. Zeller war froh, als er endlich verschwunden war. Zu viel Blabla schlug ihm auf den Magen.

Jones und er folgten Fausers Ratschlag und betraten den Golfplatz. Er war top in Schuss. Bestens gepflegt und präpariert für den Sport. Überall standen Zuschauer herum, sahen den Spielern bei ihren Schlägen zu, fachsimpelten oder unterhielten sich einfach über Gott und die Welt. Auch hier war die Atmosphäre äußerst entspannt. Viele junge Menschen waren unter ihnen, wahrscheinlich die halbe Freie Schule Kaisersbronn, eine Privatschule mit mehreren Klassenzügen. Angeschlossen war ein Internat, offen für alle Konfessionen und international. Aber keineswegs ein Eliteinternat, das sah man auf den ersten Blick, denn es ging äußerst leger zu, die Kleiderordnung war liberal. Jones hätte Zeller noch mehr über die Schule erzählen können. Sie hatte sich informiert.

Plötzlich näherte sich ihnen ein junger Mann mit halblangen schwarzen Haaren. Er grinste breit. »Na, glaube ich es denn! Bist du es wirklich, Elli, oder täusche ich mich? Das kann doch nicht wahr sein. Du hier, bei unserem Golfturnier? Welch Vergnügen! Du hast deinen Vater mitgebracht?« Der Unbekannte maß Zeller mit dem Blick.

Der Kommissar schaute amüsiert zurück. Bei dem Altersunterschied zu seiner Kollegin war diese Frage nicht einmal so abwegig.

Elli dagegen schien den Frontalangriff nicht so locker zu nehmen wie er. »Hallo, Bernd, natürlich nicht«, antwortete sie angespannt, »das solltest du eigentlich wissen. Obwohl es zum Glück schon einige Zeit her ist, dass du bei mir zu Hause ein und aus gegangen bist. Was machst du denn hier im Schwarzwald? Wolltest du nicht in die Staaten? Bist du etwa Profigolfer geworden und verdienst dein Geld hier auf dem Platz?« Ihre gesamte Körperhaltung war abweisend.

»Elli, Elli, immer noch so zickig wie früher? Oder nimmst du mir etwa noch übel, was zwischen uns gewesen ist? Wer wird denn gleich so nachtragend sein.« Der junge Mann, den Elli eben Bernd genannt hatte, zeigte sich von ihrer Scharfzüngigkeit kein bisschen irritiert. Er schien sich seine gute Laune nicht verderben lassen zu wollen und sprach einfach weiter, als Jones auf seine Provokation nicht einging. »Ich habe mich geändert. Wirklich! Elli, ich bin Lehrer. Stell dir vor, ich bin zurück an der Schule! Früher undenkbar, macht es mir jetzt richtig Spaß, andere zu unterrichten und ihnen etwas beizubringen. Du hast recht – in den Staaten war ich tatsächlich, aber nach ein paar Jahren hat es mich zurück nach Deutschland und hierher nach Kaisersbronn verschlagen. Ist ein selten schöner Ort, wenn man die Ruhe und die Natur liebt. Und für den Rest ist man ratzfatz in Stuttgart, am Bodensee oder in der Schweiz. Golfprofi bin ich keiner geworden, dafür hat mein Geld nicht gereicht, aber ich kann immer noch ganz gut abschlagen und unterrichte nebenbei sogar im Golfinternat.«

»Nur die Mädchen oder auch die männlichen Schüler?« Es sollte spöttisch klingen, doch es geriet eher verbittert.

Bernd lachte. »Ach, Elli. Was bekommt denn der Herr an deiner Seite für einen Eindruck von mir! Natürlich bin ich für alle da. Nicht nur für die Damenwelt.« Er machte eine Pause und ließ seinen Blick über den Platz schweifen. Einige der Spieler winkten ihm zu, er war dran mit seinem nächsten Schlag. »Schade, ich werde gebraucht und kann nicht mehr länger mit dir plaudern. Hat mich wirklich gefreut, unser Wiedersehen. Ich muss zurück zu meiner Frauenmannschaft.« Entweder hatte Elli ins Schwarze getroffen mit ihrer Bemerkung oder er wollte sie hochnehmen. Das war nicht klar ersichtlich.

»Warte mal, Bernd«, hielt sie ihn zurück. »Du warst nicht zufällig am Freitag vorige Woche im Testturm in Rottweil? Das Thema des Abends könnte dich interessiert haben.«

Bernd überlegte nicht, sondern antwortete prompt. »Wieso fragst du? Was sollte ich am Freitag im Testturm gewollt haben? Ich war vor zwei Wochen das letzte Mal dort, bei einer Führung. Am Freitag war ich nicht mal in Rottweil. Aber sorry, ich muss. War prima, dich wiederzusehen. Ciao, schöne Maid.«

Elli stieg die Röte ins Gesicht.

»Ein ehemaliger Mitschüler?«, fragte Zeller, nachdem der Mann verschwunden war.

»Kann man sagen«, antwortete seine Kollegin wortkarg.

»Keine guten Erinnerungen an ihn?«, legte Zeller nach.

»An Bernd Kaiser? Überhaupt nicht. Schon wenn ich ihn nur sehe, werde ich wütend. Er war der Grund, warum ich Krav Maga erlernte.«

»So schlimm?«

»Hm. Schlimmer. Aber lassen wir die alten Zeiten ruhen.«

Zum Glück kam in diesem Moment Günter Fauser zurück. Leider könne er ihnen nicht helfen. Niemand habe sein Bag verloren und suche es. Zeller bedankte sich für die Mühe und gab ihm seine Karte. Dann verließen sie den Golfplatz.

Kaum waren sie ins Auto eingestiegen, vibrierte Zellers Smartphone. Carla Zimmermann meldete sich. Sie hatten den Namen des Mannes ausfindig gemacht, der seine Tasche im Testturm hatte stehen lassen. Als Carla den Namen nannte, fiel Zeller fast das Telefon aus der Hand. Er fragte vorsichtshalber noch einmal nach, ob sie auch ganz sicher sei. Ja, sei sie. Es könne unmöglich eine Verwechslung sein. Sie hatte den Namen schwarz auf weiß. Unglaublich, dachte Zeller nur.

KAPITEL 12

Elli Jones hatte gerade den Dienstwagen gestartet und war im Begriff zu wenden, als Zeller sie anwies, den Motor abzustellen. Es habe sich etwas geändert, sie müssten zurück auf den Golfplatz. Zusammen. Den genauen Inhalt des Telefonats, das er soeben geführt hatte, nannte er ihr nicht. Stattdessen riss er die Autotür auf, stieg schwungvoll aus und warf die Tür krachend wieder hinter sich zu. Er war wütend. Zeller wurde immer wütend, wenn er dreist belogen wurde.

Kaum zurück in der Golfplatz-Pizzeria, suchte Zeller Salvatore und raunte ihm etwas ins Ohr. Der Mann nickte und verschwand. Zeller hakte sich bei seiner Kollegin unter und zog sie zu einem frei gewordenen Tisch auf der Terrasse. Dort nahm er sein Smartphone zur Hand und checkte es nach neuen Nachrichten. Er hätte es bleiben lassen können – da war nichts angekommen. Ungeduldig trommelte er mit den Fingern der rechten Hand auf der Tischplatte. Die Warterei dauerte ihm entschieden zu lang.

Erst nach weiteren fünf Minuten kehrte der Kellner zurück an ihren Tisch. In seinem Schlepptau Bernd Kaiser. Elli Jones schaute irritiert auf die beiden und dann auf Zeller. Dieser übersah ihren fragenden Blick geflissentlich.

»Elli, was willst du denn noch von mir?«, ließ sich dafür Kaiser lautstark vernehmen. »Ist es wirklich so wichtig, dass es nicht warten kann? Ich freue mich ja über dein Interesse an meiner Person, aber hier findet gerade ein Turnier statt. Wir haben uns lange darauf vorbereitet und sehr gefreut. Meine Mannschaft ist in diesem Augenblick am Zug und da darf ich nicht fehlen! Ohne mich wird das nichts mit dem Sieg. Also bitte, mach schnell.«

»Es dauert nicht lange, Herr Kaiser«, antwortete Zeller beschwichtigend. »Und entschuldigen Sie bitte die Störung. Wir können uns denken, wie wichtig das Turnier für Sie ist. Leider haben sich noch zwei weitere Fragen ergeben, die einer Klärung bedürfen. Bitte helfen Sie uns.« Zeller hatte ausnehmend höflich gesprochen, fast devot. Dann zeigte er Kaiser seinen Dienstausweis. Jones beeilte sich, ihren ebenfalls aus der Hosentasche herauszuziehen und dem alten Bekannten mit Genugtuung unter die Nase zu halten.

Kaiser hob die Augenbrauen. »Hast du gedacht, du könntest mich damit überraschen?«, fragte er herablassend. »Günter hat es mir bereits gesagt. Bei der Kripo bist du jetzt also gelandet. Hätte ich mir gleich denken können, dass das der Grund ist, warum du hier aufgekreuzt bist.«

»Wo waren Sie am Freitagabend, wenn ich fragen darf? Meiner Kollegin Frau Jones sagten Sie vor ein paar Minuten noch, dass Sie weder in Rottweil noch auf dem Testturm gewesen seien. Nicht einmal in seiner Nähe.«

»Wie bitte? Um welchen Tag ging es noch mal? Entschuldigen Sie, durch das Turnier bin ich ein wenig zerstreut und abgelenkt.« Sollte Bernd der Vorstoß des Kommissars verunsichert haben, so ließ er sich das nicht anmerken. Er schaute die Beamten mit einem strahlenden Lächeln an.

Zeller formulierte seine Frage neu: »Herr Kaiser, wo waren Sie in der Nacht von Freitag auf Samstag?«

»Jetzt fällt es mir wieder ein. Wie konnte ich das nur vergessen! Ich war bei Günter. Wir haben das Turnier vorbereitet. Und später ein paar Bierchen getrunken. Wie jeden Freitagabend. Sie können ihn gerne fragen!«

»Aha. Und wann waren Sie das letzte Mal auf dem Turm?«, fragte Zeller unbeirrt weiter.

»Sie geben aber auch keine Ruhe, Herr Kommissar. Warten Sie, ich schaue in meinem Kalender nach.« Er griff sich in die Gesäßtasche seiner Hose. »Ach, nein. Das ist schlecht. Meine sämtlichen Termine sind im Smartphone gespeichert und das ist in der Umkleidekabine. Beim Spielen brauche ich es nicht. Könnten Sie einen Moment warten? Ich werde es augenblicklich holen gehen. Allerdings muss ich den Schlüssel für die Kabine vorher besorgen. Es kann ein Weilchen dauern.«

Zeller nickte und entließ ihn mit einer lässigen Handbewegung.

Es dauerte wirklich. Nicht nur ein Weilchen. Mürrisch schaute Zeller wiederholt auf seine Uhr. Wieso ließ sich Kaiser nur so viel Zeit? Das lange Fernbleiben des Golfers kam ihm allmählich verdächtig vor. Er erkundigte sich beim Kellner, wo sich die Umkleiden befanden. Der forderte sie auf, ihm zu folgen.

Sie brauchten nicht weit zu gehen. Zwei Treppen tiefer befand sich die Männerumkleide. Die Tür stand offen. Die Polizisten durchsuchten die Kabine nach Kaiser. Nichts. Sogar in den Toiletten und in den Duschräumen schauten sie nach. Er war wie vom Erdboden verschluckt. Zeller kochte. Der Golfer hatte sie regelrecht vorgeführt. War der noch bei Trost? Sich mit der Kripo derart anzulegen, würde Folgen haben. Verdächtiger konnte man sich doch gar nicht machen!

Er verlangte nach Fauser. Doch der Vereinschef befand sich auf dem Platz und hatte offenbar sein Handy ebenfalls nicht dabei. Jedenfalls konnten sie ihn telefonisch nicht erreichen. Als Salvatore anbot, Fauser zu suchen, lehnte Zeller entschieden ab. Wieder warten, bis er mit seiner Runde fertig war? So viel Zeit hatten sie nicht. Er solle ihnen den Weg zu ihm zeigen.

Die Hände tief in den Manteltaschen vergraben, folgte Zeller mit Elli dem Kellner über den Platz. Es ging querfeldein. Ein Golfer mit blonder Lockenpracht regte sich maßlos darüber auf, doch Zeller interessierte es nicht im Geringsten, ob sie den Spielverlauf störten.

Er wurde hier gerade gewaltig verarscht und das wollte er so nicht stehen lassen.

Irgendjemand musste Fauser auf internen Kanälen benachrichtigt haben, denn plötzlich kam er ihnen entgegengelaufen und fragte aufgeregt, was los sei. Sie hätten doch schon alles besprochen und er wisse noch immer nicht, wem die Golfschläger gehörten. Heute sei Turnier, da habe man andere Sorgen.

»Wir konnten ohne Ihre Hilfe herausfinden, wer der Besitzer des Bags ist. Und ich möchte wetten, Sie wissen es ebenfalls! Kaiser hat doch heute hier gespielt, wie er gesagt hat. Womit, wenn ich fragen darf?«, versetzte der Kommissar. Als keine Antwort kam, fuhr er fort: »Das besagte Bag gehört Bernd Kaiser. Das müssen Sie doch mitbekommen haben. Sie als Profi sehen auf den ersten Blick, dass der Mann nicht mit seinen eigenen, sondern mit fremden Schlägern auf dem Platz ist.«

»Klar sehe ich das. Ich habe ihn danach gefragt. Er golft normalerweise immer mit seinem edlen japanischen Set. Bernd sagte mir, dass er seine Schläger einem Kumpel geborgt habe. Der brauche sie bei einem Turnier in Alpirsbach. Deshalb spielt er heute mit einem Satz von uns. Wir stellen jedem ein komplettes Set auf Leihbasis zur Verfügung. Was ist schon dabei? Bernd hat doch nichts Schlimmes angestellt. Er ist Lehrer an der Schule hier und äußerst beliebt. Die waren bei der Schulleitung richtig froh, dass sie wieder einen guten Pädagogen gefunden hatten, gerade für Sport und Englisch. Erst gestern habe ich mit dem Direktor gesprochen, der war voll des Lobes über ihn. Das gesamte Kollegium ist glücklich, dass er bleibt.«

»Wo wohnt Kaiser?«

»Im Internat. Da gibt es einen Trakt für die Lehrer. Er ist seit Wochen auf der Suche nach einer eigenen Wohnung. Sie glauben doch nicht, dass ich …?«

»Was ich glaube, ist allein meine Sache«, gab Zeller frostig zurück. »Wo waren Sie Freitagnacht?«

»Wieso fragen Sie mich das? Sicherlich zu Hause«, gab Fauser zurück.

»Kann das jemand bezeugen?«

»Lassen Sie mich überlegen. Natürlich! Ich habe mit Bernd das Turnier vorbereitet.«

Zeller hatte genug gehört. Hier waren weitere Fragen zwecklos. Er ließ sich lieber den kurzen Weg zu Kaisers Unterkunft beschreiben.

Sie schritten eilig zu ihrem Dienstauto und fuhren die wenigen Meter bis zum Internat. Während der Fahrt rief Zeller im Büro an. Es gab nichts Neues, was es wert gewesen wäre, ihm jetzt auf die Schnelle zu berichten, erklärte ihm Carla Zimmermann. Bausinger sei da gewesen und habe ihr komische Fragen gestellt. Das sei das Einzige, was sie ihm jetzt am Telefon sagen wolle. Alles andere später.

Der große Parkplatz vor dem Internat war verwaist. Nur zwei Autos standen dort. Zeller ließ Elli neben ihnen anhalten und stieg aus dem Wagen, um die Motorhauben zu überprüfen. Die des kleinen Toyotas war noch warm. Er wies Elli an, so vor dem Kleinwagen einzuparken, dass es Kaiser unmöglich wäre, damit vor ihnen zu flüchten.

Die Tür zum Internat war verschlossen. Das wiederholte Klingeln nützte nichts, keiner kam nach unten und öffnete. Sie standen vor dem Gebäude wie bestellt und nicht abgeholt. Es war zum Ausrasten.

»Nun, Frau Jones, was machen wir jetzt? Eine Lösung muss her. Rasch.«

»Ich habe eine Idee«, entgegnete sie, zückte ihr Smartphone und wählte die Nummer der Golfplatz-Pizzeria. Zeller wartete das Gespräch nicht ab, sondern lief derweil um das Gebäude herum, in der Hoffnung, eine unverschlossene Tür oder ein offenes Fenster auf der Rückseite zu entdecken. Der Weg war umsonst. Alles war pflichtgemäß verbarrikadiert. Als er wieder bei Elli angelangt war, kam gerade ein Auto auf den Parkplatz geprescht. Eine Frau in bunten Golfsachen und weißem Sonnenhut sprang heraus.

»Sind Sie die beiden Polizisten?«, fragte sie. »Salvatore hat mich gebeten, Ihnen zu helfen. Ich bin hier Lehrerin. Es tut mir leid, dass ich nicht schneller kommen konnte. Ich war am zwölften Loch, wenn Sie wissen, was ich meine.« Sie hatte einen riesigen Schlüsselbund in der Hand und schloss nun umständlich die Tür zum Internat auf.

»Bitte bringen Sie uns zur Unterkunft von Herrn Kaiser«, sagte Elli Jones zu ihr.

Die Lehrerin lief eiligen Schrittes voran. Im ersten Stock blieb sie vor einer Tür stehen. Hier wohne Bernd, erklärte sie und bat, wieder gehen zu dürfen. Sie müsse zurück auf den Platz, ihre Partie sei noch nicht zu Ende. Zur Sicherheit hinterließ sie Elli ihre Telefonnummer.

Zeller klopfte an. Von drinnen kam keine Reaktion. Sie warteten eine kurze Zeit, bis Zeller erneut gegen die Tür schlug, dieses Mal mit der Faust. »Herr Kaiser, lassen Sie die Spielchen. Es hat keinen Sinn. Machen Sie auf oder ich muss die Tür gewaltsam öffnen lassen!«

Von innen war ein Geräusch zu vernehmen. Danach herrschte wieder Stille.

Zeller ahnte, was Kaiser vorhatte. »Los schnell, wir müssen runter, Jones. Der will wieder abhauen!«

Sie hechteten zum Ausgang. Zeller hatte recht, Kaiser war wirklich erneut auf der Flucht vor ihnen. Doch er kam nicht weit. Sein Fluchtweg war versperrt. Etwas hilflos stand er vor seinem zugeparkten Toyota und wusste nicht mehr weiter. Zeller belehrte Kaiser über seine Rechte, während Jones der halbherzige Versuch misslang, sich ein Grinsen zu verkneifen. Voller Genugtuung legte sie Kaiser Handschellen an und zog ihn energisch zu ihrem Auto. Dort half sie ihm, auf der Rückbank Platz zu nehmen. Zeller ließ sie gewähren. Anscheinend war zwischen den beiden etwas vorgefallen, das sie bis heute nicht überwunden hatte.

Immer wieder versuchte Bernd Kaiser auf der Fahrt, sich zu rechtfertigen. Zeller wollte davon nichts hören und wies ihn darauf hin, dass es besser sei, zu schweigen. Es könne alles, was er jetzt sage, gegen ihn verwendet werden. Kaiser redete trotzdem weiter.

Kaum in Rottweil im Polizeigebäude angekommen, ließen sie den Golfer aussteigen und übergaben ihn an die Kollegen. Diese steckten ihn in eine Zelle. Da konnte er verschnaufen. Der Tag war nicht schlecht gewesen, sagte sich Zeller, als sie im Aufzug standen, und schaute zufrieden zu seiner Kollegin. Mit einem so raschen Erfolg hatte er nicht gerechnet. Er war gespannt, was Kaiser später bei der Vernehmung von sich geben würde.

Carla Zimmermann war bestimmt noch im Büro und hielt die Stellung. So kannte er sie. Wenn die Arbeit es verlangte, blieb sie bis zum bitteren Ende. Man musste sie förmlich aus der Direktion hinaustragen. Außerdem hatte sie Zeller versprochen, auf ihn zu warten.

Kurz bevor sie ihr Büro erreichten, stürmte ihnen Carla bereits leichenblass entgegen. »Ulli!«, rief sie aus. »Ulli! Und ich habe sie heute Morgen als Märchentante hingestellt. Wie konnte ich nur!«

»Was ist mit Ulrike?«, fragte Zeller irritiert.

»Wir können sie nicht erreichen.«

»Na und? Es ist Montagabend, da kann man auch mal etwas anderes vorhaben.« Zeller bemühte sich, ruhig zu bleiben. Gleichwohl ahnte er Schlimmes. Hatte der »Narrenengel« nicht gesagt, er wäre erst der Über-nächste? Er weigerte sich, seinen Gedanken zu Ende zu führen. Nicht an diesem Abend. Unmöglich.

»Der ›Narrenengel‹ hat angerufen. Er wollte dich sprechen, Paul. Ich sagte ihm, dass du nicht im Hause seist. Er antwortete darauf, es sei nicht wichtig. Er muss ein Mann sein. Die Art, wie er spricht – wir sind uns sicher.«

»Und? Was hat er gesagt? Jetzt rede endlich …«

»›Doktor Brenner ist heute nicht mehr erreichbar. Auch nicht für Zeller. Sagen Sie ihm, der Narrenengel hat angerufen.‹ Danach hat er gelacht und aufgelegt.«

KAPITEL 13

Doktor Ulrike Brenner, die Leiterin der Kriminaltechnik in Rottweil, ging nicht an ihr Telefon. So oft sie es auch bei ihr klingeln ließen – und sie riefen im Stundentakt an –, nichts regte sich am anderen Ende der Leitung. Sie war auch nicht zu Hause. Eine Streife fand ihre Wohnung verschlossen vor. Die Nachbarn hatten sie am Morgen zum letzten Mal gesehen.

Immerhin war es Carla mit einem Techniker der K8 gelungen, das letzte Telefonat mit dem Unbekannten mitzuschneiden. Wie es schien, hatte es der »Narrenengel« sogar darauf angelegt gehabt. Es war frustrierend, wie sicher der Mann sich vor ihnen fühlte.

Seit Stunden versuchten die Spezialisten der Technik, alle Informationen aus diesem kurzen Anruf herauszufiltern. Sie vermeldeten einen ersten Erfolg. Wie sie bereits vermutet hatten, steckte mit fast hundertprozentiger Sicherheit hinter der Stimme des »Narrenengels« ein Mann. Dadurch schieden ungefähr 50 Prozent der Rottweiler Bevölkerung als Täter aus. Immerhin! Mehr Erkenntnisse gab es bisher nicht.

Zeller ließ Bernd Kaiser in den Vernehmungsraum bringen. Der Staatsanwalt war unterrichtet, Kaisers Anwalt Lothar Hoffmann war soeben angekommen und saß neben seinem Mandanten. Die Befragung konnte beginnen. Zeller wurde dieses Mal von Lisa Brecht begleitet. Gern hätte er Jones an seiner Seite gehabt, doch er hatte sich kurzfristig dagegen entschieden. Zu viele Emotionen herrschten immer noch zwischen ihr und Kaiser – das hätte die Atmosphäre während der Befragung ungünstig beeinflusst.

Kaiser blieb verschlossen und antwortete einsilbig zu Themen, die seine Person betrafen. Ansonsten schwieg er. Der Mann, welcher auf dem Golfplatz das große Wort geführt hatte, benahm sich hier wie einer, der nicht bis drei zählen konnte. Er spielte die »Ich-habe-von-nichts-eine-Ahnung-und-kann-mich-an-nichts-erinnern«-Karte. Zeller versuchte es mit verschiedenen Methoden, doch er erreichte ihn nicht. Kaiser blieb unbeweglich sitzen und betrachtete lieber seine Fingernägel, als die an ihn gestellten Fragen zu beantworten.

Zeller merkte, dass er so nicht weiterkam, und verließ den Raum, um sich einen Kaffee zu holen. Er dehnte die Pause lange aus. Sollte der Golfer doch auf seinem Stuhl schmoren. Vielleicht besann er sich eines Besseren und fing danach an zu reden. Es war ihm schon oft gelungen, die Verdächtigen durch solche kleinen Spielchen zu verunsichern und zum Erzählen zu bringen.

Der Kommissar griff sich einen x-beliebigen Papierstapel, eilte zurück in den Befragungsraum, knallte den Stapel voller Elan auf den Tisch und setzte sich wortlos neben Lisa auf seinen Stuhl. Anstatt die Befragung fortzusetzen, begann er, interessiert in den Unterlagen zu blättern, und bat Lisa erst nach einer Weile um die Fortführung der Vernehmung. Er hatte offensichtlich Besseres zu tun.

Gleich nach ihrer ersten Frage veränderte sich Kaisers Körperhaltung. Die Hände und die Fingernägel waren vergessen. Jetzt schaute er unentwegt die hübsche Polizistin an und verfolgte jede ihrer Bewegungen mit den Augen. Lisa schlug sich prächtig. Sie war durch die Jahre bei der Kripo erfahren im Umgang mit Menschen wie Bernd Kaiser. Verhaltensweisen, wie sie der Golfer an den Tag legte, waren für sie eine willkommene Herausforderung. Zeller schätzte sie ungemein und freute sich, dass sie mit zum Team gehörte. Auf sie konnte man sich hundertprozentig verlassen. Lisa war zäh wie er und ließ sich nicht leicht ablenken. Einmal auf einer heißen Spur, verfolgte sie diese so lange, bis es nicht mehr weiterging. Entweder war der Fall dann gelöst und der Täter im Idealfall überführt oder die Ermittlungen wurden abgebrochen.

»Herr Kaiser, es wird nicht besser, wenn Sie nichts sagen und vor sich hin schweigen. Sie erklären uns einfach, was es mit Ihrer Tasche auf sich hat, und dann können Sie gehen. Das ist doch ganz einfach. Ihr Schweigen verschlimmert Ihre Situation nur unnötig. Also raus mit der Sprache. Wir kommen der Wahrheit früher oder später sowieso auf die Spur, verlassen Sie sich drauf.«

Bernd Kaiser seufzte. »Ich war bei Günter Fauser und nicht im Turm. Meine Tasche wurde mir gestohlen. Seit letztem Donnerstag ist sie weg. Ich weiß nicht, wer sie genommen hat und wie sie in den Turm gekommen ist. Keine Ahnung.«

»Warum sind Sie vor uns geflüchtet? Gab es einen Grund?«

»Ich bin nicht geflüchtet, sondern mich überkam es plötzlich und ich musste dringend auf die Toilette. Das wollte ich gerne zu Hause erledigen. Natürlich wäre ich danach wieder auf Sie zugekommen. Ich habe nichts zu verbergen.« Er log routiniert. Im Prinzip hätte er weiter schweigen können. Das wäre aufs Selbe herausgekommen.

»Und weil Sie nach dem Toilettengang so erleichtert waren, sind Sie vor Freude aus dem Fenster gesprungen, als meine Kollegen bei Ihnen zu Hause eintraten?«

Kaisers Anwalt Hoffmann grätschte in diese Frage und verwies Lisa darauf, dass sein Mandant machen könne, was er wolle. Er müsse keine richterlichen Auflagen einhalten, ein Durchsuchungsbefehl läge nicht vor.

»Auf einer Liste des Veranstalters im Turm steht Ihr Name, Herr Kaiser. Genauer gesagt bei den Gästen der Mitglieder des Rotary Clubs. Sie kamen in Begleitung. Es steht eine Zwei hinter Ihrem Namen. Wer war die Person, die bei Ihnen war?«

»Ein Bekannter hatte mich gefragt, ob ich nicht Interesse hätte, an dieser Veranstaltung teilzunehmen. Bei den Rotariern waren einige verhindert. Der Termin lag unglücklich. Jetzt hätten sie zu viele Karten und es sei schade, wenn sie verfallen würden. Aber das Thema hat mich nicht interessiert, deshalb bin ich nicht hin.«

»Bitte helfen Sie mir auf die Sprünge. Wie lautete das Thema? Ging es dabei ums Golfen?«

»Nein. Es sprach ein Richter. Über Strafe und so. Genau weiß ich es nicht mehr.«

Zellers Handy klingelte. Es war Carla. Als er das kurze Gespräch mit ihr beendet hatte, fragte er den Golfer: »Herr Kaiser, wir müssen da noch etwas anderes klären. Wieso sind Sie in der Freien Schule Kaisersbronn als Lehrer angemeldet, ohne eine gültige Lehrberechtigung zu besitzen? Und weshalb hatte man Ihnen diese entzogen? Ist etwas mit Ihren Schutzbefohlenen vorgefallen? Den Schülerinnen? Den Schülern?«

»Man hat mich freigesprochen. Das war alles ein Missverständnis«, rief Kaiser aufgeregt dazwischen.

Hoffmann legte beruhigend die Hand auf seinen Arm. »Um was geht es hier eigentlich? Zuerst um seinen Aufenthalt im Turm, dann um sein Verhalten auf dem Golfplatz und jetzt um seine Vergangenheit. Was möchten Sie noch alles hervorkramen? Für mich klingt das nach purer Verzweiflung. Wenn Sie selbst nicht wissen, worauf Sie eigentlich hinauswollen, muss ich mit meinem Mandanten das Polizeirevier verlassen. Wir sind hier nicht in einer Ratesendung. Ihre Fragen hat Herr Kaiser meines Erachtens beantwortet. Herr Hauptkommissar Zeller, bleiben Sie bei dem Bag im Turm oder wir brechen hier sofort ab.«

Zeller verkniff sich einen Kommentar und schwieg. Lisa ergriff an seiner Stelle das Wort. »Das wird sich herausstellen, Herr Hoffmann. Später. Hier geht es um Mord. Da können wir fragen, was uns wichtig erscheint, um den Täter zu überführen. Das muss ich Ihnen als Anwalt nicht erklären. Herr Kaiser, bitte sagen Sie uns einfach, was es mit der Tasche im Turm auf sich hat.«

Kaiser schaute seinen Anwalt an, der wortlos nickte.

»Im Training vorige Woche schmiedeten wir unseren Schlachtplan und legten die Reihenfolge der Spieler fest. Letztes Jahr haben wir verloren und das wollten wir dieses Mal unbedingt ändern. Danach sind wir bei uns in der Pizzeria noch einen trinken gegangen. Das dürfen Sie ruhig dort überprüfen.«

»Zuerst haben Sie behauptet, dass Sie bei Günter Fauser etwas getrunken hätten. Jetzt sagen Sie, es war in der Pizzeria. Was stimmt denn nun?«

»Beides. Zuerst bei Günter, dann in der Pizzeria.«

»Gibt es Zeugen dafür? Haben Sie mit jemandem über den Diebstahl der Golfschläger gesprochen?«

Kaiser überlegte und schüttelte schließlich den Kopf.

»Das sollen wir Ihnen glauben? Ihr Bag ist teuer. Allein die Schläger sind ein paar Tausend Euro wert.«

Zeller stand auf und verließ den Raum. Wenig später kehrte er mit dem Bag zurück.

»Ist das Ihres?«, fragte Lisa scharf.

Kaiser nickte nur.

»Ist es vollständig oder fehlt etwas?« Lisa reichte ihm die schwarze Ledertasche mit den Schlägern. Er durchsuchte sie.

»Ja, es ist mein Bag. Zweifellos. Aber es fehlt ein Schläger, es sind nur 13 darin. Es waren vorher 14, wie es beim Golfen erlaubt ist.«

»Sind Sie sicher? Herr Kaiser, das ist wichtig«, verlangte Lisa noch einmal eine Bestätigung.

»Hundertprozentig. Ein Schläger fehlt, und zwar der härteste, der für die weiten Schläge. Ich kann mir jetzt auch vorstellen, wer die Tasche genommen hat. Bitte glauben Sie mir doch. Ich schwöre Ihnen, ich war nie bei diesem Vortrag im Testturm.«

Auf die Frage, wen er denn der Entwendung des Bags verdächtige, schwieg Kaiser und behielt seine Vermutung für sich. Er brauche es nicht sagen, wie ihm sein Anwalt versicherte.

Die Kommissare verließen den Raum. Kaiser bekam auf Zellers Anordnung hin eine Nacht Bedenkzeit in der Zelle – egal, wie sehr Hoffmann auch darüber schimpfte. Erst danach könne er gehen. Vielleicht! Sollten sich bei den Ermittlungen noch Hinweise gegen ihn ergeben, müsse er bleiben.

Als sie nach oben kamen, saß Carla immer noch bei der Arbeit. Von Ulli fehlte weiterhin jede Spur.

Zeller schaute auf die Uhr und rief nach Jones. Er fragte sie, ob sie heute Abend schon etwas vorhätte. Befremdet schüttelte Elli ihren Kopf. Zeller nahm seinen Mantel vom Haken, setzte den Hut auf und bat sie, ihre Sachen zu holen. Als sie ihn fragte, wohin es gehe, antwortete er ihr kryptisch, sie werde es schon sehen. Ein kleiner Ausflug könne nicht schaden. Nach dem Gespräch mit Kaiser brauche er frische Luft. Als er ihr im Auto schließlich verriet, wohin sie fuhren, war sie überrascht.

»Um diese Uhrzeit? Über die Schwarzwaldhochstraße? Ehe wir dort ankommen, bei diesem Verkehr, wird es gut acht sein. Ich hoffe, wir müssen nicht übernachten. Dafür habe ich nichts bei mir.«

Zeller grinste und erwiderte, eine Nacht werde es schon gehen. Er sei nicht so anspruchsvoll.

Erbost über die flapsige Antwort ihres Chefs gab Elli ordentlich Gas.

KAPITEL 14

Sie kamen langsamer voran als angenommen, die Fahrt zog sich ordentlich in die Länge. Allein bis zum Kniebis brauchten sie doppelt so lang wie normal. Der Verkehr war dicht, der größte Teil der Strecke einspurig. An Überholen war nicht zu denken. Alles fuhr in Kolonne und wälzte sich dem Ziel entgegen. Ab dem Kniebis wurde es noch langsamer. Die B500 war vollgestopft wie die A81 vor Stuttgart am Freitagnachmittag. Viele Lastkraftwagen waren unterwegs und brachten ihre Fracht durch die Höhen des Schwarzwaldes und nicht wie sonst über das Murgtal. Diese Straße war gesperrt. Einige abgegangene Felsbrocken lagen auf der Fahrbahn, der Umweg war die einzige vernünftige Alternative. So quälten sich die Fahrzeuge über diese wunderschöne Panoramastraße, ohne dass die Fahrer einen Blick für die traumhafte Umgebung übrighatten.

Zeller hatte es sich bequem gemacht, den Beifahrersitz in die Liegeposition gestellt, sich den Hut aufs Gesicht gelegt und schlief. Ihn ging das alles nichts an. Die Fahrt konnte so lange dauern, wie sie wollte, er würde sie zur Erholung nutzen. Elli Jones dagegen musste sich redlich bemühen, ruhig zu bleiben und nicht in Hektik zu verfallen. Die wilde Trommelei ihrer Finger auf dem Lenkrad hatte sie inzwischen unterbrochen und stellte lieber das Radio an. Ein bisschen Musik vertrieb die schlechte Laune und brachte sie auf andere Gedanken.

Erst den dritten Tag war sie in Rottweil bei der Kripo und schon war so viel passiert wie in ihrem gesamten bisherigen Polizistinnenleben nicht. Hätte ihr Anfang letzter Woche jemand gesagt, was sie hier erwarten würde, sie hätte es nicht geglaubt und ihm den Vogel gezeigt. Die Stadt Rottweil war nicht gerade für ihre Kriminalität bekannt. Doch kaum hier angekommen, wurde sie in die Ermittlungen zu drei Schwerverbrechen eingespannt, mit einem Ermittler an der Spitze, der großartig war und – zugegebenermaßen für sie überraschend – Ecken und Kanten hatte. Dass er sich ab und zu einen hinter die Binde goss, war ihr egal. Wenn es bei dem Pensum blieb, das sie bisher mitbekommen hatte, war es nicht besorgniserregend. Sie konnte darüber eher schmunzeln.

Es war trotzdem gut, dass sie sich für Rottweil entschieden hatte. Ihr Chef hatte ihr zwar abgeraten – nicht nur einmal, sondern immer wieder kam er mit dem Angebot weiterer Dienststellen zu ihr, empfahl ihr andere Präsidien oder Städte –, aber als er gemerkt hatte, dass es zwecklos war und sie sich auf keinen Fall mehr umstimmen lassen würde, hatte er es aufgegeben. Bei der Abschlussfeier hatte er ihr von allem das Beste und Glück bei der Zusammenarbeit mit Zeller gewünscht. Wenn es nicht mehr ginge, solle sie sich nicht scheuen, sich an ihn zu wenden. Er würde ihr jederzeit helfen, egal wann.

Sie drehte das Radio lauter, gerade wurden die Nachrichten gesendet. Der Tod des Richters war der Aufmacher der Sendung, dazu gab es vermutete Hintergründe und ein Interview mit einem Experten für Morde an Staatsbeamten. »Ist Rottweil noch sicher?«, war die Frage, die über allem schwebte. Die Antworten dazu waren oberflächlich und sollten der Beruhigung dienen. Zum Glück hielt der Sender sich an die mit der Kriminalpolizei getroffene Vereinbarung, den Doppelmord im Turm nicht zu erwähnen. Schon morgen würde es anders aussehen, die Meldesperre lief dann ab.

Den Nachrichten folgte eine Sondersendung. Mike Färber befragte Dieter Bausinger zu den aktuellen Geschehnissen. Der Polizeirat sprach gar nicht mal so schlecht, fand Jones. Bald jedoch hatte sie genug und schaltete zu einem anderen Sender. Sie brauchte jetzt Musik.

Kurz vor Baden-Baden weckte sie Zeller. Sie benötigte genauere Angaben zum vereinbarten Treffpunkt von ihm. Der Kommissar schlief tiefer als vermutet und benötigte einen Moment, ehe er endlich auf sie reagierte. Scherzinger hatte ihm ein bayerisches Restaurant vorgeschlagen, mitten im Zentrum der Kurstadt und unterhalb des alten Rathauses. Es hieß so ähnlich wie »Löwenbräu«. Sie würden es sofort finden, hatte er gesagt.

Elli Jones fuhr durch die mehrere Kilometer lange Unterführung der Stadt und parkte – jetzt wieder unter freiem Himmel – beim Kaufhaus Wagener. Den Rest liefen sie zu Fuß. Es war nicht mehr viel los auf der Einkaufsmeile der Badener mit ihren Shopping-Tempeln international bekannter Modemarken. Zeller interessierte sich sowieso nicht dafür. Es war ihm egal, ob dort »Gucci« stand oder sonst ein berüchtigter Name. Jones riskierte dagegen häufig einen Seitenblick in die glänzenden Auslagen der Schaufenster. In der letzten Zeit hatte sie wenig Gelegenheit dazu gehabt.

Das Lokal war mäßig besucht. Ob es lediglich daran lag, dass heute Montag war, wussten die Kommissare nicht. Ihnen fehlte die Vergleichsmöglichkeit. Sie fanden rasch einen Tisch und bestellten sich etwas zu essen, bis zum vereinbarten Termin war noch genügend Zeit. Zeller hatte Appetit auf einen Münchner Tafelspitz, Elli Jones auf Zanderfilet. Dazu trank sie Wasser, während der Kommissar ein Weißbier bevorzugte.

Die Zeit verging. Pius Scherzinger ließ auf sich warten. Zeller wurde unruhig. War Scherzinger doch nicht so verlässlich, wie er gedacht hatte? Hatte er sich geirrt und das knappe Telefonat ihn in seiner Urteilsfähigkeit derart beeinflusst, dass er sich hinters Licht hatte führen lassen? Er wollte es nicht wahrhaben. Sicherlich war Scherzinger nur aufgehalten worden, versuchte er sich zu beruhigen. Das konnte schließlich vorkommen.

Sie hatten den Mann überprüft. Negativ. Mal abgesehen davon, was Zeller über die Beleidigung im Zuge der Scheidung herausgefunden hatte, lag nichts gegen ihn vor. Scherzinger mit dem altmodischen Vornamen Pius besaß eine so strahlend weiße Weste, dass es fast schon wieder zu schön war, um wahr zu sein. Warum kam ihm nur automatisch jeder suspekt vor, der noch nie in irgendeiner Form mit dem Gesetz in Konflikt geraten war? Wieso musste er einen unbescholtenen Bürger, der brav seine Steuern zahlte und die Gesetze penibel beachtete, gerade deshalb hinterfragen und der arglistigen Täuschung verdächtigen? Es war die viel zitierte Berufskrankheit eines Ermittlers:

Alles jederzeit in Zweifel ziehen und von vornherein niemandem glauben. Damit waren die Kriminalisten bei der Ausübung ihres Jobs oftmals gut beraten, aber eben nicht immer.

Zeller stieß Jones mit seinem Ellenbogen an und zeigte mit dem Kopf in Richtung Eingang. Sein Gefühl hatte ihn nicht getrogen. Ihr Mann war gekommen. Ein paar Minuten später als vereinbart zwar, aber das war nicht wichtig. Hauptsache, er war überhaupt erschienen. Am Telefon hatte Pius Scherzinger dem Kommissar angekündigt, dass er einen Panamahut und einen dunkelblauen Anzug tragen werde sowie um den Hals eine Fliege. Zeller wusste, dass er als Croupier im Casino arbeitete. Sie hätten ihn dort besuchen können, doch Zeller hatte sich für ein gewöhnliches Lokal entschieden. Er wollte an Scherzingers Arbeitsplatz kein Aufsehen erregen und ihn damit womöglich vorzeitig in Misskredit bringen.

In diesem Augenblick stand Scherzinger also in seinem angekündigten Outfit in der Tür und hielt Ausschau nach ihnen. Er war von kräftiger Statur und fast zwei Meter groß. Ein Mann, den man nicht übersehen konnte. Sein blondes Haar, das früher sicherlich voller gewesen war, hatte er hinten zu einem dünnen, langen Zopf zusammengebunden, welcher wie ein Schwänzlein unter seinem Hut hervorlugte. Ein glitzernder Stecker zierte sein rechtes Ohrläppchen. Er war sorgfältig rasiert. Seine Augen unter den buschigen Brauen schauten wach in die Gegend. Insgesamt wirkte der Mann souverän und gesetzt. Doch was sagte die äußere Erscheinung über den wahren Menschen aus? Welcher

Mörder war auf den ersten Blick schon als solcher zu erkennen?

Zeller stand auf, lief Scherzinger entgegen und kehrte mit ihm an den Tisch zurück. Jones stellte sich sogleich vor und zeigte ihren Ausweis. Aufmerksam las der Croupier ihn durch. Erst dann schüttelte er beiden Kommissaren kräftig die Hände.

Zeller fragte Scherzinger, ob er sich etwas zu essen bestellen wolle, doch er winkte ab. Er komme geradewegs von der Arbeit, meinte er mit seiner wohlklingenden, dunklen Stimme, und habe dort eben noch einen kleinen Imbiss zu sich genommen. Allerdings sei er durstig. Er bestellte sich beim herbeieilenden Kellner ein Viertele. Kurze Zeit später servierte man ihm den kalten badischen Rosé.

Zeller begann umständlich mit der Befragung. Jones und er wollten vorsichtig sein. Eigentlich hätten sie die zuständige Kriminalpolizei in dieser Stadt informieren sollen. Es wäre ein Akt von kollegialer Zusammenarbeit gewesen, zwar freiwillig, aber gern gesehen. Der Kommissar hatte sich dagegen entschieden, denn der Grund ihres Kommens war vage und konnte sich letztendlich als pure Zeitverschwendung herausstellen. Sie waren wegen einer Spur angereist, die genau genommen noch gar keine war. Sie würden die Kollegen aus dem Badischen später heranziehen, wenn sich die Hinweise konkretisierten. Das würde ausreichen.

Ja, antwortete Scherzinger auf seine Frage, ob er bei dem Vortrag im Turm zur fraglichen Zeit anwesend gewesen sei. Er bestätigte alles, was sie von ihm wissen wollten: die Übernachtung im Park-Hotel, sein spätes

Erscheinen beim Vortrag, seinen verbalen Angriff auf Schuhmacher, den daraus resultierenden Rauswurf und sogar seine Drohung.

»Sie kamen extra aus Baden-Baden nach Rottweil, nur um den Richter bei seinem Vortrag zu beschimpfen? Es war doch von vornherein klar, dass er sich das nicht gefallen lassen und Sie aus dem Saal werfen würde. Das verstehe ich nicht. Warum haben Sie die Mühe dafür in Kauf genommen? Oder hatten Sie noch etwas anderes in Rottweil vor?«, hakte Zeller nach.

»Ich hatte mich verspätet. Zu viel Verkehr auf der B 500, dazu ein Unfall. Eigentlich wollte ich den Richter nicht angreifen, sondern einfach nur zur Rede stellen. Es ist nicht meine Art, brachial aufzutreten. Doch der Mann ist dermaßen arrogant und herablassend gewesen, ich fühlte mich regelrecht von ihm provoziert. Da konnte ich nicht anders und musste ihn vor versammelter Mannschaft mit meinen Vorwürfen konfrontieren«, antwortete Scherzinger und bestellte sich einen weiteren Schoppen vom badischen Wein mit einem Glas Wasser.

»Was passierte danach? Haben Sie ihn abgepasst, als er aus dem Turm herauskam, und ihn dann umgebracht?«, mischte sich Jones in das Gespräch ein. Man sah ihr deutlich an, dass sie ihm kein Wort glaubte.

»Ich hätte ihn sicherlich anders um die Ecke gebracht, als ihn zu strangulieren, wie es in den Nachrichten zu hören war.«

»Ach ja? Das ist interessant. Wie hätten Sie ihn denn ermordet?«, fragte Jones zurück.

Scherzinger blieb ihr die Antwort schuldig und schaute die Kommissarin stattdessen herausfordernd an. Nach einem Schluck kühlen Rosés entspannten sich seine Gesichtszüge wieder.

»Wie sind Sie überhaupt in die Veranstaltung gelangt? Die war nicht öffentlich und ausschließlich für geladene Gäste vorgesehen«, wollte Zeller von ihm wissen.

»Ich kenne einen von den Rotariern, oder besser gesagt seine Frau. Die des Präsidenten. Sie kurt regelmäßig in unserer Stadt und kommt dabei auch gerne im Casino vorbei. Über sie habe ich kurzfristig von der Veranstaltung erfahren und mein Interesse bekundet. Sie hat mich auf die Gästeliste setzen lassen, ohne ihren Mann zu fragen. Es war eine ganz spontane Sache. Hat nur etwas gedauert, bis ich jemanden gefunden habe, der im Casino für mich einspringen konnte.«

»Was haben Sie nach ihrem Rauswurf in Rottweil gemacht? Gibt es Zeugen?«, fragte Zeller weiter.

»Ich habe an dem Abend versucht, meine Exfrau zu treffen. Vor nicht einmal zehn Monaten starb überraschend unser Sohn. Seit seiner Beerdigung bin ich ihr nicht mehr begegnet. Leider wollte sie mich aber nicht sehen. Deshalb bin ich in eine Wirtschaft gegangen. ›Goldener Apfel‹ heißt sie. Den Namen habe ich mir gemerkt, weil ich ihn so schön altertümlich fand.«

»Waren Sie später allein im Hotel?«

»Ja.«

»Ist Ihnen etwas Ungewöhnliches aufgefallen? Bitte überlegen Sie gut, alles könnte wichtig sein!«

»Ja, da war was«, antwortete Scherzinger prompt. »Von meinem Fenster aus war dieser Thron aus Sandstein zu sehen …«

»Der Hofgerichtsstuhl«, korrigierte Zeller ihn. »Aber bitte, erzählen Sie weiter.«

»Ich war nach dem Zusammentreffen mit Schuhmacher zu aufgeregt und fand keinen Schlaf. Der Richter ging mir einfach nicht aus dem Sinn. Ich rief einen Freund an und lief während des Telefonats im Zimmer auf und ab. Dabei habe ich durchs Fenster gesehen, wie ein schwarzer VW-Bus oder so was Ähnliches – es war bei Dunkelheit nicht so gut zu erkennen – in der Seitenstraße hielt und die Warnblinkanlage einschaltete. Anschließend sind zwei Personen ausgestiegen und haben etwas in Richtung dieses Stuhls geschleppt. Zumindest sah es so aus – wie gesagt, es war dunkel und ich konnte alles nur schemenhaft erkennen.«

»Wieso haben Sie nicht die Polizei verständigt?«

»Warum hätte ich das tun sollen? Wegen zwei Personen, die nachts mit ihrem Fahrzeug in einer Nebenstraße halten und irgendetwas ausladen?«

»Weil Sie aller Wahrscheinlichkeit nach Zeuge geworden sind, wie die Täter die Leiche des Richters auf dem Hofgerichtsstuhl abgelegt haben«, versetzte Zeller ärgerlich.

»Aber das konnte ich doch nicht wissen«, blieb Scherzinger unbeeindruckt.

»Können Sie sich wenigstens an die Uhrzeit erinnern?«

Scherzinger überlegte. »Es war gegen halb vier«, antwortete er und trank mit einem einzigen Schluck seinen Wein aus.

»Sind Sie sicher?«

»Ja. Als ich meinen Freund anrief, fragte der mich nach der Uhrzeit.«

»Was passierte danach?«

»Ich hab mich wieder auf das Telefonat konzentriert. Erst später hab ich zufällig wieder nach draußen geschaut. Da war das Fahrzeug weg. Keine Ahnung, wohin die gefahren sind.«

»Ist Ihnen an dem Auto etwas aufgefallen?«

»Nein, nicht, dass ich wüsste. Die Straßenbeleuchtung war ausgeschaltet oder kaputt, jedenfalls konnte ich nicht viel erkennen.«

»Eine recht ungewöhnliche Zeit für ein Telefonat, finden Sie nicht? Hat Ihr Freund um diese Zeit nicht geschlafen?«, ließ Zeller nicht locker.

»Nein, er arbeitet in einer Klinik und hatte Nachtschicht. Da war er genauso froh wie ich um etwas Abwechslung.« Scherzinger winkte dem Kellner und zahlte. Für ihn schien das Gespräch beendet zu sein. Er müsse jetzt zurück zur Arbeit, erklärte er den Kommissaren.

Zeller bat ihn, in den nächsten Tagen nach Rottweil ins Polizeirevier zu kommen. Er sei ein wichtiger Zeuge und sie müssten seine Aussage protokollieren. Pius Scherzinger sagte zu.

Die Rückfahrt nach Rottweil verlief bedeutend schneller als die Hinfahrt. Der Verkehr hatte sich beruhigt. Keine Laster verstopften die Straßen.

Zeller hatte den Flachmann ausgepackt, trank schluckweise daraus und stierte dabei in den Lichtkegel der Autoscheinwerfer vor ihnen. Er schwieg, Jones auch. Während aus dem Radio langweilige, austauschbare Musik dudelte, ließ der Hauptkommissar das soeben geführte Gespräch noch einmal gedanklich

Revue passieren. Hatte der Mann die Wahrheit gesprochen? Es klang schlüssig, was er gesagt hatte. Seine Antworten waren rasch gekommen, ohne Zaudern oder langes Überlegen. Was Zeller aber störte, war Scherzingers angeblich defensive Reaktion auf den Rauswurf durch den Richter. Dafür sollte er extra die Fahrt aus dem Badischen bis nach Rottweil auf sich genommen haben, um sich dann einfach so vor die Tür setzen zu lassen und unverrichteter Dinge wieder abzureisen? Das passte nicht zusammen, fand Zeller. Zudem hatte er ausgerechnet in dem Hotel übernachtet, das dem Hofgerichtsstuhl direkt gegenüberlag. So ein Zufall. Was, wenn er mit diesen ominösen Personen, die er nachts beobachtet haben wollte, gemeinsame Sache gemacht hatte? Oder er für sie Schmiere gestanden und gecheckt hatte, ob die Luft rein war? Vielleicht hatte er ja mit einem von ihnen telefoniert anstatt mit dem angeblichen Freund im Krankenhaus? Es konnte auch noch ganz anders gewesen sein: Er war der Mann, der den Richter ermordet und abgelegt hatte. Der nächtliche Zwischenfall mit dem Bus war frei erfunden. Vielleicht war Scherzinger nicht so unschuldig, wie er tat. Wenn Zeller es sich recht überlegte, war er am ehesten dazu in der Lage und hatte die naheliegendsten Gründe, den Richter zu beseitigen. Sie würden an ihm dranbleiben. So nah wie möglich, auch wenn er in Baden-Baden war.

KAPITEL 15

Die meisten Soko-Mitarbeiter sahen übermüdet aus, als sie sich am nächsten Morgen zur Lagebesprechung im Polizeirevier trafen. Die Kaffeemaschine im zweiten Stock war bereits heiß gelaufen, ehe die ersten Worte fielen.

Zeller kam an diesem Morgen später als seine Kollegen. Es war ungewöhnlich für ihn. Elli Jones dagegen war schon erschienen und unterhielt sich angeregt mit Carla Zimmermann. Sie sah erstaunlich fit aus.

Nach einem kurzen, missmutigen Morgengruß füllte Zeller seinen Kaffeepott und setzte sich schweigend an den ovalen Tisch. Am schlimmsten für ihn war, dass immer noch kein Lebenszeichen von Ulli existierte. Sie blieb nach wie vor verschwunden. Für Zeller stand fest, dass sie etwas unternehmen mussten. Sie durften nicht länger warten. Er straffte sich und beauftragte Carla, Ulli zur Fahndung auszuschreiben. Sofort. Über alle verfügbaren Kanäle. Dass ein Verbrechen vorliegen musste, dämmerte langsam jedem. Ulli verschwand doch nicht einfach so!

Carla verließ den Raum und leitete alles in die Wege. Als sie wiederkam, wies sie die Kollegen auf das Vernehmungsprotokoll hin. In dem stand alles zur Befragung von Kaiser. Ebenso hatte sie heute Morgen gleich mit der Frau des Rotary-Präsidenten gesprochen. Pius Scherzinger hatte die Wahrheit gesagt. Evelyn Stranger kannte den Croupier seit langer Zeit. Sie waren befreundet. Seinen Rauswurf beim Vortrag habe sie bedauert, sie habe aber nicht den Mut besessen, gegen den Richter aufzustehen und ihn zurechtzuweisen. Immerhin sei sie die Gattin des Präsidenten und für den Erfolg des Abends mit verantwortlich gewesen.

Jones berichtete über ihre Nachfragen bei den Bauern der Umgebung. Weder fehlte einem von ihnen eine Sau im Stall noch hatte jemand an besagtem Tag ein Tier verkauft. Zum Glück hatte die K8 Fingerabdrücke an dem Vieh entdeckt und war gerade dabei, diese auszuwerten. Bisher ohne Erfolg. Leider trug die arme Sau keine Marke im Ohr oder einen Stempel auf der Schwarte. Das erschwerte die Nachforschungen über ihre Herkunft. Elli Jones würde nun ihre Ermittlungen ausdehnen und den Radius vergrößern, um bei den weiter entfernten Landwirten nachzufragen. Carla bot ihre Hilfe an.

Als Karl gerade im Begriff war, mit seinem Bericht zu beginnen, wurde die Tür aufgerissen und Bausinger stürmte wutentbrannt herein. Nach einem knappen »Guten Morgen« in die Runde ging er direkt auf Zeller los. »Paul, musste das wirklich sein? War es notwendig, Herrn Kaiser gleich hierher abzuführen, in Handschellen und vielleicht sogar Fußfesseln und wer weiß was noch allem, und eine ganze Nacht in die Zelle zu stecken? Trotz Anwalts? Eine einfache Befragung auf dem Golfplatz hätte ausgereicht. So gefährlich kann der Mann doch gar nicht sein, dass es so eine Behandlung rechtfertigt.«

Zeller war wenig überrascht über Bausingers Auftritt. So kannte er ihn. Wieder mal die große Show vor versammelter Truppe, genau wie gestern im Radio. Wie hieß der Journalist doch gleich, der ihn interviewt hatte? Färber, genau. Den würde er sich vornehmen. Immerhin hatte *er* die Leitung der Ermittlungen inne und nicht Bausinger.

Betont gelassen ließ Zeller den Polizeirat toben und trank aufreizend langsam einen großen Schluck aus seinem Kaffeepott. Schließlich entschied er sich, Bausinger nicht länger warten zu lassen, und antwortete ihm. »Sicherlich, Dieter. Hätte man machen können. Aber er wäre nicht hier gelandet, wenn er nicht gelogen hätte. Zudem ist er vor uns geflüchtet. Wer sich so benimmt, braucht sich hinterher nicht zu beschweren, wenn er eine Nacht Kost und Logis bei uns bekommt. Bin schon gespannt, was er heute zu sagen hat. Ich knöpfe ihn mir gleich noch einmal vor. Eine Nacht Bedenkzeit in der Zelle wirkt oft Wunder. Das kannst du mir glauben, Dieter. Kann bitte jemand seinem Anwalt Bescheid geben?«

»Das wird nicht nötig sein. Ich habe Kaiser heute persönlich nach Hause geschickt.« Bausinger grinste Zeller an.

Der Kommissar sprang auf. »Was hast du? Einfach so und ohne mich zu fragen? Wieso mischst du dich in meine Ermittlungen ein? Dieter, was soll das? Raus mit der Sprache!« In seinem Inneren brodelte es gewaltig. Das hatte er nicht erwartet. Ging es denn schon wieder los wie beim letzten Mal? Immer dieses Kompetenzgerangel!

»Es gab keinen Grund, ihn länger dazubehalten. Bei ihm besteht keine Fluchtgefahr. Ich hätte es beim Staatsanwalt nie rechtfertigen können. Und du auch nicht, Paul.«

»Falsch, Dieter! Du wolltest es nur nicht.« Damit war das Gespräch für Zeller beendet. Abrupt wandte er sich von Bausinger ab und der Fotowand zu. Mit einer fahrigen Bewegung rückte er ein verrutschtes Foto gerade und schob einen Pfeil zu einem neuen Schriftstück.

Bausinger dagegen sah nach diesem Disput zufrieden aus. Er verabschiedete sich, wünschte den Kollegen viel Erfolg und verließ mit einem süffisanten Lächeln den Raum.

Zeller bemühte sich, zur Tagesordnung überzugehen. Es fiel ihm nicht leicht. Die Enttäuschung über Kaisers vorzeitige Entlassung war ihm anzusehen. Ein neuer Ansatz musste gefunden werden – die Chance, etwas über den Mann und die Gepflogenheiten auf dem Golfplatz zu erfahren, war vertan. Es wäre auch zu schön gewesen, wenn sie den Golfer des Mordes hätten überführen können. Allerdings waren auch ihm heute Morgen unter der Dusche bereits große Zweifel gekommen. Es wäre schlicht zu einfach. In seinem gesamten Berufsleben war ihm bisher noch keine einfache Ermittlung untergekommen. Warum sollte es dieses Mal anders sein?

Lisa Brecht erstattete indes Bericht über die Befragung der Angestellten des Turmmarketings durch Karl und sie. Es sei nicht möglich gewesen, die Chefin Schatz persönlich zu sprechen. Sie sei auf unbestimmte Zeit krankgeschrieben. An sie käme man nur mit Genehmigung der Staatsanwaltschaft ran. Lisa riet davon ab. Zum jetzigen Zeitpunkt des Ermittlungsverfahrens war es nicht notwendig. Später konnten sie immer noch auf die Frau zurückgreifen.

Dafür war ihre Stellvertreterin, Ines Olbrich, zur Befragung erschienen, eine etwa 25-jährige Frau, ledig und kinderlos. Der Job im Turm war ihre erste Stelle nach dem Studium. Sie wirkte sehr auskunftsfreudig und mitteilsam und sprühte nur so vor Hilfsbereitschaft. Sämtliche Informationen über den Vortrag hatte sie zusammengetragen und fein säuberlich in einer schönen Mappe gesammelt. Olbrich war sich absolut sicher, dass ein Mann das Bag mit den Golfschlägern an der Garderobe abgegeben habe. Sie habe ihn zwar nicht persönlich gesehen, aber von anderen Gästen davon gehört. Es sei ungewöhnlich, eine Tasche mit Golfutensilien abzugeben. Dazu noch besonders teure. Manche Besucher hätten belustigt reagiert und Witze gerissen.

Insgesamt waren um die 90 Gäste zu der Veranstaltung gekommen. Der Raum war gut gefüllt gewesen. Bewirtet worden war durch das hauseigene Team, drei Frauen und zwei Männer. Es waren die gleichen Personen wie immer. Die Namen hatte sie für die Polizei notiert. Sie waren überprüft worden und absolut clean.

Bernd Kaisers Name stand auf der Gästeliste des Rotary Clubs. Dahinter eine Zwei. Zwar musste das nicht unbedingt als Beweis gelten, dass er und seine Begleitung auch tatsächlich erschienen waren. Es konnte aber davon ausgegangen werden. Alle anderen Leute, die die beiden Veranstalter auf ihren Listen angegeben hatten, waren anwesend gewesen. Hatte Kaiser nun gelogen oder nicht?

Zeller fragte nach, ob auch Scherzingers Name auf der Liste stand. Lisa verneinte. Hier hätten sie den Beweis, was die Listen taugten, meinte der Kommissar daraufhin. Kaiser konnte sogar recht haben mit seiner Aussage.

Lisa sah es genauso wie er. Sie besaßen weder einen Beweis dafür, dass Kaiser da gewesen war, noch einen dagegen. Die Listen waren einfach zu ungenau. Zeller dankte ihr.

Jetzt war Carla an der Reihe. Salvatore Russo von der Pizzeria des Golfplatzes hatte sich gemeldet und die Aussagen von Fauser und Kaiser erwartungsgemäß bestätigt. Die beiden waren an dem besagten Tag im Restaurant des Hauses gewesen und hatten sich betrunken. Wie jeden Freitag. Das könnten mindestens 20 andere Helfer bezeugen, die genauso gefeiert hätten. Somit war sein Alibi bestätigt. Allerdings hatte Carla den Eindruck gehabt, dass ihre Aussagen abgesprochen waren. Da müsse nochmals jemand hin und den Golfern auf den Zahn fühlen. Der Kellner habe sich plötzlich daran erinnert, dass Kaiser ihm am gleichen Abend vom Verlust des Bags berichtet hatte. Er habe leider vergessen, es den beiden Kommissaren mitzuteilen.

»Hat sich etwas bei der Überprüfung der anderen Personen auf der Besucherliste ergeben?«, fragte Zeller in die Runde.

»Wir haben erst die Hälfte abgeglichen und bisher nicht das Mindeste gefunden. Wir sind weiter dran.« Damit war auch Carla mit ihrem Bericht am Ende.

Es passte nichts zusammen. Noch gab es zu viele Ungereimtheiten um Kaiser, den Wachmann und die Ermordung der beiden Frauen. Nach wie vor tappten sie im Dunkeln, ohne ein Licht am Ende des Tunnels zu sehen. Zeller wusste, was er zu tun hatte, und benachrichtigte die K8. Sie müssten sich den Turm nochmals vornehmen. Das war eine immense Aufgabe, aber es führte kein Weg daran vorbei. Noch nicht einmal der Arbeitskittel von Berta Abele war bisher gefunden worden. Damit konnten sie sich nicht zufriedengeben. Wenn sie Verstärkung bräuchten, sollten die Kollegen in Konstanz nachfragen. Bastian würde sich darum kümmern.

Dann bat der Kommissar Carla, den Vereinsvorsitzenden Fauser herzuholen. Lisa Brecht möge ihn noch einmal befragen. Er selbst würde mit Jones den Leiter des Rotary Clubs besuchen. Karl sollte sich dagegen den schönen Ede vornehmen. Auf dem Revier im Vernehmungszimmer war es besser als in seinem gewohnten Umfeld.

Lisa beabsichtigte, noch ein Wörtchen mit Ines Olbrich zu reden. Doch nicht gleich. Vorher wollte sie ins Internat der Freien Schule Kaisersbronn fahren und mit dem Direktor sprechen. Etwas Druck auf den Golfverein und auf Kaiser auszuüben, konnte nicht schaden. Irgendwann würde er einen Fehler begehen und dann wären sie da. Ohne Bausinger als Friedensengel.

Carla bekam einen Anruf auf dem Diensttelefon. Augenblicklich hielten alle den Atem an. War es wieder der »Narrenengel« und kündigte eine neue abscheuliche Tat an? Oder Ulli, die sich endlich meldete?

Es war nichts von beidem, nur der Besitzer des griechischen Restaurants Dionysos. Er verlangte nach Zeller. Eine Person sei bei ihm und wolle ihn zum Essen einladen. Er wisse schon, wen er meine. Danach legte er wieder auf.

Zeller wusste tatsächlich Bescheid. Er nahm seinen Hut von der Garderobe und zog sich den Mantel über, dann winkte er Jones heran. Als sie den Kommissar fragend anschaute, grinste er und wollte wissen, ob sie hungrig sei. Sie verneinte perplex. Was sollte das? Sie hatte gerade ausgiebig gefrühstückt.

»Egal, wir müssen trotzdem zum Griechen. Im Dionysos wartet jemand auf uns, dem wir Gesellschaft leisten müssen. Aber bekanntlich gibt es auch kleine Portionen«, meinte er launig zu ihr.

KAPITEL 16

Als Zeller und seine Kollegin beim Dionysos eintrafen, mussten sie zuerst klingeln. Höchstpersönlich erschien die Ehefrau des Inhabers an der Tür und ließ sie herein. Zeller sah ihr den vorangegangenen langen Abend an, trotz ihrer dicken Schicht Make-up im Gesicht. Noch wurde das Restaurant gereinigt. Eine ältere Frau putzte den Boden, sämtliche Fenster waren geöffnet. Es herrschte Durchzug. Erst in einer Stunde würde sich das ändern und der Betrieb mit dem Mittagstisch losgehen.

Die Restaurantchefin führte die beiden Kriminalbeamten zu dem gleichen Tisch wie bei Zellers letztem Besuch. Dort wurden sie schon erwartet. Rainer und seine bessere Hälfte Michi hatten jeweils ein Bier vor sich stehen sowie ein Schüsselchen voller Salzgebäck und eines mit Oliven darin.

Die Gesichter der beiden verfinsterten sich, als Zeller mit seiner Kollegin erschien und sich zu ihnen setzte. Belustigt fragte sich der Kriminalhauptkommissar beim Betrachten ihrer Mienen, was die beiden wohl so verärgerte. Hatten sie an seiner Frisur etwas auszusetzen? Oder an seinem Hut? Er würde es bald erfahren, denn Rainer konnte es kaum erwarten, ihn zurechtzuweisen.

»Hatten wir nicht vereinbart, dass Sie alleine kommen? So haben wir es bisher immer gehalten. Neue Moden gefallen mir nicht. Demnächst bringen Sie vielleicht noch mehr von Ihren Bekannten mit.«

Michi nickte schwerfällig dazu. Ihr Lidstrich war verwischt, der knallrote Lippenstift zu dick aufgetragen. Es schien nicht ihr erstes Bierchen an diesem Morgen zu sein. Anscheinend war das Paar zu etwas Geld gekommen, das es sofort in Getränke umsetzte. Beide harzten seit Jahren, kamen aber irgendwie über die Runden.

»Guten Morgen erst mal, ihr Turteltäubchen. Freut euch doch darüber, dass meine Kollegin Elli Jones dabei ist. Es ist nur zu eurem Besten. Wer weiß, wie lange ich mich noch um euch kümmern kann! Als Polizist lebt man gefährlich. Nicht alle Spitzbuben sind so harmlos wie ihr. Nur deshalb komme ich nicht allein. Weil ich an eure Zukunft denke. Ich will verhindern, dass ihr wieder in euer altes Leben abdriftet, das ihr geführt habt, bevor ihr mich kanntet. So weit wollen wir es nicht kommen lassen. Wenn ich einmal nicht mehr kann, wird sich diese reizende Frau mit euch in Verbindung setzen. Keine Angst, sie ist okay. Also, raus mit der Sprache, was habt ihr für mich?« Zeller schaute aufmunternd in ihre misstrauischen Gesichter.

Das illustre Pärchen zögerte. Sollten sie oder lieber nicht? Viele Möglichkeiten blieben ihnen nicht, das wussten sie auch nach ein paar getrunkenen Bierchen. Schließlich kam Rainer zu einem Entschluss, trank mit einem einzigen Zug sein Bier aus und schob Zeller das leere Glas entgegen. An seinem Schnauzer klebte Schaum. »Wir haben was für Sie, Zeller. Sie werden sich freuen. Kostet Sie aber ein Bierchen für jeden.«

»Gerne. Wenn es die Sache wert ist. Erst will ich wissen, um was es sich handelt.«

Rainer griff hinter sich und holte ein längliches Paket hervor, das mit braunem, fleckigem Papier dick umwickelt sowie mit einem Bindfaden verschnürt war. Er legte es auf den Tisch und schob es langsam zu Zeller, ließ seine Hand jedoch darauf liegen.

»Was ist das?«, fragte der Kommissar, ohne danach zu greifen.

»Erst das Bier. Zwei große Gläser! Nachschauen müssen Sie schon selber. Nicht, dass ich damit in Verbindung gebracht werde. Oder meine Michi! Ich sage nur DNA und Fingerabdrücke und so. Bei euch weiß man nie. Da ist unsereiner schneller wieder im Knast, als er schauen kann. Habe ich nicht recht, Michi?«

Sie nickte zustimmend.

Zeller bestellte die geforderten Getränke. Nachdenklich betrachtete er das Paket. Konnte es etwa …? Er wurde neugierig. Die Länge konnte stimmen, und wenn es das war, was er vermutete, dann würde es sie entscheidend weiterbringen. Er zögerte. Sollte er dieses Paket lieber so lassen, wie es war, und der KTU zur Untersuchung geben? Dann liefe er allerdings Gefahr, dass es etwas ganz Profanes war und die Arbeit daran folglich umsonst. Vom Spott der Kollegen ganz zu schweigen.

Er zog aus den Weiten seines Mantels ein paar Handschuhe heraus und streifte sie über. Mit einem auf dem Tisch liegenden Messer schnitt er die Schnüre auseinander und entfernte das schmuddelige Packpapier. Es kam eine blutige Kittelschürze zum Vorschein, aus welcher der Schaft eines Golfschlägers herausschaute. Sorgfältig entfernte Zeller die Schürze und legte auch den Schlägerkopf frei. Vor ihm lag ein schöner eiserner Golfschläger. Die japanische Edelmarke »Miura« stimmte schon mal mit den anderen Schlägern aus dem Bag im Turm überein. Beim Betrachten des Schlägerkopfes schwanden die letzten Zweifel. Neben dunkelroten, eingetrockneten Blutspuren klebten deutliche Überreste von Haarbüscheln daran. Zeller jubelte insgeheim. Der Täter hatte keine Zeit mehr gehabt, den Schläger zu reinigen. Da würde sich die Kriminaltechnik freuen. Das Corpus Delicti frei Haus geliefert, mit allem dran, was man brauchte, um es eindeutig zuzuordnen. Es konnte nur der Schläger sein, mit dem man die beiden Frauen im Turm erschlagen hatte. Daran bestand für Zeller kein Zweifel. Er verbarg jedoch seine Freude geschickt, verpackte das Beweisstück wieder sorgsam und fragte seine beiden Informanten: »Woher habt ihr das?«

»Gefunden. Er lag unter einer Bank im Stadtpark«, antwortete Rainer lächelnd, wohl ahnend, dass Zeller sich damit nicht zufriedengeben würde. Rasch griff er nach seinem neuen Bier und trank gierig daraus.

»Ach ja? Einfach so gefunden unter einer Bank? Beim Abendspaziergang? Wollt ihr mich verschaukeln? Das ist kein Spaß, hier geht es um Mord. Also?«

»Wir haben ihn entdeckt. Rein zufällig. Wirklich, Herr Kommissar«, bekräftigte Rainer.

»Schluss jetzt«, stieß der verärgert aus. »Auf mit euch. Ihr kommt mit aufs Revier. Ich habe euch gewarnt.« Er stand auf, genau wie Jones.

Michi rutschte aufgeregt auf ihrem Stuhl hin und her. Ihr gefiel die Situation überhaupt nicht. »Fluppi, nun sag es doch schon. Der Kommissar ist schlecht drauf und macht keine Scherze! Der knastet uns wirklich ein«, redete sie eindringlich auf ihren Partner ein.

»Fluppi« überlegte und sagte schließlich: »Zeller, setzen Sie sich wieder hin. Ich sage Ihnen, wie es war. Bekomme ich noch ein Bierchen?«

Der Kommissar dachte gar nicht daran. Langsam brachten ihn die beiden auf die Palme. »Nein. Erzähl einfach. Aber rasch«, sagte er grimmig.

»Na ja. Mit dem zufälligen Finden stimmt es nicht so ganz, Herr Kommissar. Man hat ihn mir gegeben. Gestern. Spätabends. Als ich zu einem Kameraden kommen sollte. Der hatte ihn gefunden.«

»Wo?«

»Das müssen Sie ihn schon selbst fragen.«

»Name und Adresse.«

»Muss das wirklich sein?«

Zeller hob statt einer Antwort seine Augenbrauen.

»Na, der Achim. Achim Schubert. Der hat ihn gefunden und mir gleich Bescheid gegeben. Er hat Angst, damit in Verbindung gebracht zu werden. Er hat noch Bewährung.«

»Wo finde ich den Mann?«

Michi schrieb mit krakeliger Schrift die Adresse auf einen Bierdeckel.

Die Kommissare verließen das griechische Restaurant und stiegen in ihren Dienstwagen. Zeller hatte den beiden doch noch ein Bier spendiert. Immerhin hatten sie ihn gleich gerufen, als die vermeintliche Mordwaffe aufgetaucht war. Besser so. Da durfte er sich ruhig erkenntlich zeigen.

Während Jones die Adresse ins Navi eingab, holte Zeller den Flachmann aus der Tasche und trank einen großen Schluck. Zufrieden drehte er den Verschluss zu und verstaute den Schnaps wieder an der gewohnten Stelle. Zum Glück hatte er ihn aufgefüllt. Sonst wäre der Tag noch schwieriger geworden. Da brauchte er sich keinen Illusionen hinzugeben.

Jones gab Gas und sie fuhren zurück in die Stadt. Bis zu Schuberts vermeintlichem Aufenthaltsort war es ein Stückchen. Er lag auf der anderen Seite von Rottweil.

»Schubert, Achim und Silke«, stand auf der Klingel des heruntergekommenen Einfamilienhauses. Daneben ein großes Schild mit schwarzer Schrift auf knallgelbem Grund: »Vorsicht, bissiger Hund!«

Jones betätigte die schrille Klingel mehrmals hintereinander. Der Beweis, dass die Botschaft auf dem Schild stimmte, drang unverzüglich durch wütendes Gebell aus dem Haus. Hinter der verschlossenen Tür rief dazu eine Frauenstimme: »Wer ist denn da, bitte?«

»Kriminalpolizei Rottweil«, antwortete Jones mit fester Stimme, »bitte öffnen Sie die Tür. Wir haben ein paar Fragen an Achim Schubert.«

»Mein Sohn ist nicht zu Hause«, kam es von der anderen Seite zurück. »Er ist bei der Arbeit.«

»Dann möchten wir gerne Sie etwas fragen. Bitte öffnen Sie. Es dauert nicht lange.«

Sie hörten, wie ein Riegel weggeschoben und die Tür aufgeschlossen wurde. Im Hauseingang erschien eine kleine alte Frau mit runzligem Gesicht und einem schwarzen Damenbart auf der Oberlippe und am Kinn. Aggressives Hundegebell drang aus einem der Zimmer. Zeller und Jones zeigten ihre Dienstausweise.

»Aus, Bully«, schrie die Frau. Augenblicklich verstummte der Hund und knurrte nur noch leise.

»Wo arbeitet Ihr Sohn denn? Wann kommt er wieder?«

»Na, ein Aufpasser ist er und bewacht alle.«

»Im Vollzug?« Zeller wusste nicht, was er mit der Antwort anfangen sollte.

»Quatsch, Herr Polizist. Mein Sohn ist bei einer Sicherheitsfirma.«

Jones fragte weiter: »Es gibt viele Securityfirmen in Rottweil. Welche meinen Sie?«

»Irgendwas mit Rottweil im Namen. An mehr kann ich mich nicht erinnern.« Die Frau überlegte und erkundigte sich plötzlich: »Wie spät ist es?«

Jones sagte es ihr.

»Oh, die Zeit rennt heute wieder. Da müssen Sie mich leider entschuldigen. Meine Serie fängt gleich an, im Fernsehen. Die darf ich nicht verpassen.« Damit knallte sie den Beamten die Tür vor der Nase zu.

Verdutzt standen die beiden davor. Jones klingelte wieder. Doch die Frau ließ sich nicht mehr sehen. Nur den Hund hörten sie bellen.

»Ich weiß«, sagte Zeller zu seiner Kollegin, »welche Firma Schuberts Mutter meint. Es muss der ›Rottweiler Securitydienst‹ oder kurz ›RSD‹ sein. Chef ist ein Vitali Schrein. Mit dem hatten wir schon mal zu tun. Ist noch gar nicht so lange her. Die Firma befindet sich auf dem Berner Feld, nicht weit vom Testturm. Jones, du weißt, was du zu tun hast.« Sie gingen zurück zum Wagen, wo Zeller grinsend die Beifahrertür öffnete und einstieg. Elli Jones ignorierte den missglückten Witz. Sie startete den Wagen und fuhr zum Berner Feld.

Der TK Elevator Testturm stand direkt vor ihnen und grüßte sie. Den gesamten Weg. Ein eindrucksvolles Bild, gewaltig hoch und bekleidet mit einer zerbrechlich aussehenden Hülle aus speziellem Teflon, selbstreinigend. Eine Meisterleistung der Ingenieurskunst. Zeller gefiel das Bauwerk. Neben dem vielen Alten in seiner Stadt gab es mit ihm etwas Neues, noch nie Dagewesenes. Ein beeindruckender Besuchermagnet der seinesgleichen suchte. Die höchste Besucherplattform in Deutschland war sein Highlight. Eine neue Generation von Aufzügen, ohne Strick oder Kabel, nur auf Magnetbasis, vermochte horizontal und vertikal zu fahren. Ein Wahnsinn, wenn man bedachte, wie schnell diese Art von Aufzug in den immer höher werdenden Wolkenkratzern dieser Welt nach oben raste.

Die Firma zu finden, war kein Problem. Sie lag direkt an der Straße. Über der Tür hing eine große Tafel. »Sicherheit für Tag und Nacht – RSD«, stand darauf zu lesen. Darunter die Telefonnummer. Die Eingangstür war nicht verschlossen. Die Polizisten traten ein und sahen hinter der Theke eine vollschlanke Frau in einem farbenfrohen Kleid und mit einem riesigen Dutt auf dem Kopf sitzen. Die Frau hatte ihr Hereinkommen nicht bemerkt und sprang erschrocken auf, als sie die beiden vor sich stehen sah. Sie schien drauf und dran zu sein, in einen Nebenraum zu flüchten.

Zeller beschwichtigte die Frau und entschuldigte sich für ihr unangekündigtes Erscheinen. Beide zeigten ihre Dienstausweise. Die Angestellte atmete tief durch und lächelte nun sogar.

Zeller verlangte nach ihrem Chef, und die Sekretärin rief etwas auf Russisch in den hinter der Theke liegenden Bereich. Als keine Antwort kam, rief sie das Gleiche noch einmal, nun schon energischer. Wieder erfolgte keine Reaktion. Schließlich stand sie seufzend auf und lief in den angrenzenden Raum. Die beiden Polizeibeamten hörten, wie sie sich dort mit jemandem stritt. Endlich kehrte sie mit einem Mann zurück, der sich als Vitali Schrein vorstellte. Er entschuldigte sich, dass er die Beamten hatte warten lassen. Er habe ein dringendes Telefonat geführt.

Zeller kannte den Mann. Er erinnerte sich, dass das Gespräch mit ihm bei einem früheren Fall recht schwierig gewesen war. Er hatte keine Lust auf Komplikationen mit einer Person, die vorerst in ihren Ermittlungen keine Rolle spielte. Deshalb fragte er ihn gleich nach Schubert, seinem Angestellten. Schrein schien erleichtert zu sein. Er wolle sofort nachschauen. Sie mögen ihn entschuldigen. Seine Firma habe 50 Angestellte, da wisse man nicht sofort, wo sich wer befand. Er verschwand wieder im angrenzenden Raum – vermutlich seinem Büro –, und als er nach kurzer Zeit zurückkehrte, erklärte er den beiden, dass Schubert auf einer Schulung sei. Sie finde nicht weit entfernt von hier statt. Er könne ihn herrufen, wenn es nötig sei. Zeller nickte nur.

Es vergingen gut 30 Minuten, ehe Achim Schubert mit einem schwarzen Land Rover angefahren kam. Der bullige Mann schien verärgert. Wütend und mit hochrotem Gesicht stürmte er durch die Tür und schrie seinen Chef unvermittelt an. Wieso er ihn habe holen lassen, die Schulung sei teuer und er könne es sich nicht leisten, etwas davon zu verpassen.

Überrascht wich Schrein einen Schritt zurück und zeigte zu den Kriminalbeamten. Nicht er sei der Grund, warum er ihn habe holen lassen, sondern die beiden Kommissare von der Kripo in Rottweil.

»Was wollen Sie von mir? Ich habe nichts getan«, wandte Schubert sich an Zeller und baute sich vielsagend vor ihm auf, mit gespreizten Beinen und in die Hüften gestemmten Händen.

Der Kommissar blieb gelassen. Wieder einer, der meinte, man könne ihn mit so einem martialischen Gehabe beeindrucken. »Sind Sie Achim Schubert?«, fragte er ruhig.

»Ja, bin ich. Was wollen Sie von mir?«

»Wann haben Sie den Golfschläger gefunden?«

»Dachte ich es mir doch. Gestern Abend. Als ich mit meinem Bully unterwegs war.«

»Bully?«

»Mein Pitbullterrier. Was sonst?«

»War der Schläger verpackt?«

»Nein. Oder besser gesagt teilweise. Der Arbeitskittel war um den Kopf des Schlägers gewickelt. Verpackt und verschnürt habe *ich* ihn. Mein erster Gedanke war, den kannst du gut verkaufen. Doch als ich dann das ganze Blut und das andere Zeug gesehen habe, wurde mir die Sache zu heiß.«

Zeller schaute ihn zweifelnd an. Erzählte Schubert hier eine Neuauflage von den Märchen der Gebrüder Grimm? Oder glaubte er wirklich, sie würden ihm das auch nur ansatzweise abkaufen? »Wo genau haben Sie den Schläger gefunden?«

»Im Neckartal, gleich neben der ehemaligen Pulverfabrik. Dort lag er in einem Busch. Als ob ihn jemand weggeworfen hätte.«

Elli Jones machte einen Schritt auf den Mann zu. »Natürlich, es werden regelmäßig teure Golfschläger ins Neckartal geworfen. Vielleicht aus Wut über ein verlorenes Spiel? Der nächste Golfplatz ist über 15 Kilometer entfernt. Glauben Sie eigentlich selbst, was Sie uns da erzählen?«

»Was wollen Sie denn von mir!«, rief Schubert verächtlich. Auch er ging einen Schritt auf Jones zu. Diese blieb stehen. Zeller merkte, wie sie sich bereit machte. Nur eine falsche Bewegung von Schubert und sie würde ihn zu Boden werfen. Da war er sich sicher.

Doch noch blieb sie gelassen. »Wir möchten, dass Sie uns die Wahrheit sagen. Natürlich können wir Sie auch mit aufs Revier nehmen, wenn Sie das lieber wollen.« Sie wich seinem Blick nicht aus.

»Bei dir ist wohl 'ne Schraube locker«, zischte Schubert.

»He, werden Sie mal nicht frech«, mischte sich Zeller ein, »wir schauen uns jetzt gemeinsam an, wo Sie den Schläger gefunden haben. Sie fahren voraus, wir folgen Ihnen.«

Widerwillig verließ Schubert die Niederlassung der Security-Firma und stieg in seinen großen SUV. Gedankenversunken schaute Zeller das Auto an. Hatte nicht Scherzinger von einem schwarzen Bus gesprochen? Es könnte auch ein Land Rover gewesen sein. Er hatte es bei der Dunkelheit ja nicht genau erkennen können, wie er selbst gesagt hatte. Die Kommissare stiegen ebenfalls in ihren Wagen und folgten Schubert. Sein Rover besaß ein Stuttgarter Kennzeichen, wie alle Firmenwagen bei RSD. Man müsste ihn sich genauer anschauen. Doch Zeller konnte nicht einfach ohne dringende Gründe eine Überprüfung anordnen. Da hätte der Staatsanwalt etwas dagegen.

Sie fuhren runter ins Neckartal und hielten plötzlich mitten auf der schmalen Straße an. Schubert sprang aus dem Wagen und zeigte auf ein Gebüsch am Flussufer, die angebliche Stelle des Fundes. »Hier hat Bully markiert und dann ganz laut gebellt. Da lag der Schläger drin.«

»Haben Sie ihn angefasst?«

»Nicht direkt, ich habe ein Taschentuch genommen.«

Schubert hustete und spuckte in den träge dahinfließenden Fluss.

Zeller telefonierte mit der Kriminaltechnik und beschrieb die Stelle, an der sie sich befanden. Die Kollegen versprachen, sofort jemanden hinzuschicken. Schubert stieg währenddessen in sein Auto und startete den Motor. Zeller lief zu ihm und klopfte gegen die Fahrerscheibe. Missmutig ließ der Wachmann sie herunter.

»Morgen erscheinen Sie um Punkt 9 Uhr im Polizeirevier und erzählen die Geschichte noch einmal meinen Kollegen. Es handelt sich um eine Zeugenaussage, einen Anwalt benötigen Sie dazu nicht. Überlegen Sie sich genau, was Sie sagen. Wenn Sie lügen, kommt Sie das teuer zu stehen. Falschaussage ist kein Kavaliersdelikt.« Der Kommissar gab ihm seine Karte.

Ohne zu antworten, ließ Schubert den Motor aufheulen und raste davon. Kaum war er aus ihrem Blickfeld verschwunden, näherte sich aus der entgegengesetzten Richtung ein Dienstauto mit den Kollegen der Spurensicherung. Zeller empfing sie, gab ihnen den Schläger und wies sie rasch ein. Sie hatten keine Zeit für lange Gespräche, denn gerade eben hatte ihn Carla angerufen. Ihr Fahndungsaufruf war überraschend erfolgreich. Ein Mann hatte sich gemeldet. Er wollte Ulli Brenner gestern in Begleitung von zwei Männern gesehen haben. Höchstwahrscheinlich! Ganz sicher war er sich nicht. Der Frau schien es richtig schlecht gegangen zu sein. Sie habe kaum laufen können. Als ob sie unter dem Einfluss von Alkohol oder Drogen gestanden hätte.

KAPITEL 17

Zeller und Jones folgten dem Navi in Richtung Stadion. Elli hatte das Blaulicht auf dem Dach des Dienstautos befestigt und drückte das Gaspedal energisch durch. Sie waren nicht allein zu dem Ort unterwegs, an dem Ulrike angeblich zuletzt gesehen worden war. Eine Einheit des SEK, das von Bausinger sicherheitshalber angefordert worden war, befand sich ebenfalls auf dem Weg zu dem Wohnwagenplatz. Jede Minute zählte.

Gestern Abend habe er sie dort gesehen, beim Gassigehen mit seiner Lenka, einer Golden-Retriever-Hündin, hatte der anonyme Anrufer am Telefon behauptet. Zumindest habe die Frau derjenigen auf dem Fahndungsfoto täuschend ähnlich gesehen. Allerdings könne man sich in seinem Alter schon auch mal irren ...

In Zellers Kopf jagte ein Gedanke den nächsten. Sie wussten noch immer nicht, was mit Ulli geschehen war, und hatten weiterhin keinerlei verwertbare Hinweise aus ihrem privaten Umfeld erhalten. Ulli war nicht verheiratet, ihre Eltern waren verstorben. Lediglich einen Onkel in der Nähe von Heidelberg hatte Carla ausfindig machen können. Nach seiner Aussage hatte er allerdings schon seit über einem Jahr nichts mehr von Ulrike gehört. Auch wenn sich – abgesehen vom »Narrenengel« – niemand Verdächtiges bei ihnen gemeldet hatte, lag die Vermutung nahe, dass ihr Verschwinden mit den aktuellen Fällen in Zusammenhang stehen und Ulli in großer Gefahr schweben könnte. Vielleicht waren es wertvolle Stunden gewesen, die sie durch sein Zögern, eine Fahndung einzuleiten, hatten verstreichen lassen. Zeit, die unwiederbringlich verloren war und die sie nie zurückbekommen würden bei der Suche nach ihr. Zeller machte sich Vorwürfe. Doch er hatte die Entscheidung, erst mal abzuwarten, nicht ohne Grund getroffen. Sollte tatsächlich eine Entführung vorliegen, hätte zu großer Druck auf den Entführer eine Kurzschlussreaktion auslösen und für Ulli letztendlich einen gefährlichen Nachteil bedeuten können. Zeller nahm rasch einen Schluck aus seinem Flachmann und ließ ihn anschließend wieder in seiner Manteltasche verschwinden.

Sie waren nicht die Ersten vor Ort. Lisa Brecht und Karl Riechle waren vor ihnen angekommen und gerade im Begriff, zu der Wohnwagensiedlung hinüberzugehen. Als sie die beiden Kollegen heranfahren sahen, warteten sie.

Der Platz neben dem Fußballstadion machte einen verwaisten Eindruck. Kein Bewohner der sieben oder acht herumstehenden, mehr oder weniger schlecht erhaltenen Wohnwagen und Wohnmobile war zu sehen. Es war eine unwirkliche, fast schon gespenstisch anmutende Atmosphäre, die um diese Uhrzeit herrschte. Ein verlassener Platz ohne eine Menschenseele. Oder war es nur eine erste, trügerische Wahrnehmung, die sich auf den zweiten Blick als unwahr herausstellen würde? Sie beratschlagten sich und kamen zu dem Entschluss, auf das Eintreffen des SEK zu warten. Sicher war sicher.

Karl Riechle hatte sich eine Zigarette angezündet und sog das Nikotin genussvoll ein. Lisa Brecht starrte auf ihr Smartphone und tippte dann hektisch darauf herum. Zeller hatte sich von ihnen abgewandt und schaute skeptisch auf die Szenerie. Verstohlen nahm er den nächsten Schluck aus dem Flachmann. Er hielt es nicht mehr aus. Die Wartezeit war zu lange. Wer wusste schon, wann das angeforderte SEK endlich kommen würde! Da war vielleicht schon alles vorbei und Ulli tot. Und sie hatten hier herumgestanden wie dumme Trottel. Ihm war unwohl bei dem Gedanken. Er wollte nicht daran schuld sein, wenn ihr etwas zustieß, und musste handeln.

Ohne sich mit den anderen abzusprechen, lief er plötzlich zum ersten Wohnwagen und drückte die Türklinke herunter. Es war abgeschlossen. Auch ein energisches Rütteln half nichts. Die Tür blieb zu. Genauso bei dem Wagen daneben. Auch hier war abgesperrt. Zeller drehte sich zu seinen Kollegen um und rief:»Los, helft mir! Bis auf das Eintreffen des SEK können wir nicht warten. Es dauert mir zu lange!« Unterdessen ging er weiter zum nächsten Wagen und klopfte energisch dagegen. Plötzlich tat sich etwas. Aus dem Inneren kamen Geräusche. Zeller klopfte noch einmal.»Hallo, ist jemand da drin? Hier ist die Polizei. Öffnen Sie die Tür!«

Das Rascheln hörte auf und eine verschüchterte Mädchenstimme fragte:»Wer ist dort? Warten Sie, ich komme raus.«

Die Sicherung wurde betätigt und die Tür öffnete sich. Eine junge Frau trat heraus, nur mit einem dünnen Hemd bekleidet. Mit den Armen bedeckte sie ihre Brust. Ihre Haare waren zerzaust, sie wirkte verschlafen. Zeller musste sie geweckt haben.

Der Kommissar hielt ihr das Foto mit der Kollegin vor die Nase. »Kennen Sie diese Frau? Es ist wichtig«, fragte er streng.

»Nee, kenn ich nicht. Wieso fragen Sie?«

»Schauen Sie genau hin.«

»Habe ich noch nie gesehen. Ehrlich. Kann ich jetzt wieder reingehen?«

Zeller schüttelte den Kopf. »Los, ziehen Sie sich etwas drüber. Aber bitte schnell. Sie kommen mit.«

Das Mädchen verschwand im Wohnwagen und kehrte kurze Zeit später in einem Sportanzug zurück. Zeller schickte sie zu ihrem Dienstauto.

Riechle und Lisa Brecht hatten sich seiner Aktion inzwischen angeschlossen, ihnen erging es jedoch nicht anders. Bei den meisten Wohnwagen war niemand anwesend, und wenn doch, wusste keiner etwas von Ulrike. Es war zum Verzweifeln. Alle Angetroffenen wurden aufgefordert, sich im Eingangsbereich des Wohnwagenstellplatzes zu versammeln. Eine Bereitschaftspolizistin nahm ihre Daten auf. Vorerst durfte keiner zurück in seinen Camper.

Das SEK war mittlerweile auf dem Platz eingetroffen und brachte sich in Stellung, jederzeit bereit, die nächsten Schritte zu unternehmen.

Zeller lief zum letzten Wohnwagen. Er stand etwas abseits in einer von hübschen Bäumen umgebenen Bucht. Es war ein heruntergekommenes Modell, ehemals weiß, jetzt dreckig gelb. Er musste schon lange hier stehen. Bewohnt sah er nicht aus. Neben der Eingangstür lag eine Holzpalette, darüber eine Folie und ein undefinierbarer Gegenstand darunter. Nachdrücklich klopfte der Kommissar gegen die Tür. Nichts passierte. Noch einmal hämmerte er gegen das Fahrzeug und verlangte lautstark, dass man ihm öffnete. Keine Reaktion. Er hielt sein Ohr an die Tür. Mit einem Handzeichen bedeutete er den Kollegen, leise zu sein. Angestrengt lauschte er und hielt dabei den Atem an. Es war nichts zu hören. Nicht einmal das Brummen eines Kühlgerätes, geschweige denn ein anderes Geräusch, das darauf hindeutete, dass sich jemand im Inneren des Wagens aufhielt. Er überlegte. Zeller fühlte körperlich, dass da etwas nicht stimmte, aber was? Warum war es da drin nur so still? Diese Stille musste es sein, die ihn störte. Wieder presste er sein Ohr an die Tür. Plötzlich war da was. Es hörte sich wie ein kaum wahrnehmbares Zischeln an. Ihm wurde jählings klar, was es sein konnte. Wild winkte er nach dem Chef des SEK. Dieser kam angerannt und presste ebenfalls sein Ohr an die Tür.

»Wir müssen da rein«, sagte Zeller im Flüsterton, nachdem der SEK-Mann ihm bestätigt hatte, das Geräusch ebenfalls zu hören.

»Erst muss die Feuerwehr informiert werden und der Rettungsdienst. Wir müssen warten«, gab der Kollege genauso leise zur Antwort.

»Bis es zu spät ist? Dann ist sie vielleicht tot. Das geht nicht«, bestimmte der Hauptkommissar.

»Wir haben unsere Vorschriften. Hauen Sie lieber ab von hier und verkriechen Sie sich in sicherer Entfernung.«

Zeller konnte es nicht fassen. So einen Paragrafenreiter hatte er noch nicht erlebt. Was, wenn Ulli da wirklich drin lag? »Dann mache ich es allein. Gehen Sie aus

dem Weg!« Er versuchte, den Mann von der Tür weg-
zudrängen.

Der Uniformierte in Helm und Maschinenpistole
hielt dagegen. Als er merkte, dass es Zeller bitterernst
war, gab er nach. »Na gut, wir machen es. Aber auf
Ihre Verantwortung. Ich gehe nicht Ihretwegen in den
Knast. Außerdem hat es ein Nachspiel, das verspreche
ich Ihnen.«

Zeller nickte. Er hätte in diesem Moment sein eige-
nes Todesurteil unterschrieben.

Es ging alles ganz schnell. Befehle wurden gerufen, Anweisungen erteilt. Das SEK schwärmte aus.
Mit Maschinenpistolen im Anschlag umstellten sie
geräuschlos den Wohnwagen. Es kam der Befehl zum
Öffnen. Mit einem Brecheisen wurde die Tür aufge-
hebelt. Augenblicklich verteilte sich penetranter Gas-
geruch auf dem Platz. Ein Polizist mit Gasmaske und
gezogener Waffe stürmte in den Wohnwagen, während
ihm ein anderer in gleicher Montur folgte.

»Los, das gefällt mir nicht. Macht, dass ihr raus-
kommt. Haut ab! Schnell! Alle anderen weg von hier«,
schrie der Leiter plötzlich ins Headset. In der Tür des
Wohnwagens erschien einer der Polizisten. In seinen
Armen lag etwas Schweres in eine vor Dreck starrende
Decke gehüllt, aus der auf einer Seite zwei nackte Beine
herausbaumelten. Kaum hatten er und sein Kollege
das Wohnmobil verlassen, erschütterte eine gewaltige
Explosion den bisher ruhig und friedlich erscheinenden
Platz. Keine Minute später hörte man die lauter werdenden Sirenen der Rettungsfahrzeuge.

KAPITEL 18

»Was hast du dir dabei gedacht, Paul?«, schrie Bausinger seinen ungeliebten Leiter der Soko »Stuhl« an. Er schäumte vor Wut. Jedes Mal gab es Probleme mit diesem sturen und eigenwilligen Kriminalhauptkommissar. Irgendetwas geschah immer, wenn er im Einsatz war, egal, welche Rolle er in dem Team spielte. Dabei war es vollkommen unerheblich, ob er die Leitung innehatte oder nur zum Fußvolk zählte. Er tat immer nur das, wovon er überzeugt war, und legte sich ohne Bedenken mit jedem an, der ihm in die Quere kam. Dieses Mal auch noch mit dem SEK. Das musste man sich mal auf der Zunge zergehen lassen. Das schlug Wellen bis ganz nach oben.

Er hätte ihn am liebsten bereits vor langer Zeit ins letzte Kaff im Ländle versetzt, in die abgelegenste Ecke auf der Schwäbischen Alb oder in den dunkelsten Winkel im Schwarzwald, wo nie die Sonne schien. Es war Bausinger egal wohin, Hauptsache weit weg. Doch solange der Polizeipräsident seine Händchen über Zeller hielt, konnte er nichts machen. Nicht einmal er, obwohl mit dem Innenminister fast schon familiär verbandelt. Leider war dieser Zeller, das musste man ihm lassen, einer der besten Kommissare im Land. Das machte es nicht leichter, denn der Mann wusste selbst, was er konnte. Doch so einfach davonkommen lassen durfte man ihn nicht. Er brauchte ab und an eine tüchtige Abreibung, sonst wurde er nur immer dreister und abgehobener.

»Dem Leiter des SEK einfach vorzuschreiben, was er zu tun und zu lassen hat. Wo kämen wir denn da hin, wenn das jeder machen würde! Du führst dich auf, als ob du der Oberste aller Polizisten im Ländle wärst. Du brauchst nicht annehmen, dass nur durch dein Eingreifen Doktor Brenner gerettet wurde. Das können wir größtenteils dem umsichtigen Einsatz unseres SEK verdanken. Nicht dir, Paul! Du hast es verkompliziert und auf die Spitze getrieben. Was hätte nicht alles passieren können! Gar nicht auszudenken!«

Zeller schwieg. Die Hände hinter dem Rücken verschränkt, stand er vor seinem Chef und ließ die Schimpfkanonade ungerührt über sich ergehen.

»Willst du dazu nichts sagen? Verteidige dich, Paul, na, mach schon!«

Wieder keine Antwort. Stattdessen schaute der Kommissar mit abgewandtem Kopf aus dem Fenster.

»Paul, ich werde um eine disziplinarische Maßnahme nicht herumkommen. Leider. Immerhin, und das muss ich dir zugutehalten, war der Einsatz von Erfolg gekrönt. Aber so geht das nicht, dass jeder macht, was er will. Ab jetzt wirst du mich über jeden deiner Schritte im Voraus informieren. Also, ich höre?«

»Bist du fertig, Dieter? Die Arbeit wartet ...«

Das war zu viel für Bausinger. Erschöpft ließ er sich in seinen Chefsessel fallen, schnaufte wütend und trommelte hektisch mit seinen Fingern auf der Tischplatte. Beide Männer schwiegen. Bausinger vermied es, Zeller anzusehen, und schaute wie er aus dem Fenster in den trügerischen blauen Himmel der alten Stadt. Das würde sich bald ändern, kam ihm in den Sinn, für heute war Regen angesagt. Er seufzte.

Langsam kam er runter, seine zornige Miene entspannte sich. Die Röte seiner Wangen wechselte allmählich zu seiner normalen Gesichtsfarbe. Warum rege ich mich überhaupt auf, dachte er, nahm sich eine Akte zur Hand, schlug sie auf und blätterte ziellos darin herum. Er würde den Kommissar nicht mehr ändern. Das hatte er oft genug versucht. Zeller blieb so, wie er war. Zum Glück war die Brenner wieder da. Alles andere wäre undenkbar gewesen. Zwei Minuten ließ er Zeller so vor sich stehen. Erst dann durfte er gehen. Diese Minuten mussten sein, ohne dass etwas geschah. Hier, in diesem Hause, war er der Chef und nicht der Hauptkommissar. Und so sollte es auch bleiben, bis er in ein paar Jahren pensioniert werden würde.

Zeller eilte aus dem Zimmer. Alles war so gekommen, wie er es von Bausinger erwartet hatte. Kaum war der Einsatz zu Ende, wurden seine Methoden infrage gestellt. Dabei war es durch ihn ... Ach, ist nicht wichtig, sagte er zu sich selbst. Hauptsache war doch nur, dass sie Ulli rechtzeitig aus den Fängen dieses Irren gerettet hatten.

Die Gardinenpredigt hätte Bausinger sich allerdings sparen können, überlegte er weiter. Wie lange kannten sie sich nun? Waren es zehn oder gar zwölf Jahre? Er wusste es nicht mehr. Am Anfang waren sie befreundet gewesen. Zeller hatte ihn als Bereicherung im Dienst empfunden und als fachlich absolut kompetent. So lange, bis die Sache mit Susanne passiert war. Da war die Lage ähnlich gewesen wie diesmal bei Ulrike. Da hatte er auch auf das SEK warten sollen, obwohl Susanne in einer Gartenanlage gefangen gehalten wurde. Er hatte genau gewusste, dass sie dort mit ihrem Stalker war, und hatte geahnt, was der Mann vorhatte. Als die Kollegen gekommen waren, war es zu spät gewesen. Der Mann hatte Susanne umgebracht, hatte ihr mit einem Messer die Kehle durchgeschnitten. Genau wie sich selbst. Literweise Blut hatte den Boden der Gartenlaube getränkt und Bausinger hatte Zeller die Schuld dafür zugeschoben. Seitdem war es aus zwischen ihnen. Jeder wartete darauf, dass der andere endlich verschwand. Doch ihr Wunsch ging nicht in Erfüllung.

Er musste zu Ulli in die Helios Klinik. Bisher waren alle Kontaktaufnahmen abgewehrt worden. Nicht einmal eine Befragung durfte stattfinden. Dabei war es so wichtig. Das ärgerte Zeller. Indessen liefen da draußen ein oder mehrere Mörder herum, die es auf unschuldige Menschen abgesehen hatten. Bisher ohne einen erkennbaren Zusammenhang. Die Opfer waren weder verwandt noch befreundet, ja kannten sich anscheinend nicht einmal. Da könnte Ulrike sicherlich helfen. Vielleicht erinnerte sie sich an etwas, das sie entscheidend weiterbringen würde. Und wenn es nur das kleinste Detail wäre.

Vor einer Stunde hatte man ihnen erlaubt, sie zu besuchen. Nur kurz. Aber da hatte Zeller zum Gespräch mit Bausinger gemusst. Als ob der nicht noch einen Tag hätte warten können. Sein Chef wusste genau, wie es ihm an die Nieren ging, dass er Ulli nicht als Erster sehen durfte. Er hatte an seiner Stelle Elli Jones und Lisa Brecht hingeschickt. Vielleicht vermochten sie ihr ein wenig Trost zu spenden. Ulli hatte es bitternötig. So eine Situation steckte niemand leicht weg. Nicht einmal er könnte das, da war Zeller sich sicher.

Jones hatte ihm eben auf sein Smartphone geschrieben, dass sie vor Ullis Tür warteten und nicht hineindurften. Es gebe weitere Komplikationen. Der Zustand von Ulrike habe sich jäh verschlechtert und sei äußerst fragil. Er solle sich beeilen. Vielleicht könne er etwas beim behandelnden Arzt erreichen.

Zeller fuhr mit Karl Riechle ins Krankenhaus. Kurz bevor sie es erreichten, trat Riechle abrupt auf die Bremse und hielt an einem Blumenladen an. Wortlos stieg er aus dem Auto und kehrte mit einem Blumenstrauß zurück, den er Zeller in die Hand drückte. Eine Idee, auf die der Kommissar nie gekommen wäre. Blumen gehörten nicht in seine Lebenswelt. Deshalb saß er mit den gelben Rosen ungelenk da und hielt sie wie einen unliebsamen Fremdkörper auf seinen Knien. Wie ein Verehrer auf dem Weg zu seiner Angebeteten, dachte er und hasste sich dafür.

Oder war der Gedanke gar nicht so abwegig? Die Antwort blieb er sich selbst schuldig. Er verstand sich sehr gut mit Ulli, und das bereits seit vielen Jahren. Obwohl es schon ein paar kritische Situationen gegeben hatte, war es nie zu einer Begegnung gekommen, die beiden die weitere Zusammenarbeit erschwert oder ganz verleidet hätte. Er atmete tief durch, sie waren auf dem Parkplatz des Krankenhauses angekommen.

Drinnen fragte Zeller an der Rezeption nach dem Zimmer seiner Kollegin. Die Dame am Empfang nannte ihnen die entsprechende Nummer. Ehe sie nach oben gingen, fragte Zeller noch, ob sie den behandelnden Arzt sprechen könnten. Dieser warte im Zimmer der Patientin auf ihn, kam es prompt zurück.

Die beiden Beamten nahmen den Aufzug. Kaum hatten sich oben die Türen geöffnet, sahen sie ihre Kolleginnen auch schon vor Ulrikes Zimmer stehen und heftig mit einem Arzt diskutieren. Jones gestikulierte wild. Immer wieder schüttelte der Mediziner den Kopf. Es würde nicht einfach werden, ihn umzustimmen, dachte sich Zeller beim Betrachten der Szenerie.

Er trat näher und zeigte dem Arzt seinen Dienstausweis. »Ich bin der Leiter der Ermittlungen, Hauptkommissar Paul Zeller. Bitte lassen Sie uns kurz zu Ulrike Brenner. Es ist sehr wichtig. Ihr Entführer ist immer noch auf freiem Fuß. Es gehen vermutlich bereits drei Morde auf seine Kappe und ein versuchter vierter an meiner Kollegin. Ich weiß nicht, was in der nächsten Stunde passieren wird. Wir müssen ihn finden!«

Der Arzt schüttelte resolut den Kopf. Seine Antwort war eindeutig. »Es ist unmöglich. Wir müssen zuerst an die Gesundheit der Patientin denken. Verstehen Sie das doch. Kurz nach Mittag hat sie einen Schwächeanfall erlitten. Es gelang uns recht schnell, sie zu stabilisieren. Ob sie einen weiteren Anfall so gut überstehen würde, weiß allein der Himmel. Kommen Sie morgen wieder, da ist sie vielleicht stabiler. Es ist besser so für alle.«

Zeller musste einsehen, dass er den Arzt nicht umstimmen konnte. Dann eben erst morgen. Aber allein lassen wollte er Ulrike auf keinen Fall. Was, wenn der Kidnapper herausbekam, dass sie lebte und in diesem Krankenhaus lag? Dann würde er sein schändliches

Werk vollenden, ohne dass sie ihr helfen konnten. Sie besprachen sich kurz. Alle waren sofort einverstanden und teilten sich in Schichten ein. Einer allein, für drei Stunden. Das würde reichen. Vielleicht erholte sie sich schneller als angenommen und der Arzt würde ihnen grünes Licht für ein Gespräch mit ihr geben. Dann war jemand von ihnen in der Nähe.

Zeller würde die Schicht am nächsten Morgen übernehmen und Lisa Brecht ablösen. Jones blieb gleich da und suchte eine Vase für den Strauß gelber Rosen, die ihr Zeller mürrisch in die Hand gedrückt hatte. Er gab den anderen aus seinem Team frei und ließ sich ein Taxi kommen. Der Arbeitstag war für ihn noch nicht zu Ende. Ehe er zu Anne nach Hause gehen würde, wollte er einen Abstecher zum Testturm unternehmen. Seidel hatte bisher nicht alles gesagt. Bei seiner Version der Geschehnisse am Tatabend gab es Ungereimtheiten.

Als Zeller im Turm ankam, klingelte er an der Eingangstür und wartete. Niemand erschien. Er klingelte noch einmal. Endlich räusperte sich jemand in der Sprechanlage.

»Entschuldigen Sie, wir haben geschlossen. Kommen Sie am Wochenende wieder.«

Zeller stellte sich vor und die Tür öffnete sich. Zu seiner Überraschung saß nicht Ede Seidel hinter der Theke, sondern Achim Schubert. Er war nicht allein. Der Kommissar hörte ein gefährliches Knurren. »So sieht man sich wieder, Herr Schubert. Ich wusste gar nicht, dass Sie hier beschäftigt sind. Davon hatten Sie uns nichts gesagt.«

»Es ist nur vertretungsweise. Wir unterstützen uns im Gewerbe gegenseitig. Wenn jemand ausfällt, ist gleich ein anderer zur Stelle. Ede, also Herr Seidel, ist verhindert. Seine Frau musste plötzlich ins Krankenhaus. Blinddarm oder so was Ähnliches. Nun muss er bei den Kindern bleiben. Ich bin für ihn eingesprungen. Kommt doch sowieso niemand, da fällt es nicht weiter auf. Sie brauchen es ja nicht an die große Glocke zu hängen.«

»Waren Sie letzte Woche auch hier?«

»Kann sein. Aber nicht an dem Tag, an dem die beiden Frauen erschlagen wurden.«

Zeller horchte auf. Was hatte er da gerade gesagt? Wusste er doch mehr? Der Kommissar stellte ihn auf die Probe. »Woher haben Sie das?«, fragte er scharf.

»Das wissen doch alle hier«, erwiderte Schubert hastig. Das Gespräch gefiel ihm nicht, das sah Zeller ihm an. Mit seinem unangekündigten Besuch hatte er nicht gerechnet und sich auf einen ruhigen Abend gefreut. Sein knurrender Pitbull sah hungrig aus.

»Raus mit der Sprache. Mir ist es egal, was für Glücksspiele Sie in der Nacht gespielt haben, das geht mich nichts an. Dafür sind andere Kollegen zuständig, nicht ich und mein Team. Uns interessiert nur der Mord. Also, was ist hier in der Nacht von Freitag auf Samstag passiert?«

Schubert wirkte verunsichert. Sein bulliges Äußeres wandelte sich zu einem Fleischberg voller Angst. Die aggressive und abwehrende Haltung vom letzten Treffen war verschwunden. Schubert wollte Zeit gewinnen und bückte sich zu seinem knurrenden Kampfhund hinunter, um ihm den Nacken zu kraulen. Zeller wartete. Er ahnte, dass jedes weitere Wort ihn zu sehr bedrängen würde.

Schubert schien einen Entschluss gefasst zu haben. Er unterbrach seine Liebkosungen und begann zu erzählen, was an dem Abend tatsächlich geschehen war. Sie hätten beim Poker gesessen, begann er unbeholfen, wie an jedem zweiten Freitag im Monat. Der Tag sei extrem gut geeignet für ihre Zwecke. Meistens wurden die Veranstaltungen im Turm auf einen Freitag gelegt. Da fiel es nicht auf, wenn ein paar Personen mehr den Turm betraten. Dieses Mal seien sein Kumpel Ede Seidel, die Ines Olbrich, der Rechtsanwalt Hirsch, die beiden vom Golfklub – Kaiser und Fauser – und seine Wenigkeit dabei gewesen.

»Habe ich Sie richtig verstanden? Fauser und Kaiser waren an diesem Abend hier? Es besteht kein Zweifel?«, fragte Zeller dazwischen.

»Die sind immer dabei, wenn eine spannende Runde ansteht. Sie sind aber erst später gekommen als sonst. Erst gegen 1 Uhr. Wir hatten uns schon gefragt, wo sie bleiben. Hirsch verpasst eigentlich keine Runde. Er ist nicht arm und spielt mit voller Leidenschaft, und das Beste an ihm ist, er geht voll ins Risiko. Wenn er dabei ist, brennt die Hütte.« Schubert machte eine kurze Pause. »Diesmal kam noch einer dazu. Den hatte Hirsch angeschleppt und er war bisher noch nie dabei gewesen. Der legte gleich die Hunderter auf den Tisch, dass uns ganz schwindlig wurde. Er spielte nicht zum ersten Mal und verstand etwas vom Pokern. Kaiser hatte nach kurzer Zeit kein Geld mehr. Er hatte auch nie viel dabei. Meistens schoss ihm Fauser dann was zu. Jedenfalls lag im

Pott ordentlich was drin und Kaiser witterte das große Geschäft. Alle waren ausgestiegen, nur Kaiser und der Fremde waren noch dabei. Kaiser hatte ein gutes Blatt, ein Full House, wenn Sie wissen, was ich meine.«

Zeller schüttelte den Kopf.

»Nicht? Einen Drilling und ein Paar. Da gibt's nicht mehr viel drüber, verstehen Sie. Ich hätte es genauso gemacht wie Kaiser und alles, was ich habe, in den Pott geworfen. Es ging immer weiter. Schließlich hat Kaiser seine komplette Golfausrüstung gesetzt, die er wohl zufällig im Auto dabeihatte, und wollte sehen, beendete also das Spiel. Triumphierend hat er seine Karten auf den Tisch gelegt, aber leider war es zu wenig. Der andere hatte ein besseres Blatt als er, ein Straight Flush, das Zweitbeste, was man beim Pokern auf die Hand bekommen kann. Das war schlimm für Kaiser. Wutentbrannt ist er aus dem Raum gerannt und verschwunden. Ich habe ihn den Rest des Abends nicht mehr gesehen.«

»Bernd Kaiser hat also seine Golfausrüstung verspielt? Hat der unbekannte Mann sie denn nicht mitgenommen?«

»Nein. Er hat gesagt, er brauche sie nicht. Er spiele kein Golf.«

»Ist Kaiser also mitsamt seinem Golf-Bag verschwunden?«

Schubert schüttelte den Kopf. »Ohne. Es stand in der Garderobe herum, als ich gegangen bin. Wahrscheinlich hat er es dort für diesen Freund vom Hirsch abgestellt.«

»Wie hieß denn sein Freund?«

»Weiß ich nicht mehr. Was mir im Nachhinein aber auffällt, Hirsch hat ihn die ganze Zeit gesiezt. Da war er wohl doch nicht so mit ihm befreundet, wie ich dachte.«

»Er hat ihn dabei nie mit Namen angeredet?«

»Kann sein. Keine Ahnung. Ich weiß es wirklich nicht mehr.«

»Wieso hat Kaiser das Bag nicht wieder mitgenommen, wenn der Unbekannte es doch gar nicht haben wollte?«, erkundigte Zeller sich.

Schubert hob die Schultern. »Vielleicht hat er ihm nicht geglaubt und gedacht, dass er es später doch noch mitnehmen würde. Er hatte vorher mehrfach betont, dass es eine sehr teure Ausrüstung sei. Die könne man gut verkaufen.«

»Wie spät war es genau, als Kaiser und der Fremde gegangen sind?«

»Bei Kaiser war es gegen drei. Kurze Zeit später ist auch der fremde Mann abgehauen. Ich glaube, der hatte genug nach diesem großartigen Gewinn. Daran sieht man, dass er ein erfahrener Spieler ist. Man sollte immer wissen, wann man aufhören muss. Dieses Wissen hatte ich nie. Wenn ich gewonnen habe, habe ich meistens alles gleich wieder verspielt. Zum Schluss waren Ines, Hirsch, Fauser, Ede und ich noch da.«

Zeller ließ ihn reden, auch wenn es ihm allmählich zu langatmig wurde. Schubert verlor sich immerfort zu sehr in Einzelheiten.

»Wir haben weitergespielt und darüber die Zeit aus den Augen verloren. Plötzlich waren wie aus dem Nichts die beiden alten Putzperlen im Foyer zu hören. Wäre nicht so gut gewesen, wenn sie uns entdeckt hätten. Da hätte es Scherereien gegeben. Der Abstellraum

für die Putzsachen liegt gleich neben dem Pokerzim-
mer. Wir verhielten uns eine Zeit lang ganz ruhig. Einfach aufhören war wiederum unmöglich. Dafür lag zu
viel drin im Pott. Wir hatten Glück. Die Frauen bekamen nichts mit und fuhren schließlich mit dem Panoramaaufzug nach oben.«

»Wieso halten Sie Ihre Pokerrunden im Turm ab und
nicht woanders?«

»Ede darf nicht mehr spielen. Seine Frau hat es ihm
strikt verboten und mit der Scheidung gedroht. So kamen
wir vor knapp zwei Jahren darauf, es einfach auf seiner
Arbeit zu tun.« Schubert trank aus einer Wasserflasche,
goss dann etwas daraus in seine Handmulde und gab
es dem Hund. Gierig schleckte der danach. Der Wachmann wischte sich die Hand an seiner Hose trocken und
erzählte weiter: »Wir haben die Runde zu Ende gespielt
und ganz vergessen, dass die beiden Frauen überhaupt da
waren. Etwa nach einer halben Stunde haben wir plötzlich im Foyer etwas scheppern gehört. War ein ganz
schöner Krach. Wir dachten, da ist was Schlimmes passiert, und sind nach draußen gestürmt. Wir haben noch
gesehen, wie jemand in einen dunklen Transporter einstieg und dann mit Karacho davonbrauste. Ines bemerkte
als Erste, dass die Schläger aus der Golftasche in der Garderobe breit verstreut herumlagen, und sammelte sie
wieder ein. Der Aufzug stand unten mit geöffneter Tür,
von da zog sich eine Blutbahn bis nach draußen auf den
Parkplatz. Wir waren total aufgeregt und sind nach oben
gefahren und haben die toten Frauen und die Sauerei
auf dem Gang gesehen. Furchtbar. Wir sind gleich wieder in den Fahrstuhl rein und runter. Fauser war nicht

mehr da. Er war nicht nach oben mitgefahren, sondern ist sofort verduftet. Als ob er den Braten gerochen hätte. Ede hat dann die Frau Schatz angerufen und die Polizei. Dazu musste er noch die Spuren vom Pokern verschwinden lassen. Da gab es ordentlich was zu tun. Er hat es gerade rechtzeitig geschafft, denn die Turmmanagerin kam schneller als die Polizei.« Schubert stand auf und griff seinem Kampfhund ins Halsband. »Mehr weiß ich nicht, Herr Kommissar.«

»Haben Sie das Nummernschild des Transporters erkannt?«

»Nein, das ging alles viel zu schnell. Außerdem war es dunkel. Ich muss jetzt meine Runde machen. Einen schönen Abend noch!«

Zeller hielt Schubert zurück. Das Knurren des Hundes klang bedrohlich. »Wo haben Sie den blutigen Schläger wirklich gefunden?«

»In einem Gebüsch, vielleicht 20 Meter seitlich vom Turm entfernt. Wer auch immer ihn genommen hat, muss ihn dorthin geworfen haben«, antwortete ihm der Security-Mann kleinlaut.

»Das hat Konsequenzen. Das Verschweigen, Zurückhalten oder Verschwindenlassen von Beweismaterial ist eine Straftat. Sie müssen leider mit aufs Revier. Es geht nicht anders. Noch eine Frage: War es nur eine Person, die in den Transporter gestiegen ist, oder waren es mehrere?«

»Ich habe nur eine gesehen, ganz kurz nur. Ich glaube, es war ein Mann. Er hatte eine dunkle Brille auf und auffällig blondes, halblanges Haar. Herr Kommissar, muss ich wirklich direkt mit auf die Wache? Den Trubel mit der Turmleitung sehe ich schon deutlich vor mir. Ich habe Ihnen doch schon alles gesagt, was ich weiß.«

Zeller zuckte mit den Achseln. So waren nun mal die Spielregeln. Und vielleicht hatte Schubert ja doch noch etwas Wichtiges vergessen.

Doch dann überlegte der Kommissar es sich anders. Immerhin hatte der Mann ihm rechtzeitig reinen Wein eingeschenkt, dafür brauchte er ihn nicht zu bestrafen. Er sollte sich erst am nächsten Tag auf der Dienststelle melden. Das würde ausreichen.

Als Zellers Smartphone klingelte, wusste er bereits vor dem Blick auf das Display, wer dran war. Fast hätte er vergessen, dass er ihr den heutigen Abend versprochen hatte. Sie hatte für sie beide gekocht. Anne fragte ihn, wie lange es noch dauern würde. Ihre Stimme klang brüchig, als sie sagte, wenn er nicht bald käme, würde sein Essen kalt. Alle Mühe wäre dann umsonst gewesen. Es war eines seiner Lieblingsessen, Rinderleber mit Kartoffelpüree und gebratenen Zwiebeln. Sie hatte ihm extra ein Bier in den Kühlschrank gestellt.

Er schnalzte mit der Zunge. So hatte sie ihn lange nicht empfangen. Es würde ein schöner Abend werden. »Nicht mehr lang«, antwortete er ihr. Er sei praktisch schon unterwegs. Jetzt erst spürte er, wie hungrig er war. Bis zu seinem Schichtbeginn im Krankenhaus waren es noch ein paar Stunden. Die waren allein für Anne reserviert.

KAPITEL 19

Zeller döste vor sich hin und fuhr erst erschrocken hoch, als er im Begriff war, vom Stuhl zu rutschen. Sofort war er hellwach und setzte sich aufrecht hin, die Arme vor der Brust verschränkt, die Beine fest auf dem Boden. Mit starrem Blick schaute er auf die gegenüberliegende Wand voller bunter Hochglanzfotos mit glücklichen und sorgenfreien Menschen nach einer überraschend erfolgreichen, absolut nebenwirkungsfreien Hormontherapie. Daneben hingen nichtssagende Plakate mit aufbauenden wohlfeilen Sprüchen eines durch Medikamente und die richtige Krankenkasse erreichten gesunden Lebens. Kaum war sein wandernder Blick am Ende der Bilderkette angelangt, begann er wieder von vorn. Heute war nicht sein bester Tag, die paar Stunden Schlaf, die er bekommen hatte, hatten nicht ausgereicht. Immer wieder fielen ihm die Augen zu.

Er war nicht mehr in der Lage zu unterscheiden, ob er wach war oder schlief. Alles um ihn herum war so real und echt, dass es kein Traum sein konnte. Der Pfleger im weißen Kittel, der eine im Rollstuhl sitzende weißhaarige Oma im gelben Nachthemd voller blauer Blütenkelche langsam durch den Gang schob, fast schon in Zeitlupe. Unendlich betulich und gemessenen Schrittes kam der Mann vom Ende des Korridors her, von da, wo der Fahrstuhl aus den verschiedenen Etagen und zu unterschiedlichen Zeiten lautlos auftauchte. Aus dessen Inneren bei geöffneten Türen die Patienten, Ärzte und Schwestern erschienen und in ihre Zimmer oder die ihrer Liebsten unterwegs waren. Es war früh am Tag und damit plausibel für ihn erklärbar, aus welchem Grund allein der Pfleger mit seiner anvertrauten Patientin unterwegs war. Niemand sonst. Warum blieb er so lange vor Zeller stehen und schaute ihn misstrauisch an? Weshalb schwieg er? Was hatte er vor? Wollte er ihm Böses? Wollte er gar …?

Nein, misstrauisch war nicht das richtige Wort, eher war es als lauernd zu bezeichnen, wie dieser Mann ihn anschaute. Seine goldblonden, halblangen Haare fielen nach unten und berührten Zeller. Es kitzelte in seinem Gesicht, immer wieder, es hörte nicht auf. Der Kommissar versuchte vergeblich, diese furchtbare, ekelhafte Mähne mit einer Handbewegung wegzuwischen. Es gelang ihm nicht, sondern kitzelte weiter und sogar noch entsetzlicher. Erneut versuchte er es, doch es ließ sich nicht verscheuchen. Wieso schaute dieser Mann nicht woandershin und blieb die ganze Zeit über ihn gebeugt stehen, sein Kopfhaar in Zellers Gesicht? Ständig diese blonden, grässlichen Haare! Sie kamen immer dichter über ihn, er sah nichts mehr darunter, bekam keine Luft und rang nach Sauerstoff. Als die unechten, gefälschten Perückenhaare dem Pfleger vom Kopf rutschten und ausgebreitet wie eine Qualle auf seinem Gesicht liegen blieben, bekam er panische Angst. Er drohte zu ersticken und rang krampfhaft nach Luft. Sein Tod war nah. Doch so schnell wollte er nicht aufgeben und schlug wild um sich.

Jemand schrie auf und fiel ihm vor die Füße.

Der Kommissar erwachte jäh und rieb sich über die Augen. Was war passiert? Vor ihm lag Carla Zimmermann ausgestreckt auf dem Korridor und hielt sich die Wange. Als sie Zellers verdatterten Blick sah, fing sie herzhaft an zu lachen und sagte trotz offensichtlicher Schmerzen zu ihrem Chef: »Du bist und bleibst ein Grobian, Paul. Da will ich dir helfen und dann passiert so etwas. Du hast ganz unruhig geschlafen, als hättest du einen schlechten Traum. Als ich dich mit einer kleinen Streicheleinheit davon erlösen wollte, hast du um dich geschlagen wie ein gepiesackter Pavian. Richtig wehgetan hast du mir. Meine Wange brennt wie Feuer nach deinem Befreiungsschlag. Das kostet ein Bier beim nächsten Kneipenbesuch. Vergiss es ja nicht! Sonst erzähle ich alles den anderen, dann wird es noch teurer.«

Zeller entschuldigte sich betreten bei ihr und half Carla auf. Hastig fragte er: »Habe ich etwas verpasst? Wie geht es Ulli? Und was machst du überhaupt hier? Du musst die Stellung im Revier halten. Wir brauchen dich dort!«

»Ich konnte nicht mehr und musste dringend mal raus. Ich hatte schon Angst, einen Raumkoller zu bekommen, sodass ich gegen die Wände renne. Wie in diesen alten Raumschiffserien, Zeller, weißt du noch? Ich hab mich schon als gruseliger Mutant durch unser schönes Revier schleichen sehen. Na ja, Scherz beiseite, ganz so war es nicht. Bausinger hat mich aus dem Büro vertrieben. Er war heute Morgen zeitig zugange und versuchte mich auszuhorchen, als ob er die Befürchtung hätte, dass man ihm nicht alles sagen könnte und etwas verschwieg oder vorenthielt. Ich habe bei der erstbesten Gelegenheit die Flucht ergriffen und dachte mir, leiste doch dem griesgrämigen Zeller ein wenig Gesellschaft. Dass mein Chef mich gleich schlägt, hatte ich nicht erwartet.« Sie rieb sich verstohlen die Wange.

Zeller schaute zerknirscht. »Komm«, sagte er versöhnlich zu ihr, »ich hole uns einen Kaffee, sozusagen als erste Wiedergutmachung. Das Bierchen heben wir uns für später auf. Einverstanden?«

Sie nickte.

Als Zeller mit zwei Kaffeebechern in der Hand zum Zimmer zurückkehrte, sah er Carla im angeregten Gespräch mit dem Arzt vom Vortag. Daneben stand eine junge Krankenschwester und hielt mit beiden Händen eine Kladde dicht an ihre Brust gepresst. Ehe der Kommissar sich einschalten konnte, verschwanden die beiden in Ulrikes Zimmer. Zeller und Carla warteten angespannt mit dem Kaffee in der Hand vor der Tür.

Nach kurzer Zeit, die den beiden Polizisten wie eine Ewigkeit vorkam, trat die Schwester aus dem Krankenzimmer und nickte lächelnd. Der Arzt hatte eine Befragung der Patientin genehmigt, der Zustand von Ulrike schien stabil.

Etwas zögerlich trat Zeller in das Zimmer, dicht gefolgt von Carla. Er hatte Angst vor dem, was er gleich zu sehen bekommen würde. Seine Sorgen waren nicht unbegründet. Der Kommissar erschrak regelrecht, als er Ulrike sah. Ihr Anblick war gewöhnungsbedürftig, der Kopf dick verbunden und mit einer Haube geschützt, die Augen tiefschwarz umrandet, das linke zugeschwollen und zu einem Schlitz verengt, die Nase getapt und die Wangen doppelt so dick wie normal. Ihr Mund hing seltsam schief nach unten. Ihr gesamtes Gesicht war übersät von Blessuren. Vorsichtig beugte sich der Kommissar zu ihr herunter und streichelte sie zaghaft. Warum nur hatte man ihr das angetan? Sie, die niemandem etwas zuleide tun konnte, war Opfer eines feigen, hinterhältigen Angriffs geworden. Warte nur, schwor sich Zeller in diesem Moment, wenn ich dich zu fassen kriege, dann kannst du was erleben!

»Siehst ja super aus, Ulli. Ein bisschen mehr Makeup hätte dir gutgetan«, witzelte Carla gegen die bedrückende Stimmung im Raum und umarmte ihre Kollegin vorsichtig.

Zeller ließ ihnen noch einen Moment, ehe er fragte, was geschehen war. Ulli antwortete ihm erstaunlich deutlich, wenn auch stockend. Oft musste sie ihre Aussage unterbrechen. »Es ging unheimlich schnell. Die zwei müssen mir aufgelauert haben. Kaum hatte ich das Polizeirevier verlassen, hielt ein Transporter neben mir an. Ein Mann ließ die Fensterscheibe herunter und fragte mich nach dem Weg. Er hantierte dabei mit einer Karte. Ich wollte ihm helfen, aber in diesem Moment packte mich jemand von hinten, zog mich in den Bus und hielt mir ein Taschentuch vors Gesicht. Von da an weiß ich erst wieder etwas, als ich in diesem stinkenden Wohnwagen aufgewacht bin, auf dem Bett mit der ekelhaften Matratze drauf. Ich war gefesselt und geknebelt.« Sie machte eine Pause. Diese nutzte die Schwester, um sich zu erkundigen, wie es ihr gehe. Wenn es sie zu sehr anstrenge, solle sie ihr nur ein Zeichen geben. Dann müssten die beiden Kollegen unverzüglich gehen.

Ulli schüttelte schwach den Kopf.

»Kannst du die Männer beschreiben, die dich verschleppt haben?«, fragte Zeller.

»Ich habe nur den Beifahrer erkannt, der mich nach dem Weg gefragt hat. Er war vielleicht Mitte 30. Schwarze Haare. Er trug Handschuhe.«

»Noch was Spezifisches? Ohrring? Tätowierung? Narbe? Aussprache?«

»Fällt mir auf Anhieb nichts ein, da muss ich überlegen. Der andere trug immer eine Sturmhaube und hat mir später im Wohnwagen viele Fragen gestellt. Damit ich antworten konnte, hat er mir manchmal den Knebel entfernt.«

»Welcher hat dich so zugerichtet? Der Beifahrer oder der mit der Sturmhaube?«

»Der mit der Haube. Den anderen habe ich nie wieder gesehen.«

»Was wollte er von dir wissen?«

»Ob ich Kinder habe oder verheiratet sei. Ob ich es mir gefallen lassen würde, wenn mein Vater bei einem Einbruch ermordet worden wäre und die Täter unbestraft blieben. Ob ich gerne Polizistin sei. Ob ich nicht wisse, dass Lügen eine Sünde sei. Ob ich immer lügen würde, wenn man mich frage. Und immer so weiter in einer Tour. Dann bekam ich Schläge ins Gesicht, jedes Mal, wenn ich mich weigerte, seine Fragen zu beantworten, oder versuchte, ihn zu beruhigen. Der Mann war unbeherrscht und jähzornig.«

Zeller wollte ihre Hand festhalten, doch Ulli entzog sie ihm. »Immer wieder schlug er mich. Ohne Gnade und Mitleid. Er steigerte sich richtig hinein in seine Wut. Als ob ich ihm etwas angetan hätte. Doch ich weiß nicht, was es gewesen sein könnte. Ich habe mir mein Hirn zermartert deswegen, doch keine Antwort gefunden.« Sie schloss erschöpft die Augen.

Zeller wartete mit seiner nächsten Frage. Er wollte noch so viel wissen von ihr. Je mehr Antworten er hatte, desto schneller konnte er den »Narrenengel« überführen. Der Hauptkommissar musste sich ranhalten, die Zeit lief ihm davon.

Der Arzt war ins Zimmer getreten und schaute mit strengem Blick auf seine Uhr.

»Gibt es noch etwas, was ich unbedingt wissen muss?«, fragte Zeller, dem klar war, dass er gleich würde gehen müssen.

»Ja. Er hat mich gefragt, ob ich für meinen eigenen Mann vor Gericht auch so ausgesagt hätte«, sagte Ulli leise und versuchte zu lächeln. Es sah herzzerreißend aus.

»Wie, ausgesagt? Und für welchen Mann? Du hast doch gar keinen.«

»Keine Ahnung, was er damit meinte. Und noch etwas fällt mir ein: Er hat gestottert. Immer wenn er wütend wurde. Wenn er mit dem Stottern anfing, wusste ich, dass die Tortur weiterging, dass der nächste Schlag sogleich kommen würde.« Ulrike wendete langsam ihren Kopf und schaute traurig zum Fenster hinaus.

Der Arzt meldete sich mit unmissverständlichen, aber nicht minder freundlichen Worten. Sein Blick drückte Verständnis aus. Seine Patientin gehe vor. Die Besuchszeit sei abgelaufen, keine weiteren Fragen mehr erlaubt. Ulli brauche unbedingte Ruhe. Besser, sie kämen morgen wieder.

Zeller und Carla fügten sich und verließen das Zimmer. Draußen rief Zeller Riechle an. Er solle noch ein paar Polizisten von der Bereitschaftspolizei für die Bewachung anfordern und sofort einen Plan dafür erstellen. Sein Team und er könnten nicht alles leisten. Es überstieg ihre Möglichkeiten.

Immerhin ging es Ulli besser. Das war eine gute Nachricht für alle.

KAPITEL 20

Die Vernehmungen zogen sich in die Länge. Ines Olbrich war genau wie ihre Chefin von ihrem Arzt als arbeitsunfähig eingestuft worden und befand sich im Krankenstand, eine weitere Befragung war schwierig. Lisa Brecht wollte trotzdem ihr Glück versuchen und fuhr zu ihr hin. Es mussten unbedingt noch einige Fragen geklärt werden. Doch den Weg hätte sie sich sparen können: Ines litt unter einem schweren Schock. Der Schrecken beim Anblick der bestialisch zugerichteten

Frauen hatte seine Spuren hinterlassen. Sie bekam die Bilder nicht aus dem Kopf. Es war furchtbar. Sie befand sich in einer intensiven psychologischen Behandlung, die für sie eine weitere Qual bedeutete. Der Vorfall hatte ihr Leben verändert und aus der lebenslustigen Frau eine schwer gezeichnete Erkrankte gemacht. Sie hatte noch einen weiten Weg vor sich.

Seidel war anders. Den hatte der Anblick der ermordeten Frauen nicht so mitgenommen. Jedenfalls zeigte er es nicht. Der spielkranke Wachmann blieb einer ihrer Hauptverdächtigen. Er wäre wohl zu allem fähig, wenn er in Gefahr geriet, entdeckt zu werden. Die Angst vor seiner Frau Barbara und den angedrohten Konsequenzen machte ihn zu einer schwer einschätzbaren Gefahr für Leib und Leben derjenigen, die ihm auf die Schliche kamen und alles auffliegen lassen konnten. Seine Spielsucht war maßlos. Die Gefahr, mit dieser Sucht seinen neuen Job zu verlieren, war nichts gegen die Befriedigung seines Spieltriebes. Das sagte manches über ihn aus und würde sich ohne Therapie aller Voraussicht nach nicht mehr ändern.

Lisa Brecht führte seine Vernehmung durch. Viel Neues erfuhr sie nicht. Seidel blieb im Großen und Ganzen bei seiner früheren Aussage. Von der Polizei hatten die Pokerspieler nichts zu befürchten, eher von ihren Arbeitgebern. Da würden disziplinarische Maßnahmen nicht lange auf sich warten lassen.

Rechtsanwalt Hirsch ließ sich entschuldigen. Er konnte erst am Nachmittag auf dem Polizeirevier erscheinen – eine Verhandlung am Landgericht verhinderte seine Anwesenheit zu einem früheren Zeitpunkt.

Kurz nach Mittag kam Schubert. Die Vernehmung fand durch Riechle und Brecht statt. Sie ließen sich alles noch einmal minutiös von ihm schildern. Schubert wurde immer nervöser. Auf die Frage nach dem Kleinbus antwortete er gereizt: »Ich kannte die Karre nicht. Wirklich! Das Nummernschild habe ich nur ganz kurz gesehen. Jedenfalls stand ›RW‹ drauf und hinten waren gelbe Aufkleber angebracht. Mehr weiß ich nicht. Es ging so schnell. Das habe ich euch doch schon alles gesagt.« Er war sichtlich aufgeregt und verhaspelte sich beim Sprechen.

Riechle fragte unbeeindruckt weiter: »Wieso brachte Ihr Kollege Seidel Rechtsanwalt Hirsch ins Spiel? Er sagte nämlich, dass er am Morgen sein Auto auf dem Turmgelände gesehen habe.«

Schubert war mit seinen Nerven am Ende. Er schrie die beiden Polizisten an. Auf seine Stirn traten Schweißperlen. »Na, weil der Seidel eine Riesenwut auf den Hirsch hatte. Der steckte sich doch die ganze Knete ein und verduftete damit, der Sauhund, als wir nach oben gefahren sind.«

»Gerade haben Sie uns doch bei der Schilderung des Abends erzählt, dass Fauser verduftet ist. Von Hirsch war keine Rede.«

»Der auch. Die sind zusammen weg. Da bin ich mir sicher. Vielleicht haben die den Gewinn geteilt. Ich kann es nicht mehr nachprüfen. Außerdem weiß niemand ganz genau, wie viel im Pott lag.«

Sie brachen die Vernehmung ab. Schubert durfte gehen. Auch diese Spur war alles andere als heiß. Es klang ehrlich, was er gesagt hatte. Nach derzeitigem

Ermittlungsstand schied er als potenzieller Mörder vorerst aus. Das Feld der Verdächtigen lichtete sich. Wenn es so weiterging, standen sie bald wieder am Anfang ihrer Ermittlungen. Nicht auszudenken.

Zeller trommelte sein Team zusammen. Mit wenigen Worten brachte er alle auf den neuesten Stand. Die Spielsucht der beiden Männer, Seidel und Schubert, war stärker als die Angst um ihre Jobs. Sie fühlten sich sicher und ungestört in den langen Nächten, in denen sie Dienst hatten. Das Spiel stellte neben der Befriedigung ihrer Sucht gleichermaßen eine höchst erwünschte, wenn nicht sogar dringlich benötigte Gehaltsaufbesserung dar. Wenn Hirsch oder andere finanziell bessergestellte Personen mitspielten, hatten sie oft gemeinsame Sache gegen sie gemacht und das gewonnene Geld unter sich aufgeteilt. Die Unterschlagung des Beweisstückes würde Schubert teuer zu stehen kommen. Er war vorbestraft und seine Bewährungszeit noch nicht vorbei. Um den Knast würde er wohl nicht herumkommen.

Zeller lud an diesem späten Nachmittag alle zu einem kleinen Imbiss in den Rottweiler Biomarkt ein. Es wäre ein netter Abschluss für diesen schweren Tag, meinte er zu seinem Team. Es könne ganz zwanglos geplaudert werden und man habe Gelegenheit, sich besser kennenzulernen. Allerdings kam der Vorschlag – außer bei Elli Jones – nicht besonders gut an. Alle anderen hatten angeblich etwas vor, was sie unmöglich verschieben konnten. Zeller hätte es lieber gesehen, wenn alle dabei gewesen wären, doch er musste ihre Absagen wohl oder übel akzeptieren.

So saß er mit Elli Jones bei einem doppelten Espresso und einer kleinen Bereicherung in Form eines Schluckes aus seinem Flachmann im »b2«. Vor ihm stand ein Teller mit zwei großen Burgern, Ofenkartoffeln und einem Dip. Elli Jones trank Tee, vor ihr befand sich ein Teller mit einem b2-Burger in der veganen Variante. Sie aßen schweigend und voller Heißhunger. Wer ihnen zusah, bekam selbst Appetit.

»Und Hirsch?«, fragte Elli unvermittelt, nachdem sie ihren Burger bezwungen hatte.

Zeller antwortete, dass der Rechtsanwalt vorerst als Mörder nicht in Betracht komme. Er habe ein ganz gutes Alibi genannt, sei zwar bei der Pokerrunde im Turm dabei gewesen, habe aber laut seiner und der übereinstimmenden Aussage seiner Mitspieler die Spielrunde nie verlassen. Nur Fauser sei eine Zeit lang verschwunden gewesen, kurz nachdem die beiden Reinigungskräfte erschienen waren.

»Und du weißt, dass er nicht mit nach oben gefahren ist. Wir müssen Hirsch näher kennenlernen. Da kommen wir nicht dran vorbei. Hörst du mir überhaupt noch zu, Elli?« Zeller war nicht entgangen, dass sie zunehmend nervös an ihm vorbeischaute.

Sie bekam nicht einmal seine Frage mit. Plötzlich sprang sie auf, lief zu einem Tisch rüber, an dem ein einzelner Mann saß, und fragte ihn so laut und vernehmlich, dass es alle in dem Bistro mitbekamen: »Sag mal, was willst du Pfeife von mir? Seit Tagen verfolgst du mich! Soll das noch ewig so weitergehen? Ich mach dir einen Vorschlag: Wenn du mich etwas fragen willst, dann tu es jetzt. Wenn nicht, dann verdufte lieber und lass dich nie wieder in meiner Nähe blicken. Versuch es gar nicht erst. Verstanden?«

Stefan, der Inhaber des Biomarktes, schaute überrascht von der Ladentheke auf und rief Zeller zu, ob er helfen könne. Der Kommissar winkte ab. Sie kämen allein zurecht.

Als Jones an ihren Tisch zurückgekehrt war, forderte Zeller eine Erklärung für ihren ungewöhnlichen Auftritt. Doch da hatte er die Rechnung ohne seine Kollegin gemacht. Sie schwieg verbissen und schlürfte den letzten Schluck aus ihrem Teebecher.

Kurze Zeit später kam der soeben Gescholtene an ihren Tisch, entschuldigte sich bei Elli und stellte sich als Reporter und Redakteur Mike Färber vor, die Stimme von Antenne 1 Neckarburg Rock & Pop schlechthin. Wahrscheinlich käme er ihr jetzt bekannt vor?

Jones' Miene blieb verschlossen.

»Was soll das? Wieso verfolgen Sie meine Kollegin?«, mischte sich Zeller ein, da von Elli keine Antwort zu erwarten war.

»Da muss sie sich irren. Ich bin zufällig hier«, beteuerte Färber.

»Erzählen Sie keine Märchen, Färber. Ich habe Sie am Hofgerichtsstuhl gesehen, als Sie probierten, durch die Absperrung zu kriechen. Sie waren ebenfalls am Turm und versuchten hineinzukommen, schafften es aber wieder nicht. Auch beim Brand des Wohnwagens waren Sie zugegen. Was sind Sie für ein Reporter, der es nicht schafft, rechtzeitig am Ort des Geschehens zu sein? Ich habe Ihr Interview mit meinem Chef im Radio gehört. Das war stümperhaft. Von beiden! Das nächste

Mal sprechen Sie nicht mit ihm, sondern mit mir. Ich bin Leiter der zuständigen Soko. Allerdings frage ich mich jetzt, woher Sie von den ganzen Ereignissen wussten.«

»Das darf ich Ihnen nicht sagen, Herr Oberkriminalinspektor. Man hat so seine Quellen und die kann ich Ihnen beim besten Willen nicht nennen. Sie kennen das ja. Informantenschutz.« Färber grinste Zeller frech ins Gesicht.

»In welchem alten Ami-Schinken haben Sie denn das gesehen? Informantenschutz! Als ob Sie mir dadurch wichtige Zeugenaussagen vorenthalten dürften. Ich kann Sie sofort mit aufs Revier nehmen, und da unterhalten wir uns mal ein bisschen intensiver. Gefällt Ihnen das besser, Färber? Oder wollen Sie lieber eine Nacht in der Zelle verbringen, wegen der Behinderung von Ermittlungen? Haben wir eine undichte Stelle im Revier? Los, geben Sie mir den Namen!«

»Herr Oberkriminalinspektor, das kann ich nicht. Dann erfahre ich nichts mehr.« Färbers zur Schau gestellte Selbstsicherheit brach in sich zusammen.

»Wenn Sie mich schon mit Dienstgrad ansprechen, dann bitte richtig: Hauptkommissar. Das reicht. Können Sie mir noch mehr sagen als ihre banalen Sprüche? Wann haben Sie von dem Toten im Hofgerichtsstuhl erfahren? Von wem wurden Sie über die Tat im Turm informiert? Es wäre besser für Sie, wenn Sie mir jetzt antworten.« Zeller wies auf einen freien Stuhl am Tisch.

Der selbst ernannte Starreporter des Rottweiler Lokalsenders ließ sich darauf fallen und atmete tief durch. »Was bekomme ich dafür? Information gegen Information?« Er schaute Zeller unsicher an.

Färber trat bestimmt zum ersten Mal so dreist auf, vermutete der Kommissar, und bediente sich in seiner Unbedarftheit sämtlicher Filmszenen, die er je gesehen hatte. Der Kommissar lachte in sich hinein. Mal sehen, was er Neues von ihm erfahren konnte. »Kommt darauf an, was Sie wissen. Für eine Menge heißer Luft brauche ich nichts zu versprechen. Ich höre?«

»Von dem nächtlichen Treiben im Turm wusste ich schon eine gewisse Zeit«, begann Färber. »Ines Olbrich hatte sich einmal verplappert, als sie für zwei Wochen als Volontärin bei uns in der Redaktion gearbeitet hat. Deshalb bin ich schon eine ganze Weile an einem Beitrag darüber dran. Die Sicherheitsbranche ist nicht ohne Fehl und Tadel. Da findet man immer was. Schubert hat seinen Pitbull auf mich gehetzt, als ich letzte Woche bei ihm vorm Haus war und versucht habe, seiner Mutter ein paar Fragen über ihn zu stellen. Der Hirsch ist auch so eine spielsüchtige Person. Er war meistens dabei und brachte andere Leute mit.«

»Ach ja? Wen hatte er in der Mordnacht mitgebracht?«

»Sie meinen die Nacht von Freitag auf Samstag letzte Woche?«

Zeller nickte.

»Ich kannte den Mann nicht. Aber als der Typ beim Turm erschien, erwartete ihn Hirsch bereits draußen. Sie hatten sich verabredet und holten etwas aus dem Kofferraum des SUVs, mit dem er gekommen war.«

»Um was könnte es sich Ihrer Meinung nach gehandelt haben?«

»Keine Ahnung. Es war in eine Art Sack oder in ein

Tuch eingewickelt. Jedenfalls konnte man den Gegenstand nicht erkennen. Er muss schwer gewesen sein. Beide Männer mussten sich sichtlich anstrengen und schleppten es in den Turm hinein.«

Während Zeller über die Informationen nachdachte, fragte Jones den Journalisten nach der Zeit, zu welcher der Unbekannte den Turm wieder verlassen hatte.

»Früh am Morgen.« Färber rutschte aufgeregt auf seinem Stuhl hin und her.

»Genauer bitte«, forderte Zeller ihn auf.

»Info gegen Info?«

»Färber, Sie strapazieren meine Nerven. Entweder Sie erzählen mir jetzt, was Sie wissen, oder Sie kommen mit uns. Als aufdringlicher Stalker meiner Kollegin, der ihr auf Schritt und Tritt folgt, habe ich eine Menge guter Gründe dafür, Sie eine Nacht in der Zelle schmoren zu lassen. Haben Sie mich verstanden, Färber?«

»Ist ja schon gut, Herr Kommissar. Der unbekannte Mann verließ den Turm gegen 3 Uhr. Mit ihm ging noch einer, den ich schon mal auf dem Golfplatz in Kaisersbronn gesehen habe. Drei Stunden später erschien eine der Damen in ihrem klapprigen Renault Clio. Eine zweite kam ein paar Minuten nach ihr. Eine Zeit lang passierte nichts. Erst gegen halb sieben kam Hirsch in Begleitung eines anderen Mannes aus dem Turm gerannt.«

»Haben Sie jemanden zwischen dem Kommen der Frauen und dem Verlassen des Turmes von Hirsch gesehen? Betrat da jemand den Turm?«

»Nicht direkt, Herr Kommissar.«

»Wie darf ich das verstehen?«

»Ich war so müde, da bin ich kurz eingenickt. Kann gut sein, dass da jemand in den Turm ging, ohne dass ich es mitbekommen habe.«

»Was geschah, nachdem Hirsch und der andere Mann den Turm verlassen hatten?«, fragte Zeller weiter.

»Nichts mehr. Außerdem hatte ich die Nase voll und wollte nur noch nach Hause. Ich weiß ja nicht, ob es was bedeutet, aber als ich durch das schwarze Loch gefahren bin, kam mir ein Kleinbus entgegen. Die Fahrerin hatte strohblondes Haar. Sie sah aus wie eine, die anschaffen geht.«

»Was war das für ein Kleinbus? Marke, Farbe?«

»Ein VW Transporter. Dunkelblau. Außen voller Reiseaufkleber. Die Frau hat mich auf der engen Brücke zurückfahren lassen, obwohl ich Vorfahrt hatte. Das Nummernschild habe ich mir gemerkt. Die zeige ich an. So eine Frechheit aber auch.«

Als er anschließend das Kennzeichen nannte, waren Zeller und Jones nicht mehr zu halten. Noch im Hinauslaufen versprach der Kommissar, sich bei Färber zu melden. Dann rief er Carla an und gab ihr das Kennzeichen durch. Es dauerte nicht lange und sie meldete sich zurück. Sie hatte das Fahrzeug und dessen Halter in der Datenbank gefunden. Der Wagen war als gestohlen gemeldet. Schon seit fast einem Jahr. Zeller erkundigte sich nach dem Besitzer. Als Carla ihm Namen und Anschrift nannte, machte er sich mit Jones auf den Weg zu ihrem Auto. Die Wohnung des Inhabers war nicht weit weg von hier.

KAPITEL 21

Die gesuchte Adresse lag zwischen Himmelreich und Stadtgraben. Es war eine alte Villa im Gründerzeitstil, die schon bessere Tage gesehen hatte. Der Zahn der Zeit nagte an ihr, ohne dass man ihm offenbar Einhalt gebot. Die ehemals kräftige rotbraune Fassadenfarbe blätterte ab, die verwaschenen weißen Stellen fielen dem Betrachter sogleich ins Auge. Wenn hier nicht bald etwas unternommen wurde, würde das Gebäude nicht mehr lange bewohnbar sein. Der Regen würde irgendwann in das Gemäuer eindringen und die Jahreszeiten über kurz oder lang den Rest erledigen. Dann wäre das ehemals wunderschöne Gebäude Geschichte, genau wie viele andere einst wunderbare und viel besuchte Bauwerke im Schwarzwald.

Die Villa lag etwas versteckt in einem kleinen verwilderten Wäldchen. Das mit allerlei Blütenkelchen, verschnörkelten Rundungen und schönen Spiralen verzierte Eisentor stand sperrangelweit offen. Auch dessen einstige Pracht war dem Verfall preisgegeben und konnte nur noch erahnt werden. Das Kunstvolle verschwand unter einer dicken Schicht von Rost. Eine Klingel war nicht zu sehen.

Die Beamten durchschritten das Tor. Der Weg zur Villa bestand aus einem schmalen schmutzig-grauen Streifen Kies. Der vormals breite Weg war seitlich zugewuchert. Hier und da war es einer vereinzelten Blüte aus den ehemals gepflegten Blumenrabatten gelungen, sich ans Licht zu kämpfen, inmitten von Geäst, hohen Gräsern und verzweigten Dolden. Wer etwas übrighatte für ungepflegte, geheimnisvolle Gärten und Parkanlagen, fand hier sein Paradies.

Der Kies knirschte unter ihren Schritten. Zeller lief voran, wie immer hatte er seinen Hut auf und die Hände tief in den Manteltaschen vergraben. Drei übermannshohe Marmorstatuen tauchten wie aus dem Nichts hinter Büschen und Bäumen auf, platziert an verschiedenen Orten, nicht mehr ganz weiß durch die grünliche Beschichtung von Algen, Flechten und Moosen. Eine davon stellte die gelungene Nachbildung des bekanntesten griechischen Diskuswerfers, des Diskobolos des Myron, dar. Die andere stand schräg hinter ihm und war ein Faun mit seiner von beiden Händen umfassten unübersehbaren Männlichkeit. Die dritte, noch weiter hinten, war die grazile Statue der Aphrodite, nackt, bis auf ein züchtig um ihre Lenden geschlungenes Tuch. Dazwischen wucherten verwahrloste Rhododendronbüsche, verwachsene Hagebuttensträucher und eine – früher mit Sicherheit prächtige – Ballhortensie. Die anderen Gewächse entzogen sich Zellers Kenntnis.

Sie kamen von der Rückseite der Villa und mussten um den alten Bau herumlaufen. Auf der Vorderseite sahen sie ein anderes Bild des Anwesens. Die Schokoladenseite war gepflegt, die Fassade neu gestrichen, der Vorplatz mit sauberem Kies ausgelegt. Ein schönes, fast drei Meter hohes gusseisernes Tor hielt unliebsame Gäste fern. An der Hauswand, schräg versetzt zu der darunter liegenden stabilen Eingangstür, war ein großes Schild mit unübersehbarer Botschaft angebracht:

»Villa zu verkaufen«. Eine Telefonnummer mit Stuttgarter Vorwahl stand in roter Farbe darunter. Ein ebenso roter Mini parkte seitlich am Haus, dahinter ein Caddy in blauer Farbe.

Zeller und Jones suchten das Namensschild und fanden es hinter den mächtigen Ausläufern einer bunt blühenden Korbpflanze. Die Klingel ganz oben war namenlos. Neben der Klingel darunter las Zeller »Maria Kienzle-Winter«, unter ihr »Agnes Winter« und ganz zum Schluss »Ben Winter«. Hier wohnte hierarchisch geordnet die gesamte Familie. Der Name des Oberhauptes war entfernt worden, vermutete Zeller. Sie würden es gleich erfahren.

Elli Jones klingelte neben dem Schild mit dem Doppelnamen. Sie hörten den Glockenton kräftig durchs Haus schallen. Es dauerte ein wenig, bis die Tür sich öffnete und eine etwa 40-jährige dunkelblonde Frau erschien. Sie trug ein hellblaues Kleid mit roten Punkten, das in deutlichem Kontrast zu ihrem ernsten Gesichtsausdruck stand. Mit unerwartet harter Stimme fragte sie die Beamten, was sie hier wollten.

Zeller und Jones stellten sich vor und zeigten ihre Dienstausweise. Die Frau bat sie, zu warten, und verschwand wieder im Haus. Nach kurzer Zeit kehrte sie zurück und forderte die beiden auf, ihr zu folgen.

Im großartigen Vestibül wurden sie von einer älteren Frau im Rollstuhl empfangen. Hinter ihr führte eine prächtige Holztreppe ins Obergeschoss.

»Was verschafft uns die Ehre Ihres Besuches? Ich bin gespannt!«, begrüßte sie die Dame und stellte sich als Maria Kienzle-Winter vor. Ihr Erscheinungsbild war adrett, stilvoll und elegant. Das graue Haar war kurz geschnitten, eine Brille mit goldenem Gestell und dunklen Gläsern verdeckte ihre Augen. Am Oberkörper trug sie einen einfachen Kaschmirpullover unter einem leichten, offen stehenden Jäckchen mit gefälligen Hornknöpfen. Eine dünne Goldkette mit einem ansprechenden Steinanhänger rundete ihr Erscheinungsbild ab. Insgesamt wirkte sie so, als habe sie mit Besuch gerechnet – wenn auch nicht mit dem der Polizei.

Zeller lag mit dieser Vermutung nicht schlecht. Kurz nach der freundlichen Ouvertüre erklärte die Hausherrin, dass sie in einer Stunde eine kleine Feier geben würde – zu Ehren ihres vor vielen Jahren auf tragische Weise ums Leben gekommenen Gatten – und sie wäre den beiden Beamten verbunden, wenn sie bis dahin verschwunden wären. Auch ihr Chef sei geladen.

»Wir wollen nicht lange stören, Frau Kienzle-Winter«, begann Zeller, nachdem sie geendet hatte. »Wir haben nur ein paar Fragen an Sie. Sie haben vor einiger Zeit einen Wagen als gestohlen gemeldet. Ist das richtig?«

»Ich bestimmt nicht«, lachte Frau Kienzle-Winter los und zeigte auf den Rollstuhl und ihre Beine. »Es ist schon lange her, dass ich das letzte Mal selbst gefahren bin.«

»Ich meine auch nicht Sie persönlich. Vielmehr geht es um den Bus Ihres Sohnes. Ein VW Transporter.«

»Das stimmt – jetzt, wo Sie es sagen … Er erwähnte einmal so etwas. Ich hatte es in der Zwischenzeit schon wieder völlig vergessen … Weißt du noch etwas darüber, Agnes?« Sie wandte sich an die Frau, die die beiden Beamten zuvor eingelassen hatte und noch immer mit im Raum stand.

»Da bin ich nicht auf dem neuesten Stand, Mutter. Du musst Ben fragen, wenn er wieder da ist.« Ihr Gesicht zeigte keine Regung und blieb genauso ernst wie bei der Begrüßung. Lächeln schien für sie ein Fremdwort zu sein. Ganz im Gegensatz zu ihrer Mutter, deren ständiges Lachen für Zellers Geschmack zu aufgesetzt wirkte.

»Ach ja, jetzt fällt es mir wieder ein. Wissen Sie, Herr Kommissar, eigentlich kümmere ich mich nicht um solche Sachen. Meine Kinder sind erwachsen und regeln ihr Leben selbst. Das sehen Sie doch sicherlich genauso?«, fragte sie weiter.

»Vielleicht«, antwortete der Kommissar ausweichend.

»Mein Sohn fuhr tatsächlich über viele Jahre so einen Wagen. Wurde er denn gefunden? Dann stellen Sie ihn doch bitte einfach rechts ans Tor. Agnes wird sich später darum kümmern.«

»Da irren Sie, Frau Kienzle-Winter. Wir sind nicht gekommen, um Ihnen das Fahrzeug zurückzubringen. Aber wir müssten dringend etwas mit Ihrem Sohn besprechen. Wäre das möglich?«

»Leider nein. Er kommt erst in ein paar Monaten nach Hause, genauer gesagt an Silvester. So lange ist er noch unterwegs. Leider, leider! Nicht einmal bei meiner Gedenkfeier für seinen verstorbenen Vater ist er anwesend. Als ob es ihm nicht wichtig genug wäre. Ach, die Kinder … Sie werden es sicherlich kennen, Herr Kommissar.« Sie schwieg eine Weile und blickte verträumt in die Ferne, so wie es in ihrem Stolz gekränkte Menschen gerne tun. Eine stumme Schuldzuweisung für eine nie für möglich gehaltene Undankbarkeit.

Nach ein paar Augenblicken der inneren Einkehr erzählte sie weiter: »Ben ist auf Weltreise, wissen Sie. Im Moment ist er in Marokko. Dort gefällt es ihm außerordentlich gut. Erst gestern telefonierten wir miteinander. Wir sind immer viel gereist. Jedes Jahr haben wir mehrere Urlaube unternommen. War das eine schöne Zeit früher, als mein Mann noch lebte!« Maria seufzte traurig.

Ihre Tochter verschwand in einem Nebenraum, um kurze Zeit später mit einem Glas Sekt zurückzukehren und es der älteren Dame in die Hand zu drücken. »Für dich, Mutter. Es wird dir helfen. Ich trinke anschließend auch einen Schluck mit dir.« Sie gab ihr ein Küsschen auf die Wange.

»Ach, wie aufmerksam, Agnes. Wenn ich dich nicht hätte! Wie einsam und lieblos wäre mein Leben.«

Zeller war skeptisch. Das war ja hochinteressant, der Sohn der guten Frau auf Weltreise und sein angeblich gestohlener Bus fuhr zu Hause allein durch die Gegend. Hier stimmte doch etwas nicht! »Das Fahrzeug wurde letzte Woche gesichtet und wir hätten dazu ein paar Fragen an Ihren Sohn. Können Sie mir sagen, wie ich ihn am besten erreiche?«, bat er.

Frau Kienzle-Winter ließ Agnes die Telefonnummer ihres Sohnes holen und übergab sie den Beamten auf einem Zettel. »Versuchen Sie hier Ihr Glück, Herr Kommissar. Aber ich warne Sie: Ben ist schwer zu erreichen.« Sie klatschte in ihre gepflegten, mit einigen mehr oder minder wertvollen Ringen geschmückten Hände.

Dabei rief sie laut und resolut durch die Vorhalle, als ob Heerscharen von Dienern und Küchenhilfen ergeben vor ihr stünden und Befehle erwarteten: »Jetzt ist Schluss mit der Schwätzerei. Die Arbeit erledigt sich nicht von alleine. Bis zum Fest morgen ist noch viel zu tun. Bitte entschuldigen Sie, ich muss Sie jetzt bitten zu gehen, Herr Hauptkommissar. Und fragen Sie am besten Ihren Chef, wenn Sie etwas über die Familie Kienzle-Winter erfahren möchten. Wir kennen uns seit Jahren. Damit entließ sie die Beamten und wandte sich anderen Aufgaben zu.

Beim Verlassen des Grundstücks hatte Zeller das Gefühl, dass sie von der Villa aus beobachtet wurden. Abrupt drehte er sich um. War dort am mittleren Fenster in der oberen Etage nicht jemand zu sehen gewesen? Er hatte den Eindruck gehabt, als ob gerade jemand zurückgezuckt wäre. Bewegte sich nicht sogar noch die Gardine? Oder sah er schon Gespenster? Befanden sich noch andere Menschen in diesem Gebäude als die beiden Frauen, mit denen sie eben gesprochen hatten? Die Hausherrin hatte nichts erwähnt. Aber warum auch, sie hatten die Dame schließlich nicht danach gefragt. Anzunehmen war es allerdings. Sie würde die Vorbereitungen zur erwähnten Feierlichkeit vermutlich nicht mit ihrer Tochter allein bewältigen. Wenn tatsächlich so viele Gäste erschienen, wie sie ihnen suggeriert hatte, würde sie Unterstützung benötigen. Möglicherweise arbeiteten die Helfer für die Gäste unsichtbar in der Küche und bereiteten alles hinter verschlossenen Türen vor. Aber so lautlos? Es waren die ganze Zeit keine anderen Geräusche zu hören gewesen als die Stimmen der Mutter und der Tochter.

Die Frage blieb, ob Frau Kienzle-Winter die Wahrheit über ihren Sohn gesagt hatte. Zeller würde Bausinger fragen. Wie es schien, kannte der sich mit der Familie Winter bestens aus. Der Kommissar war begierig darauf zu erfahren, was sein Vorgesetzter zu sagen wusste.

Als sie im Auto saßen, tippte er als Erstes die Nummer des Winter-Sohnes in sein Smartphone. Er ließ es lange läuten. Nichts geschah. Schließlich unterbrach er den Vorgang und drückte die Wahlwiederholung. Nach einiger Zeit fragte eine verschlafene Frauenstimme: »Hallo, wer ist denn da?«

KAPITEL 22

Zeller aktivierte die Lautsprecherfunktion und stellte sich vor. Es folgte Stille. Erst nach einer kurzen Pause fragte die Frauenstimme: »Wieso die Polizei – ist etwas passiert?«

»Wie heißen Sie?«, gab Zeller statt einer Antwort zurück.

»Fatma.«

»Hallo, Fatma. Wir möchten Ben sprechen. Ist er in der Nähe?«

»Ben ist unterwegs. Soll er Sie zurückrufen? Ich werde ihm Bescheid sagen. Sie können mir Ihre Nummer geben, dann meldet er sich bei Ihnen. Sofort, wenn er vom Markt zurück ist.«

»Das kann er gerne machen, aber vielleicht kann ich Ben auch treffen? Wir haben ein paar Fragen an ihn und da spricht es sich besser, wenn man sich sieht. Wo befinden Sie sich gerade?«

»Das wird schwer möglich sein. Außer, Sie setzen sich in den Flieger. Wir sind in Casablanca. In Nordafrika, im wunderschönen heißen Marokko.«

Zeller überlegte. Fatma konnte ihm sonst etwas erzählen. Er versuchte, sie auf die Probe zu stellen.

»Ich kenne Casablanca. Wo sind Sie genau?«

»In einer Pension, nahe dem großen Platz. Da ist jeden Abend etwas los. Bauchtänzerinnen, Musiker, Wahrsager, Feuerschlucker und, Sie werden es kennen, wahrhaftige Schlangenbeschwörer, mit Flöte und einem Korb, aus denen eine giftige Kobra emporsteigt. Echt gruselig.«

»Ach, jetzt weiß ich, wo Sie sich befinden. Beim Djemaa el Fna, der früheren Hinrichtungsstätte der Almohaden.«

»Genau! Woher wissen Sie das? Der Djemaa ist unglaublich.«

»Sie haben es schön, Fatma. Wirklich. Am liebsten würde ich mich tatsächlich in den Flieger setzen und zu

Ihnen kommen. Leider unmöglich. Bitte sagen Sie Ben, dass er sich bei uns melden soll.« Er gab ihr seine Nummer durch und ließ sie diese zur Kontrolle wiederholen.

»Ich muss das Gespräch beenden. Ben sage ich sofort Bescheid, wenn er kommt. Er ruft Sie gleich zurück. Tschüssi!« Fatma legte auf.

Kaum war das Gespräch beendet, rief Zeller erbost aus:« Die Dame erzählt ja Märchen wie aus ›Tausendundeine Nacht‹! Entweder sie kennt sich in Marokko nicht richtig aus oder sie lügt. Aber so unwissend kann man doch gar nicht sein. Der von mir genannte Platz liegt in Marrakesch. Die beiden halten sich nach ihren Worten in Casablanca auf, das ist knapp 250 Kilometer entfernt. Da stimmt was nicht.«

Elli lenkte den Wagen zurück ins Polizeirevier. Zeller rief in der Zwischenzeit Clara an. Sie solle alle zusammenholen. Es sei wichtig.

Nach nicht einmal zehn Minuten waren sie da. Wie besprochen warteten bereits alle Kollegen der Soko »Stuhl« auf die beiden. Zeller ließ Jones die bisherigen Fakten referieren.

Kaum hatte sie ihre Ausführungen beendet, unterrichtete sie Karl Riechle über die Vernehmung von Rechtsanwalt Hirsch. Alles, was der Anwalt gesagt hatte, war wasserdicht. Es gab vorerst keine offenen Alibis, er war – wie erwartet – souverän und geschickt vorgegangen. Den ermordeten Frauen sei er nie begegnet, hatte er behauptet. Erst vor ein paar Stunden habe er durch die oberflächlich gehaltene Meldung aus der Presse erfahren, was überhaupt geschehen sei. Den Richter Schuhmacher habe er natürlich gut gekannt. Sie hätten oft im Landgericht miteinander zu tun gehabt. Auf die Frage, wie er zu ihm gestanden habe, hatte er schlagfertig geantwortet, im Gericht stehe man nicht zueinander, da stehe man für Recht und gegen Unrecht. Schuhmacher habe klar für die Durchsetzung des Rechts gestanden und Strafen verhängt, die sich die Verurteilten merken sollten. Dass er den Bogen dabei ab und zu überspannt habe, sei nicht weiter schlimm gewesen. Er habe sich bei aller Härte stets im vorgegebenen Rechtsrahmen bewegt. Ansonsten habe man sich gegenseitig geachtet.

Das nächtliche Pokern im Testturm sei keine große Sache, Hirsch hatte es als sein Privatvergnügen abgetan. Er sei weder in den Turm eingebrochen noch anderweitig illegal eingedrungen. Wer ihm Hausfriedensbruch anhängen wolle, müsse es erst beweisen. Zu einem dunkelblauen Transporter oder Kleinbus könne er nichts sagen, er habe zur fraglichen Zeit keinen gesehen und sei noch nie einen selbst gefahren.

Lisa Brecht vermochte Seidel zu entlasten. Nicht jedoch bezüglich seiner Spiellust, an der gab es nichts zu rütteln. Sie hatte Herrn Fischer, Seidels früheren Chef, besucht. Fischer hatte Seidel wegen seines Lasters fristlos gekündigt. Im Prinzip war es nach einem ähnlichen Schema wie im Rottweiler Testturm abgelaufen, an jedem zweiten Freitag gegen Mitternacht hatte man sich getroffen und gepokert. Zu dem Stammteam waren wechselnde Mitspieler dazugestoßen. Irgendwann war Fischer dahintergekommen und hatte sich das Treiben eine Zeit lang angeschaut, bis er Seidel schließlich fristlos entlassen hatte. Auf eine Anzeige verzichtete er. Seidel hatte seine Arbeit ansonsten immer gut erledigt und außerdem hatte er eine Familie, die Fischer nicht ins Elend stürzen wollte.

Der »Narrenengel« hatte sich bisher nicht wieder gemeldet. Vielleicht plante er etwas und ließ sie noch ein wenig schmoren. Er musste wissen, dass sie nach ihm suchten. Fast schien es so, als habe er es darauf angelegt. Er spielte mit ihnen. Wenn er es wollte, mussten die Beamten springen. Meldete er sich nicht, waren sie zum Warten verdammt. So weit seine Logik. Allerdings war es nicht so, wie er es sich in seinem kranken Hirn offenbar ausmalte. Die Ermittlungen liefen auf Hochtouren.

Ein Bericht der Techniker zum letzten Anruf des »Narrenengels« lag bereits vor. Es war ein schwieriges Unterfangen gewesen, den Anruf nachzuverfolgen, denn er war von einem Prepaid-Handy ausgegangen. Natürlich war es möglich, eine Funkzellenortung durchzuführen, jedoch musste man dafür wenigstens seinen Netzbetreiber kennen. Eigentlich schier unmöglich, doch Kommissar Zufall hatte geholfen. Die sehr guten Verbindungen eines Beamten zu einem großen Mobilfunkbetreiber hatten den Durchbruch gebracht. Jetzt war ihnen bekannt, aus welcher Funkzelle der Anruf herrührte. Es war nicht Rottweil oder Zimmern, wie zu vermuten gewesen war. Der Unbekannte war auf Nummer sicher gegangen und hatte von außerhalb angerufen. Etwas halbherzig, stellte Zeller fest, denn sonst wäre er nach Balingen gefahren oder Reutlingen. Die Funkzelle, in der das Handy geortet worden war, befand sich mit fast hundertprozentiger Sicherheit in Hard. Hard wiederum befand sich keine 25 Kilometer von Rottweil entfernt und gerade mal 15 Kilometer von Kaisersbronn.

Allein, es brachte ihnen nicht viel. Dass der »Narrenengel« aus einer Region in der Nähe angerufen hatte, stellte vielleicht eine neue Spur dar – vielleicht aber auch nicht. Er konnte auch rein zufällig dort vorbeigefahren sein, auf der Durchreise zu seiner nächsten Tat.

Immerhin waren durch die bisherigen Ermittlungen andere Missstände zutage gekommen, die sonst im Verborgenen geblieben wären. So hatten sie dem Spuk mit den Pokerrunden im Turm ein Ende bereitet und der unbelehrbaren Spielerrunde Gelegenheit zum Nachdenken gegeben.

Eine weitere Spur sah vielversprechender aus: die des unbekannten Gastes von Hirsch, mit dem dieser einen schweren Gegenstand in den Turm geschleppt und der später die Pokerrunde aufgemischt hatte. Riechle hatte Hirsch darauf angesprochen. Der Rechtsanwalt hatte ihm erklärt, dass es sich um einen Klienten gehandelt habe. Mehr nicht. Damit meinte er wohl, dass es keine verwandtschaftlichen Beziehungen gab und er nicht mit ihm befreundet oder anderswie verbandelt war. Der Mann sei am Freitagnachmittag in seiner Kanzlei erschienen und habe, da sich das Gespräch in die Länge gezogen habe, in Rottweil übernachten müssen. Am Samstag habe er einen weiteren Termin in der Nähe zu bedienen gehabt. Deshalb habe er ihn gefragt, was man in dieser alten Stadt an einem Freitagabend unternehmen könne. Viel sei es nicht gewesen, was er ihm habe raten können. Ob es hier wenigstens ein Casino gebe oder eine Spielbank, ohne erst nach Konstanz an den Bodensee oder nach Stuttgart fahren zu müssen, habe sein Mandant wissen wollen. Deshalb habe er ihn mit zu der Pokerrunde genommen. Mehr könne Hirsch ihm nicht sagen – es gehe um eine Privatsache, um sensible Informationen. Er gab Riechle nur den Hinweis, dass es eine Sache beträfe, in der ein früheres Urteil angezweifelt werde und der betreffende Richter für ein plötzlich eingetretenes Unglück die Verantwortung übernehmen solle. Dabei gehe es um die Feststellung einer moralischen Schuld. Kein einfaches Unterfangen, aber nicht chancenlos. Er, meinte Hirsch, sei der richtige Mann für ein solches Verfahren.

Riechle hatte mehr zu erfahren versucht, doch er war weder an den Namen des Richters noch den Ort des Gerichtes oder nähere Informationen zum Unglücksfall gekommen. Da hatte der Rechtsanwalt gemauert und sich hinter seine Schweigepflicht zurückgezogen. Nur den altmodischen Vornamen des Klienten hatte Riechle ihm entlocken können, als Hirsch einen Moment unaufmerksam gewesen war und sich verplappert hatte. Als Karl den Namen nannte, fuhr Zeller alarmiert hoch und Ellis Augen weiteten sich. Riechle schreckte zusammen, als sie wie aus einem Munde vehement forderten, er solle den Namen nochmals wiederholen.

»Pius«, sagte er vorsichtig. »Mehr hat Hirsch nicht gesagt. Leider.«

Zeller erzählte von ihrem Besuch in Baden-Baden. Endlich war die unverhoffte Wende zum Besseren gekommen. Wer hätte sich denken können, dass dieser Mann einen Prozess gegen ein ergangenes Urteil anstrebte, welches auch noch der ermordete Richter gefällt hatte! Gab es ein besseres Mordmotiv?

Carla wusste, was sie zu tun hatte, und informierte die Kollegen in der badischen Stadt. Der nächste Besuch würde offiziell erfolgen. Noch besser wäre es, wenn der Mann hier nach Rottweil käme. Vielleicht musste man eine Gegenüberstellung organisieren. Nicht zwangsläufig und nur für den Fall, dass er weiterhin log.

KAPITEL 23

»Wie hieß die Dame?«, fragte Riechle seine neue Kollegin, als sie von ihrem Besuch in der alten Villa erzählte.

»Maria Kienzle-Winter.«

»Kienzle-Winter sagt mir nichts. Es gab mal eine Frau, die Maria geheißen hat und auf die die Beschreibung passen könnte. Doch sie kann es unmöglich sein. Als ihr Mann verstorben ist, hat sie die Stadt verlassen. Ich glaube, sie ging sogar ganz weg aus Deutschland. Jedenfalls habe ich nie wieder etwas von ihr gehört.«

»Was war mit ihr?«, wollte Jones von ihm wissen.

Riechle musste sich kurz sammeln. Diese Verhandlung war damals der Grund für Verschwörungstheorien im gesamten Landkreis gewesen. Es hatte Jahre gebraucht, bis sich die Wogen geglättet hatten.

»War das nicht der Fall des ermordeten Immobilienmaklers?«, fragte Zeller dazwischen.

Riechle nickte nur.

Jetzt fiel Zeller wieder alles ein, was sich vor vielen Jahren zugetragen hatte. Er erzählte es Jones, die mit verschränkten Armen zuhörte. »Es war einer der ersten Fälle, an denen ich mitwirkte, seit ich nach Rottweil versetzt worden war. Der Makler war durch zwei Ganoven ermordet worden, die bisher regelmäßig durch Kleinkriminalität in Erscheinung getreten waren. Kleine Fische, unverbesserlich und beratungsresistent. Außerstande, ihr Leben zu verändern, aber im weitesten Sinne ungefährlich. Als die damalige Putzfrau der Familie am Morgen in die Villa kam, sah sie den Immobilienmakler regungslos am Boden liegen. Es war bekannt, dass er einen Herzfehler und kurz vor seinem Tod einen Infarkt gehabt hatte. Jetzt lag er da, in der Küche, neben einem umgestürzten Stuhl. Auf den ersten Blick ein tödlicher Unfall, er hatte sich den Kopf aufgeschlagen und ein blutüberströmtes Gesicht. Er muss schlimm ausgesehen haben. Die Putzfrau war außer sich gewesen und hatte versucht, Angehörige des Maklers zu erreichen. Doch es war aus verschiedenen Gründen nicht möglich gewesen. In ihrer Aufregung hatte sie erst den Mann und danach die Küche gereinigt. Erst dann hatte sie eine Bekannte angerufen. Diese arbeitete bei einem Bestatter, der den Leichnam zu sich holte. Nun braucht jeder Tote einen Totenschein durch einen Arzt. Eine Formalität nur, aber notwendig. Der Hausarzt der Familie war zu der Zeit im Urlaub, seiner Vertretung kam die Sache nicht geheuer vor. Die Würgemale am Hals verhießen nichts Gutes. Er stellte einen nicht natürlichen Tod fest und informierte die Polizei. Da ist Ulrike Brenner ins Spiel gekommen. Sie schaute sich den Mann an und bestätigte die Diagnose des Arztes. Der Makler wurde sofort nach Tübingen in die Rechtsmedizin gefahren und dort obduziert. Die Kollegen bestätigten nach zwei Tagen, dass der Mann durch Fremdeinwirkung gestorben war. Kein Unfall, kein Herzinfarkt. Er war ermordet worden. Ein paar Tage später und er wäre bereits eingeäschert gewesen. Niemand wäre darauf gekommen, dass er das Opfer einer Gewalttat geworden war. Es stellte sich heraus, dass einer der Täter ihn erwürgt hatte, während der andere ihn festhielt. Ulli musste vor Gericht aussagen, so wie auch andere Ermittler, Zeugen und Angehörige. Ein ganz normaler Vorgang.«

Elli Jones war gefesselt von der Geschichte und lauschte aufmerksam. Nichts davon wollte sie verpassen.

Karl Riechle übernahm das Wort. »Die beiden Täter bekamen trotzdem verhältnismäßig milde Strafen von gerade mal sechs und vier Jahren wegen räuberischer Erpressung. Nicht wegen Mordes oder Totschlags. Die Beweislage war einfach zu dünn und gab nicht mehr her.« Riechle war sichtlich stolz auf sein Gedächtnis.

Zeller hieb mit der Faust auf den Tisch. Wie hatte er sich damals aufgeregt über dieses Urteil. Sie hatten sich solche Mühe gegeben, doch viele wichtige Spuren waren nicht mehr auffindbar gewesen, vernichtet aus Unwissenheit.

»Wie hieß der tote Makler?«, fragte Jones. Sie hatte zum Schluss eifrig Notizen in ihr Heft gemacht. Die Arbeit mit dem Tablet lag ihr nicht besonders.

»Ich müsste erst nachschauen. Ist schon eine Weile her. Ich selbst war da noch in Freiburg und kam erst gegen Ende des Prozesses dazu. An die Wut der Kollegen kann ich mich noch gut erinnern«, antwortete Riechle und ergänzte: »Ich glaube, er hieß Ritter oder so ähnlich. Aber lassen wir die alten Geschichten ruhen. Wir müssen mit unserer Arbeit besser sein als die Verbrecher, dann kommt es nicht zu solch ärgerlichen Urteilen, bei denen es nur Verlierer gibt. Der Schuldspruch war rechtlich gesehen einwandfrei. Kommt, lasst uns weiterarbeiten.«

Zeller teilte die Kollegen ein. Riechle und Brecht sollten sich um Pius Scherzinger kümmern und herausfinden, was für ein Gegenstand in den Turm getragen worden war. Natürlich musste die Verbindung zu Hirsch überprüft werden. Mit dem Rechtsanwalt waren sie auch noch nicht fertig. Seine Zusammenarbeit mit Schuhmacher war sicherlich nicht unkompliziert gewesen. Da musste man genauer hinschauen, ebenso auf seine aktuellen Fälle. Es konnte nicht alles gewesen sein, was der Rechtsanwalt ihnen gestanden hatte.

Carla bekam die Aufgabe, alles zu dem Maklermord herauszusuchen. Vielleicht gab es Zusammenhänge, die sie bisher übersehen hatten. Jones sollte Carla helfen und das Leben der ermordeten Putzfrauen nochmals durchleuchten. Es bestand die Möglichkeit, dass die

Tat doch nicht so zufällig geschehen war, wie sie alle hier dachten, und es Verbindungen gab, von denen sie nichts ahnten. Zeller hingegen wollte Ulli im Krankenhaus besuchen. Sie würde sich freuen.

Als er den Arbeitsraum gerade verlassen wollte, klingelte plötzlich sein Smartphone. Der Blick auf das Display ließ seinen Adrenalinspiegel in die Höhe schnellen. Umgehend forderte der Kommissar alle zur Ruhe auf. Rasch wurde der Spezialist für die Technik hinzugeholt. Alles war vorbereitet. Seit Tagen warteten sie auf den nächsten Anruf des »Narrenengels«. Endlich war es so weit. Der Techniker stellte die Fangschaltung zur Ortung des Anrufers scharf. Zeller drückte die Annahmetaste. »Ja, Hauptkommissar Zeller hier. Mit wem spreche ich?«

»Der ›Narrenengel‹ ist zurück! Zeller, mach dich bereit. Der ›Narrenengel‹ hilft dir. Dein Leben verlischt. Später. Verabschiede dich von deiner Anne. Ich erlöse dich von ihr. Vielleicht bist du mir dankbar dafür.« Ein hämisches, überdrehtes Lachen ertönte, dann ein Schlag. Schreie.

»Lass sie in Ruhe, du Schwein! Was hat Anne mit all dem zu tun? Du willst doch mich!«, schrie Zeller in den Hörer.

Aus dem Telefon ertönte ein angsterfülltes Wimmern. Man hörte, wie eine verzweifelte Frauenstimme um ihr Leben flehte. Es war Annes Stimme. Dann sprach wieder der »Narrenengel«: »Wo ist jetzt dein Zeller? Ist er wieder nicht da, wenn du ihn dringend brauchst?« Ein dumpfer Hieb. Ein abrupt erstorbener Schrei. Plötzliche Ruhe. »Zeller, du weißt genau, wer deinetwegen damals gestorben ist. Und jetzt wird deine Anne sterben. Anstelle von Brenner! Du hast dich doch sowieso nicht um sie gekümmert. Den ganzen Tag war sie allein, musste auf dich warten. Sie war eine Last für dich. Der ›Narrenengel‹ weiß, wie du dich in Arbeit vergraben hast, nur um ihr aus dem Weg zu gehen. Jetzt wirst du leiden. Einen Tag. Vielleicht einen zweiten. Mal sehen. Dann bist du an der Reihe. Erst dann ist des ›Narrenengels‹ Zettel leer.« Sein hysterisches Lachen hallte durch den Raum.

Zeller bemühte sich, ruhig mit dem Anrufer zu sprechen, doch das Zittern in seiner Hand war unkontrollierbar. Es geschah einfach. Er keuchte ins Telefon: »Lass Anne in Ruhe, du Scheusal. Lass sie leben und nimm mich. Können wir uns treffen? Reden von Mann zu Mann? Bitte! Da könntest du …«

Das Besetztzeichen ertönte. Die Verbindung war unterbrochen. Der Anrufer hatte aufgelegt.

»Und«, fragte Zeller den Techniker, »hast du ihn? Sag mir ja nicht, dass es nicht geklappt hat!«

Alle im Raum schauten den Mann hoffnungsvoll an. Doch er schüttelte den Kopf. »Leider nicht. Es war wieder ein Prepaidhandy. Vorerst keine Chance, ihn zu orten. Er hat den Netzbetreiber gewechselt. Der Betreiber konnte seine Netzzelle nicht aufspüren. Aber wir haben seine Stimme. Dieses Mal bedeutend länger als beim ersten Mal. Das ist doch schon mal etwas. Die werden wir jetzt analysieren. Morgen wissen wir mehr. Ich verspreche …«

Den letzten Satz hörte Zeller schon nicht mehr. Er hatte seinen Mantel vom Haken gezerrt und stürmte aus seinem Büro nach unten. Draußen angekommen, riss er die Tür zum Dienstwagen auf, befestigte das Martinshorn auf dem Dach und jagte los. Mit Sirene und Blaulicht raste er durch die Nacht. Ihm war übel. Obwohl er beide Fenster heruntergelassen hatte, half die kühle Nachtluft nicht viel dagegen. Immer wieder musste er tief durchatmen, um den Brechreiz zu unterdrücken. Hoffentlich würde er es rechtzeitig schaffen. Er hatte keine andere Wahl.

KAPITEL 24

Zeller brauste durch die Nacht. Viel zu langsam kam ihm die Geschwindigkeit seines Wagens vor. Der Tachostand von 180 Kilometern pro Stunde konnte nicht stimmen. Immerfort wählte er Annes Nummer und versuchte, sie zu erreichen. Sie ging nicht ran. Stets sprach nur der Anrufbeantworter mit ihrer vertrauten Stimme zu ihm. Er ahnte das Schlimmste.

Noch drei Querstraßen bis zu ihrem Haus, wo sie erst gestern zusammengesessen und sich gemeinsam überlegt hatten, was sie als Nächstes gegen ihre Krankheit unternehmen konnten. Diese hartnäckige Depression, unter der sie seit Monaten litt, die eines Tages nach der Kündigung ihres Jobs bei der Bank einfach da gewesen war, sie stückchenweise verändert, immer mehr von ihr Besitz ergriffen hatte und einfach nicht mehr verschwinden wollte. Die sie zwang, tagelang antriebslos im Haus zu bleiben und zu nichts Lust zu empfinden. Manchmal nur, wenn Zeller ihr geduldig zuredete, raffte sie sich auf, um ein paar Schritte mit ihm an der frischen Luft spazieren zu gehen. Alles war bei ihr durcheinandergeraten, alles war anders als jemals zuvor. Furchtbar für eine Frau wie sie, die früher den Aufenthalt in der freien Natur über alles geliebt und jeden Tag so gerne joggend begonnen hatte. Nichts mehr war gelb und grün und hell und voller Hoffnung. Um sie herum gab es nur noch Dunkelheit, Elend und Zukunftsangst. Und Tränen. Obwohl, in der letzten Zeit hatte sie sich ein klein wenig verändert. Da befand sie sich plötzlich auf einem aufsteigenden Ast, ganz zaghaft zwar nur, aber stabil. Die Medikamente hatten angeschlagen. Auf einmal sah es so aus, als könnte sie die Krankheit beherrschen lernen und bald wieder ein Leben führen wie früher. Sie war der alten Anne wieder etwas ähnlicher geworden. Was für ein Glück! Wie hatten sie sich darüber gefreut.

Zeller schrie im Auto auf wie ein verwundetes Tier, voller Schmerz und purer Ohnmacht. Mehrfach drosch er mit der Faust auf das Lenkrad ein, schrie und flehte zu einem Gott, an den er nicht glaubte, und zu einer Jungfrau im Himmel, die ihn noch nie interessiert hatte. Jeder Heilige, der ihm einfiel – es waren nicht viele – wurde namentlich hinausgebrüllt, in das Licht der Scheinwerfer vor ihm.

Rechtzeitig bevor er den Albweg und somit Annes Haus erreichte, schaltete er das Martinshorn aus, kurze Zeit später das Licht seines Wagens. Die letzten Meter rollte er leise durch die Dunkelheit und parkte gegenüber dem Hauseingang. Den Griff an seinen Gürtel hätte er sich sparen können. Die Waffe befand sich im Büro, vergessen in der Aufregung. Der Blick ins Handschuhfach ergab nichts anderes.

Geräuschlos schloss er die Tür des Wagens und rannte auf die andere Straßenseite zum Haus. Zum Glück hatte er ihren Schlüssel immer bei sich. Vorsichtig schlich er die Natursteinstufen zur Haustür hinauf. Im Haus war alles dunkel, kein Licht drang aus einem der Fenster nach draußen. Die stabile Eingangstür war nur angelehnt. Behutsam drückte er sie auf. Im Gang blieb er stehen und horchte mit angehaltenem Atem. Nichts. Keine Geräusche. Keine Stimmen. Absolute Stille.

»Anne«, rief er laut und vernehmbar in die Dunkelheit und drückte auf den Lichtschalter. Das Licht blieb aus, sooft er den Schalter auch betätigte. Genauso beim anderen Schalter am Flurende.

»Anne, bist du da? Sag doch etwas, Liebes. Ich bin es, Paul!«, rief er noch einmal in die Dunkelheit, ging rasch durch den Flur hin zu einem Schrank und öffnete leise dessen Tür. Er atmete auf. Zum Glück befand sich die schwere Taschenlampe an ihrem Platz. Damit würde er sich wehren können.

Im Lichtkegel der Lampe fand er im Flur nicht das Mindeste, was auf ein Verbrechen hindeutete. Keine Blutspuren auf dem Boden, keine umgeworfenen Gegenstände, einfach nichts. Es war alles so wie immer. Auch im Wohnzimmer sah alles aus wie an jedem anderen beschissenen Tag. Eine angebrochene Chipstüte lag auf dem niedrigen Couchtisch. Daneben stand ein Glas mit einem letzten Rest Rotwein darin. Etwas weiter in der Mitte des Tisches lag akribisch im rechten Winkel zur Kante ausgerichtet die Fernbedienung. Der Fernseher war ausgeschaltet. Ein Zettel mit Annes Schrift lag neben dem Weinglas. Wie so oft, wenn sie vereinbart hatten, dass er bei ihr übernachten würde und er erst spät von der Arbeit kam, wünschte sie ihm darauf eine gute Nacht.

Zeller schlich ins Schlafzimmer. Er richtete den Lichtkegel auf das Bett. Die letzte Hoffnung verschwand. Es lag keine Anne darin, weder friedlich schlafend noch wach und lesend. Das Bett war unbenutzt. Ihre Nachtsachen lagen sorgfältig zusammengelegt zwischen Kopfkissen und Zudecke. Sogar ihre Puschen standen vor ihrer Seite des Bettes. Die rosa Schweinchen grinsten ihn an. Sie waren ein Geschenk von ihm gewesen, als es ihr ganz schlecht gegangen, die Entlassung aus ihrem Arbeitsleben noch ganz frisch gewesen war. Diese kleinen Schweinchen sollten sie an jedem Morgen aufheitern, sollten sagen: »Schwein gehabt, dass wir uns haben.« Es gab immer noch Schlimmeres, was einem widerfahren konnte. Sie hatte sich sehr darüber gefreut. Ihr Lächeln, das er plötzlich vor seinem inneren Auge sah, traf Zeller ins Herz wie ein gebündelter Strahl reinen Lichtes. Er atmete schwer. Der Kommissar wusste, was ihn im Bad erwarten würde. Er konnte nicht mehr. Es war zu viel für ihn.

Er hörte, wie die Tür durch die Polizeikollegen aufgestoßen wurde, vernahm das Rufen der vertrauten Befehle, hörte, wie sie den Flur betraten, wie sie sich gegenseitig absicherten und nach ihm riefen. Er hörte sich antworten, weit entfernt unter einer Dunstglocke, seltsam fremd.

Er sei hier oben. Unverletzt. Was hieß das schon. Er vermochte nicht mehr zu stehen, die Beine sackten ihm weg. Zeller sank vor Annes Bett kraftlos zusammen. Er wusste, dass sie nie ohne ihre Pantoffeln ins Bad ging, der Boden war ihr zu kalt an den Füßen. Er hatte sie noch nicht repariert bekommen, die Fußbodenheizung dort. Immer hatte sie diese Schweinchen getragen, auch wenn es reichlich bescheuert aussah. Sogar wenn sie nackt vor ihm stand und wissen wollte, ob er sie noch ansehen könne. Was für eine Frage.

Als Riechle im Schlafzimmer erschien, klammerte Zeller sich an seinen Beinen fest und umschlang sie hilfesuchend mit seinen Armen. Hemmungslos begann er zu weinen.

KAPITEL 25

Das kleine Einfamilienhaus am Ende der Einbahnstraße lag ruhig und friedlich da. Nichts deutete darauf hin, dass in der vergangenen Nacht etwas Grausames geschehen war, ein ungleicher Kampf um Leben und Tod. Äußerlich sah man dem Gebäude nichts an. Die Haustür war geschlossen, die Rollläden heruntergelassen.

Die Kriminaltechniker der K8 hatten ihre Arbeit beendet, die weißen Schutzanzüge ausgezogen und in einen Abfallsack gestopft. Witze wurden keine zum Besten gegeben, hohle Sprüche verkniffen. Die Stimmung war gedrückt, kaum jemand sprach ein Wort mehr als notwendig. Sie wussten, dass ihr Leiter der Soko »Stuhl« einen geliebten Menschen verloren, einen schmerzhaften Verlust erlitten hatte. Die Räume des Hauses waren freigegeben und durften wieder benutzt werden. Einzig das Bad noch nicht. Es war der Tatort, an dem die finale Aktion des Mörders stattgefunden, wo er das Leben dieser schönen Frau ausgelöscht hatte.

Anne hatte man in einen Kunststoffsack gelegt und dann in einen Aluminiumsarg gebettet. Zwei Männer trugen sie nach draußen. Das Bestattungsauto wartete bereits mit geöffneter Heckklappe. Ihr Leichnam wurde nach Tübingen gebracht, ihre vorletzte Reise. Dort würden sich bald die Kollegen der Rechtsmedizin über sie beugen, den kompletten regungslosen Körper betrachten und alles, was sie sahen, in ein Diktiergerät sprechen.

Erst dann würde das Skalpell angesetzt und der erste Schnitt ausgeführt werden. Ihre zarte, früher meistens nach einem Hauch von Jasmin duftende Haut würde zerschnitten, der Körper geöffnet werden.

Zeller und seine engsten Kollegen saßen im Wohnzimmer zusammen. Er wäre lieber allein gewesen, ohne jemanden in seiner Nähe. Sie waren rücksichtsvoll zu ihm, ließen ihm, versunken in seinem Schmerz, die Zeit, die er brauchte. Seine neue Mitarbeiterin Elli Jones saß ganz still neben ihm. Ihre Augen waren rot vom vielen Weinen, das zerknüllte Taschentuch in ihren Händen durchnässt. Neben ihr war Lisa und hielt ihre Hand. Auch sie kämpfte mit den Tränen. Carla Zimmermann stand im Flur und versuchte trotz allem, zum Tagesgeschäft überzugehen. Zwei Telefonate hatte sie bisher führen müssen und allzu aufdringliche Journalisten abwehren. Es würde morgen eine Pressekonferenz geben, da konnten sie alles erfahren. Kurz zuvor hatte sie mit dem Leiter der Bereitschaftspolizei gesprochen. Die Suche nach Zeugen hatte umgehend begonnen, an jeder Haustür wurde geklingelt und die Einwohner befragt. Jetzt war das Wissen noch frisch, die Geschehnisse nicht verdrängt. Es musste doch jemand etwas gesehen haben, die Straße war dicht bewohnt und man kannte sich untereinander. Karl Riechle saß allein in dem einzigen Sessel und spielte mit seiner Uhr. Es war eine Verlegenheitsgeste. Die Wut und den Schmerz, wieder zu spät gekommen zu sein, sah man ihm deutlich an.

Zeller dagegen hockte apathisch und teilnahmslos da und starrte vor sich hin. Keine Regung verriet, wie es ihm ging. Er sah nur den Fleck auf der weißen Wand gegenüber, der ihm vorher noch nie aufgefallen war. Es war ihm unmöglich, seinen Blick davon abzuwenden. Als ob er mit seinem Kopf in einem Schraubstock feststeckte, der ihn zwang, nur in diese eine Richtung zu starren. Woher nur, stellte er sich wiederholt die gleiche Frage, hatte der Mörder von seiner Beziehung zu Anne gewusst? Sie waren nicht verheiratet gewesen und hatten nicht zusammengewohnt. Ihre gemeinsamen Auftritte in der Öffentlichkeit hatten sich in Grenzen gehalten. Dafür war Annes Ehe erst viel zu frisch vorbei gewesen, Zellers Beziehung zu ihr noch zu neu. Ihr bisheriges gemeinsames Jahr war in ihrem Alter keine lange Zeit. Da durfte man nichts überstürzen. Sie war viel zu vorsichtig und scheu gewesen, ihn vor den Freunden als ihren neuen Mann fürs Leben zu präsentieren. Gerade deshalb hatte bisher jeder seine eigene Wohnung behalten. Für diese Art von Endgültigkeit waren sie beide noch nicht bereit gewesen.

Sie hatten die gemeinsame Zeit dadurch intensiver und frischer empfunden, als wenn sie zusammengelebt hätten. Anne war noch nie bei ihm zu Hause gewesen, fiel dem Kommissar jetzt auf. Er immer nur bei ihr. Wieso eigentlich? Weil er eine Tochter aus einer vergangenen Beziehung hatte, die ihn ab und an besuchen kam und ansonsten bei ihrer Mutter in Horb am Neckar lebte? Diese Angst von Anne hatte er nie verstanden. Es wäre jetzt an der Zeit gewesen, dass sie sich kennenlernten. Die Tochter und die neue Frau an Papas Seite. Er hatte geplant, es Hanna zu sagen, wenn sie von ihrem Trip zurückkehrte. Einschneidende Veränderungen hatten angestanden. Er war im Begriff gewesen, seine Wohnung aufzugeben und zu Anne in ihr Haus zu ziehen. Da war es längst überfällig gewesen, dass Hanna es erfuhr. Anne und er hatten beide schlechte Erfahrungen gemacht, eine Trennung mit all ihren Begleiterscheinungen wollten sie nicht noch einmal durchmachen. Doch sie hatten sich durchgerungen, trotz Annes Krankheit zusammenzuziehen. In den nächsten Wochen wäre es so weit gewesen.

Wieso nur hatte jemand von ihnen gewusst? Immer war er als Einzelgänger bekannt gewesen, hatte sich nie oder äußerst selten an irgendwelchen Veranstaltungen oder Feiern beteiligt, die Kollegen organisiert hatten. Ihn langweilten solche Festivitäten. Zwangloses Kommunizieren war ein Buch mit sieben Siegeln für ihn. Es war ihm unmöglich, Gespräche so zu führen, dass sie locker und leicht wirkten und seinem Gegenüber die Chance ließen, ohne Parteinahme zu bleiben. Zeller polarisierte gern, besonders wenn er getrunken hatte. Je mehr er trank, desto mehr wurde aus dem Polarisieren ein Brüskieren. Oder ein Vernichten. Dies konnte er am besten. Wer wollte sich mit so jemandem schon gerne auf einer lockeren Party abgeben?

Er wollte nichts von alledem, sondern seine Ruhe. Keine gesellschaftlichen Verpflichtungen, keine oberflächliche Aufmerksamkeit, kein Antwortengeben auf Fragen, die in der nächsten Sekunde schon wieder vergessen waren. Er nicht. Seine schönsten Abende waren die mit einer Flasche Rotwein, zwei, drei Schnäpsen und einer guten Vinylplatte auf seinem Schallplattenspieler mit dumpfem, erdigem Jazz. Seit Neustem hatte er den Norweger Karl Seglem für sich entdeckt. Er liebte seine Musik aus Saxophonklängen, Ziegenhorn und mit einer einprägsamen Frauenstimme. Dabei vergaß er seinen Alltag, die Gewalt und die immer wiederkehrenden menschlichen Abgründe. Mehr brauchte er nicht, um glücklich zu sein.

Das stimmte nicht ganz. Er brauchte Anne. Er brauchte sie sogar sehr, jeden Tag und jede Stunde und jeden Augenblick, das stellte er nun mit aller Deutlichkeit fest. Ihr Tod traf ihn bis ins Mark. Schwerer hätte man ihn nicht verwunden können.

Er hatte sich vorhin doch noch aufgerafft und war ins Bad gegangen. Carla hatte ihn aufhalten wollen, doch er hatte sie weggestoßen. Er wollte sehen, was passiert war. Es war sein Job. Auch wenn es sich diesmal um seine Geliebte handelte und es ihm ganz nah gehen würde. Sie lag in der Wanne, die Hände gefesselt, mit durchgeschnittener Kehle. Der Täter musste sie erst überwältigt, gefesselt und dann ins Bad geschleppt haben. In der Wanne hatte er dann sein Werk vollendet. Wahrscheinlich hatte sie wieder vergessen, die Haustür abzuschließen. Ihr Peiniger muss kräftig gewesen sein, er hatte Anne geschlagen. Sie hatte leiden müssen. Um Zeller noch mehr zu demütigen, hatte der Mörder überall im Bad Kerzen verteilt und sie angezündet. Sie konnten noch nicht lange gebrannt haben, das Wachs war kaum heruntergelaufen. Vielleicht war er eine halbe Stunde zu spät gekommen, 30 lausige Minuten hatten gefehlt, um sie vor ihrem Ende zu bewahren.

Der Mörder hatte Anne ein weißes Kleid angezogen, einfach über ihre Abendsachen gestreift. Es war rot von ihrem Blut. Genau wie ihre Wangen. Doch die hatte der Täter angemalt, mit ihrem roten Lippenstift. Die Lippen waren damit ebenfalls dick umrandet, doppelt so breit. Ein Glas Sekt stand auf dem Rand der Wanne. Unberührt. Als ob sie ihn erwartet hätte. Den Kommissar, der nie da gewesen, und wenn, immer zu spät gekommen war. So wie heute. Es war bizarr, was Zeller sah. Rot die Wangen, die Lippen und all das Wasser um sie herum. Alles blutrot. Dazu ihr entstelltes weißes Gesicht, im flackernden Kerzenlicht seltsam entspannt. Als ob sie froh war, ihrem Leiden entkommen zu sein, ertappte Zeller sich bei einem Gedanken. Vielleicht hatte der »Narrenengel« recht?

So ein Blödsinn, schimpfte er innerlich mit sich, fällst du bereits auf die Masche dieser Bestie rein, dieses Manipulators, der dir die Schuld an ihrem Tod geben will? Klar war sie krank gewesen. Doch Anne hatte immer leben wollen, sie hatte sich trotz ihres Leidens an jedem neuen Tag erfreut. Der »Narrenengel« hatte sie nicht vom Leben erlöst, auch wenn er es suggerieren wollte und Zeller damit eine seltsame Partnerschaft anbot. Er hatte es ihr genommen! Was sollte das alles? Warum hatte er sie nicht einfach ermordet, sondern ihren Tod derart zelebriert? Genau wie den Tod des Richters. Nicht aber den der beiden Frauen. Waren es also doch verschiedene Täter? Oder hatte dem »Narrenengel« im Turm nur die Zeit dafür gefehlt?

Zeller hatte sich von Annes Anblick losgerissen und war im Wohnzimmer verschwunden, hatte sich die Flasche Obstler aus dem Schrank geholt und daraus getrunken. Wäre Jones nicht gekommen, hätte er sie komplett geleert. Bis zum letzten Schluck. Die junge Kollegin hatte sie ihm aus der Hand genommen und weggestellt. Und sich neben ihn gesetzt. Einfach so. Er genoss ihre Nähe, nahm ihren Geruch wahr. Fast hätte er seinen Kopf auf ihre Schulter gelegt, doch er beherrschte sich. Er rief sich zur Ordnung, kramte ein Baumwolltaschentuch aus seiner Hosentasche und schnäuzte sich die Nase. Länger als notwendig. Es wirkte wie ein Weckruf. Er steckte das Taschentuch umständlich weg, stand auf und lief im Zimmer umher, den Kopf gesenkt und die Hände in den Hosentaschen vergraben. Immer wieder folgte er imaginären Linien auf dem Teppich. Das tat er eine Weile, ohne dass er etwas sagte. Seine Kollegen ließen ihn gewähren und warteten.

Von draußen kam plötzlich Polizeipräsident Bastian ins Zimmer gestürmt und packte Zeller an den Schultern. »Ist das wirklich wahr mit Anne? Sag bitte, Paul! Stimmt es?«

Zeller nickte und befreite sich aus dem Griff seines Vorgesetzten und Freundes.

»Wieso?«, fragte Bastian weiter. »Hast du eine Vermutung? War es wieder der ›Narrenengel‹, dieser Verrückte?«

»Nachdem es mit Ulli nicht geklappt hat, hat er ein neues Opfer gebraucht. Da ist Anne ihm gerade recht gekommen. Er muss von unserer Beziehung gewusst haben und hat sich deshalb für sie entschieden. Ich frage mich die ganze Zeit, wie er davon erfahren hat. Außer dir wusste niemand von uns. Ohne dich damit verdächtigen zu wollen.« Zeller schaute sein Gegenüber an, als ob er durch ihn hindurchsehen würde, und sagte unverhofft: »Ja, so kann es gewesen sein. Ich weiß, was passiert ist: Zuerst wollte er nur mich. Als Letzten sozusagen, wenn er die anderen erledigt hätte. Mit diesen Worten hatte er es angekündigt. Doch mit einem Mal ... hat er es mit der Angst zu tun bekommen. Wir sind ihm irgendwann zu nahe gekommen. Lisa oder Karl oder Elli oder ich oder einer der anderen Ermittler und Polizisten, die diesen Fall bearbeiten. Wer ist es gewesen? Lass mich überlegen.« Er stockte und nahm wieder seinen Lauf durch das Zimmer auf. Abrupt blieb er stehen und rief: »Natürlich, es kann nur das gewesen sein! Der Besuch bei Frau Kienzle-Winter ...« Er klatschte in die Hände und rief zu seinen Kollegen: »Hört mal her! Kommt, auch du, Karl, bitte.« Zeller wartete ungeduldig, bis alle um ihn herum versammelt waren. »Ich bin mir sicher, warum er sich so entschieden hat. Es muss mit unserem Besuch in der Villa zusammenhängen. Es kann nur so sein. Etwas anderes kommt nicht infrage. Deshalb werden wir jetzt folgendermaßen vorgehen ...« In kurzen, klaren Worten entwarf er seinen Plan. Aufmerksam hörten die Kollegen zu und stimmten schließlich für seinen Vorschlag. So könnte es gehen. Polizeipräsident Bastian segnete ihr Vorhaben ab. Er würde mit dem Staatsanwalt reden und sah keine rechtlichen Bedenken. Umso weniger, als mehrere von Annes Nachbarn bei einer ersten schnellen Befragung übereinstimmend ausgesagt hatten, mehrmals einen dunkelblauen Transporter in der Nähe des Hauses gesehen zu haben.

Zweifel hatte Polizeipräsident Alois Bastian einzig wegen des Verbleibes des Kriminalhauptkommissars in der Soko. Er sah schon jetzt, wie Bausinger hinter seinem Rücken die Messer wetzen und den Innenminister auf das Problem hinweisen würde. Der Leiter der Soko war nun persönlich betroffen. Er hatte mit einem der Opfer in einem zu engen Verhältnis gestanden. Würde Zeller es trotz seines Schmerzes, seiner Trauer und seiner Wut schaffen, unvoreingenommen zu ermitteln? Und was wäre die Alternative? Bausinger mit der Soko-Leitung betrauen? Nicht auszudenken. Dann wäre alles noch viel schlimmer. Wenn er Zeller beurlaubte, würde der mit großer Wahrscheinlichkeit in ein tiefes Alkoholloch abrutschen, aus dem er vielleicht nie, auf jeden Fall aber lange Zeit nicht mehr herauskommen würde. Das war keine Option. Bastian musste sich etwas einfallen lassen. Schon allein für Anne.

Sein Entschluss stand fest. Er würde ihn absetzen und aus der Soko entfernen. Das sah das Gesetz nun mal so vor. Er musste den Kommissar beurlauben und Bausinger dafür die Leitung übertragen. Doch noch nicht gleich. Einen Tag Zeit würde er Zeller schenken. Der musste ihm genügen.

KAPITEL 26

Riechle und Brecht übernahmen noch in der gleichen Nacht die erste Observierung der Villa. Unauffällig hatten sie ihren Platz in einer Seitenstraße gewählt, mit guter Sicht auf das Grundstück. Sie vermieden es, über Annes Tod zu sprechen. Der Schmerz saß zu tief. Nicht, dass sie Zellers Partnerin gekannt hätten – dazu war ihr Chef viel zu verschwiegen. Er hätte ihnen nie von ihr erzählt, denn er redete nicht über Privates. Gleich gar nicht über sein Liebesleben. Annes Tod zeigte ihnen wieder einmal, wie gefährlich ihr Job war, Tag für Tag. Irgendein Spinner konnte es immer auf sie abgesehen haben. Da brauchten sie sich nichts vorzumachen.

Sie sprachen kaum miteinander. Wenn Karl etwas sagte, antwortete Lisa einsilbig darauf und umgekehrt das Gleiche. Für das gesamte Team war es nicht einfach, zurück zur Tagesordnung zu finden. Das Schlimmste dabei war, dass dieser Verrückte immer noch frei herumlief und sämtliche Spuren, von denen sie glaubten, dass sie zu ihm führen könnten, ins Leere verliefen. Es war zum Wahnsinnigwerden.

Zeller wusste, dass sie die Tat nicht geheim halten konnten. Deshalb war eine Pressekonferenz für den nächsten Tag angesetzt worden, mit den üblichen Vorsichtsmaßnahmen. Die Vermittlung von Täterwissen blieb tabu. Alois Bastian hatte den Chef der Rottweiler Polizeidirektion Bausinger von dem neuerlichen Mord unterrichtet. Er hatte danach Zeller telefonisch kondoliert, emotionslos und ziemlich wortkarg. Seine Nähe und das freundschaftliche Verhältnis zu den Bewohnern der Villa machte den Umgang mit ihm schwierig. Deshalb hielten sie sich bedeckt und schwiegen über ihr Vorhaben. Sollte er sich darüber beschweren, wäre es nicht schlimm. Sie würden behaupten, in der Hektik vergessen zu haben, ihn zu informieren.

Die Feier im Hause Kienzle-Winter war zu Ende. Vereinzelt verließen die Gäste die marode Villa. Brecht und Riechle raunten sich gegenseitig die Namen zu. Als ob sie ein Quiz spielten. Manche kannten sie von ihrer Arbeit, einige aus der Zeitung. Dazu den Oberbürgermeister, einen vom Denkmalschutz und den Leiter des Ordnungsamtes. Einer vom Bauamt war auch dabei. Drei von ihnen waren den beiden Kommissaren unbekannt. Erstaunt waren sie über den Besuch des Golfers Fauser, den sie im angeregten Gespräch mit einem weiteren, ihnen unbekannten Herrn die Villa verlassen sahen. Die letzten Gäste waren inzwischen gegangen. Bausinger war darunter. Er wirkte recht beschwingt und gelöst. Die Veranstaltung schien ihm gefallen zu haben. Offensichtlich genoss er es, zu den Erlauchten zu gehören und bei Empfängen mit den Größen dieser Stadt dabei zu sein.

Lisa musste ein Kichern unterdrücken, als sie sah, dass Bausinger sich zu der Dame des Hauses hinunterbeugte und einen Kuss auf die huldvoll ausgestreckte Hand andeutete. »Ganz die alte Schule«, meinte sie zu ihrem Kollegen. »Hätte ich ihm gar nicht zugetraut, dass er so ein Charmeur sein kann. Sonst ist er immer spröde und hält alle von sich fern.«

Es hatte sich auf der Dienststelle und weit darüber hinaus herumgesprochen, wie er darum gebettelt hatte, bei der verspäteten Eröffnungsveranstaltung des Testturms im Jahr 2017 dabei sein zu dürfen. Nicht nur wegen des Turms an sich. Der Landesvater hatte damals sein Kommen zugesagt, das war genauso wichtig gewesen. Natürlich hatte Bausinger es auf die Gästeliste geschafft. Beim gemeinsamen Abschiedsfoto hatte er in der ersten Reihe gestanden.

Nachdem alle Gäste das Haus längst verlassen hatten, kamen zwei blutjunge Mädchen durch das Tor. Offensichtlich hatten sie Feierabend, ihre Dienste beim Bewirten wurden nicht mehr gebraucht. Sorgfältig zogen sie das Tor hinter sich zu. Das Licht in der Villa erlosch. Alles lag im Dunkeln, der Park und das Gebäude darin bildeten eine einzige schwarze Einheit. Riechle machte es sich bequem und stellte seinen Sitz in die Liegeposition. Die Zeit würde lang werden bis zum nächsten Tag. Lisa wollte mit der Observation beginnen, er würde später von ihr übernehmen. Sie war die Jüngere von beiden und außerdem diesmal mit der ersten Schicht an der Reihe – bei der letzten Observierung vor vier Monaten hatte er mit der ersten Schicht begonnen.

Für ein ausgiebiges Schläfchen reichte es für ihn jedoch nicht. Nach nicht einmal einer halben Stunde kam ein Wagen angefahren, der mit laufendem Motor vor dem Grundstück hielt. Lisa stieß Karl mit dem Ellenbogen in die Rippen. Karl schnellte hoch und sah gerade noch, wie jemand aus dem dunkelblauen Transporter ausstieg, das Tor öffnete und in der Villa verschwand. Kurze Zeit später setzte sich der Bus wieder in Bewegung. Es musste das gesuchte Fahrzeug in dunkler Farbe sein. Riechle verglich die Zahlen des Nummernschildes mit denen auf dem Zettel. Bingo! Hundert Punkte, es war das gesuchte Auto.

»Los, Lisa, hinterher! Den schauen wir uns jetzt mal genauer an«, wies er seine Kollegin an.

Lisa startete augenblicklich den Wagen, wendete und raste dem Bus hinterher. Kurz nach dem Kreisverkehr überholte sie ihn. Riechle öffnete das Fenster und forderte den Fahrer per Polizeikelle auf anzuhalten.

Dieser kam ihrer Aufforderung nach. Während Karl Abstand zu dem Bus hielt und sicherheitshalber eine Hand an der Waffe hatte, zeigte Lisa ihren Dienstausweis durch das geöffnete Fahrerfenster. Sie forderte den Insassen auf, den Motor abzustellen und den Bus zu verlassen. Der Mann, der kurz darauf aus dem Fahrzeug stieg, war kein Unbekannter für die Kommissare. Doch ihn hatten sie am allerwenigsten erwartet.

*

In der Rottweiler Polizeidirektion brannte um diese späte Uhrzeit noch Licht. Nach der unverhofften Eskalation der Ereignisse war an einen geregelten Feierabend nicht zu denken. Zeller, Jones und Carla hatten eine halbe Stunde später als Brecht und Riechle gemeinsam Annes Haus verlassen und waren ins Revier gefahren. Hier wartete genug Arbeit auf sie und endlich die lang ersehnte Verstärkung durch vier Kollegen aus Konstanz. Bastian hatte Wort gehalten. Jones brachte sie gleich auf den neuesten Stand. Keiner mochte Zeller allein lassen, alle wollten ihn bei der Suche nach dem Mörder unterstützen, egal, wie spät es war. Jeder im Team wäre sich schuftig vorgekommen, wenn er nicht alles gegeben hätte, um diesen Fall zu lösen. Wenn nötig, würden sie bis zum nächsten Morgen durcharbeiten und darüber hinaus. Alles andere musste warten. Was auch immer für Termine zu Hause, mit der Familie oder den Freunden anstanden. Das hier war wichtiger. Ein Angehöriger ihrer großen Familie hatte einen geliebten Menschen auf gewaltsame Weise verloren und der Täter lief noch immer frei herum. Sie mussten dafür sorgen, dass er gefunden wurde und hinter Gitter kam. Vielleicht plante er gerade in diesem Moment schon seine nächste Bluttat. Er hatte es angekündigt.

Zeller sah sich außerstande, das übermenschliche Engagement seiner Kollegen anzunehmen. Er ahnte ihre Beweggründe, ihre Wut und die Unsicherheit ihm gegenüber. Sie wollten ihm helfen. Die Suche nach dem Mörder nahm sie alle gefangen. Aber sie waren auch nur Menschen und brauchten ihre Pausen. Eine Stunde wartete er noch ab, dann rief er sie alle zusammen, bedankte sich bei ihnen und schickte sie in den Feierabend. Doch sie weigerten sich. Tausend Gründe wurden angeführt, niemand wollte gehen. Doch Zeller ließ sich nicht erweichen. Morgen sei schließlich auch noch ein Tag.

Widerwillig verließen die Kollegen das Bürogebäude. Nur Carla erwartete noch einen Anruf und musste bleiben. Fünf Minuten später klingelte das Telefon. Sie nahm ab.

»Hallo, Carla, zu deiner Anfrage Ben Winter betreffend«, sprach eine raue Frauenstimme in einem holländischen Dialekt zu ihr. »Für den Mann liegt nichts vor. Überhaupt haben wir niemanden, auf den eure Angaben zutreffen und der Deutschland oder den gesamten Schengenraum im vergangenen halben Jahr in Richtung Afrika verlassen hat. In unserem System wird niemand aufgeführt. Wir haben sogar das gesamte letzte Jahr überprüft. Weiter zurückgehen brauchen wir nicht. Überprüft die Personendaten noch mal, vielleicht gibt es da einen Fehler«, bat sie.

»Das machen wir. Vielen Dank, Britt, für die rasche unbürokratische Hilfe. Kannst du mir das bitte gleich mailen? Bist ein Schatz. Du hast was gut bei mir!«, entgegnete Carla der Frau von Interpol. Es war nicht das erste Mal, dass sie miteinander telefonierten.

Carla ging sofort zu Zellers Büro, um die Auskunft an ihn weiterzuleiten. Er wirkte abwesend und ging zuerst gar nicht darauf ein. Erst als sie es noch einmal wiederholte, murmelte er, dass er sich die Datenbank später anschauen würde. Sie könne nach Hause gehen.

Die Geschäftigkeit, mit der er gerade auf seinem Tablet las, täuschte. Zeller war im Arsch. Er war müde und fühlte sich ausgebrannt. Die Buchstaben verloren ihre Bedeutung und verschwammen vor seinen Augen zu unscharfen Gebilden. Schon lange hätte er die Arbeit beenden müssen. Es ging nicht mehr. Doch nach Hause gehen wollte er auf keinen Fall. Hier war er abgelenkt, zu Hause würde er sich nur betrinken. Bis er nicht mehr an Anne denken musste.

Er vermochte sich nicht zu konzentrieren. Immer wieder gingen ihm die unerträglichen Bilder seiner toten Freundin durch den Kopf. Wieso nur hatte man ihr so etwas angetan und ihm eine derart makabre Botschaft hinterlassen? Wenn die eine Frau nicht, dann eben die andere. Wieso überhaupt Ulli, und warum der Richter? Immerhin hatten die beiden öfter mal im Gericht miteinander zu tun gehabt. Ulli war oft zu Prozessen geladen, um ihre Befundprotokolle zu den jeweiligen Opfern zu erklären. Oder zu den analysierten und entschlüsselten Spuren. Da war sie gefragt. Deshalb gab es mit dieser Tätigkeit eine Schnittstelle zum Richter. Dies konnte passen. Ein gemeinsames Motiv für die Ermordung der beiden konnte Zeller trotzdem beim besten Willen nicht erkennen. Und zu den beiden Putzfrauen gab es überhaupt keinen Anhaltspunkt. Die passten nicht ins Schema der anderen Morde. Was hatte er bloß übersehen?

Zerstreut nickte er, als Carla Zimmermann ihm zum Abschied noch einmal winkte. Zeller schaute sich die Einträge in der Datenbank an. Auf den ersten Blick schien alles seine Ordnung zu haben. Abgesehen von zwei, drei Fällen, in denen der Mann mit dem Gesetz in Konflikt geraten war, stand nichts Auffälliges in seiner Vita:

Ben Winter, geboren 20.03.1995 in Rottweil, ledig.

Zwei Einträge im Register wegen Drogenbesitzes.

Ein Eintrag wegen Gewalt gegen Polizeibehörden.

Deutsch.

Keine Kinder.

Eigentlich war alles im Rahmen beim jungen Winter.

Zeller wurde durch einen Anruf auf dem Smartphone aus seinen Grübeleien gerissen. Lisa und Karl verkündeten ihm, mit einer weiteren Person im Vernehmungszimmer auf ihn zu warten. Sie könnten noch immer nicht glauben, wer ihnen mit dem gesuchten Bus gerade sozusagen über den Weg gefahren sei. Er möge sich doch beeilen und gleichzeitig auf eine gehörige Überraschung gefasst machen.

Als Zeller vor dem Vernehmungsraum erschien, setzten Lisa und Karl ihn nur kurz über das Wichtigste in Kenntnis. Sie wollten schnell zurück zur Villa. Die Vernehmung war Zellers Sache.

Der Kommissar schaute durch die Scheibe und war im Gegensatz zu seinen beiden Kollegen nicht übermäßig überrascht. Er hatte vermutet, dass er auftauchen würde. Wenn auch nicht gleich, sondern erst in ein paar Tagen. Gegenwärtig hatte er eher den angeblich in Afrikas Weiten verschollenen Burschen erwartet, der, anstatt in Marokko die Kichererbsen zu zählen, sich vermutlich hier in Rottweil befand und Versteck mit ihnen spielte. Aber der war es nicht. Interessant, interessant! Er würde Hirsch noch ein paar Minuten warten lassen. In dieser Zeit konnte der Rechtsanwalt sich sammeln und sein Gehirn durchforsten. Zeller war auf seine Erklärung gespannt.

KAPITEL 27

»Wie kam es zu diesem Abstieg, Herr Rechtsanwalt Hirsch? Statt im Sportwagen nun in so einer alten Rostlaube unterwegs ... Die ist doch bestimmt schon zehn Jahre alt. Nun ja, kann man ja mal machen. Aber die Karre wurde vor vielen Monaten als gestohlen gemeldet. Das geht dann natürlich nicht mehr.« Zeller saß dem Rechtsanwalt gegenüber, seine Arme vor der Brust verschränkt, und hatte einen leicht spöttischen Ton angeschlagen.

Hirsch ärgerte sich sichtlich. So hatte er sich das nächste Treffen mit Zeller nicht vorgestellt. »Wieso fragen Sie, Herr Kommissar? Ich habe eben ein Faible für alte Transporter«, kam die ausweichende Antwort. Was sollte der Mann auch anderes sagen?

»Besonders für gestohlene?«

»Quatsch. Dieser Umstand war mir nicht bekannt.«

»Ach ja? Ich versuche mal, es Ihnen zu glauben. Allerdings fällt es mir schwer. Gestern erst haben Sie meinem Kollegen gegenüber geäußert, weder einen dunkelblauen Kleinbus zu kennen noch je einen gefahren zu sein. Haben Sie ihn also erst heute bekommen?«

Zeller und Hirsch schauten sich gegenseitig abschätzend an. Beide hatten einen Kaffee vor sich stehen. Den seinigen führte der Anwalt immer wieder zum Mund und leerte ihn schlückchenweise. Die Beine hatte er lässig übereinandergeschlagen und rollte nun unruhig eine Zigarette zwischen Daumen und Zeigefinger seiner rechten Hand. Mit der linken strich er regelmäßig sein halblanges, gegeltes Haar hinter die Ohren. Er zeigte schweigend mit der Zigarette auf Zeller, doch dieser schüttelte wortlos den Kopf. Rauchen war hier drin nicht erlaubt, das müsste er eigentlich wissen, der Herr Anwalt, dachte der Kommissar und musste trotzdem lächeln. Es gehörte zu Hirschs Spiel.

Der Anwalt steckte die Zigarette zurück in die Brusttasche seines Hemdes. »Ich wusste nicht, was Sie mit Ihrer Frage meinten«, versuchte er eine schwache Rechtfertigung seiner Äußerung und schaute dem Hauptkommissar dabei in die Augen. Ein nervöses Zucken des rechten Augenlids verriet, dass er aufgeregt war. Alles andere an ihm schien aufreizend ruhig.

»Ach ja? Was gab es an der Frage denn falsch zu verstehen? Kleinbus ist Kleinbus und dunkelblau eine eindeutige Farbbezeichnung. Hätte ich ›dunkel‹ gesagt, wäre es mit viel gutem Willen vielleicht missverständlich gewesen. Aber so?« Der Kommissar blickte Hirsch herausfordernd an. »Eine Sache noch, bevor wir richtig beginnen«, sagte er dann spöttisch, »sollen wir Ihnen, Herr Anwalt, einen Rechtsbeistand besorgen? Der steht Ihnen zu und wäre besser für Sie.«

»Natürlich nicht«, erwiderte Hirsch empört. »Ich kann mich gut allein verteidigen.« Sein Ton ließ keinen Zweifel daran aufkommen, wer seiner Meinung nach der beste Anwalt in ganz Rottweil war.

»Gut«, gab Zeller sich jovial, »dann beginnen wir. Wen haben Sie vorhin an der Villa abgesetzt?«

»Den Hausmeister. Er hatte mir geholfen, ein Möbelstück zu transportieren.«

»Die Familie Winter beschäftigt einen eigenen Hausmeister?«

»Nicht direkt. Der Mann betreut noch vier weitere
Häuser. Hausmeister sind teuer.«

»Wem gehört der Kleinbus, mit dem sie unterwegs
waren?«

»Keine Ahnung. Ich vermute, der Agnes oder ihrem
Freund. Ich hab das Fahrzeug vor einigen Monaten
auf dem Grundstück in einem Schuppen entdeckt und
habe Maria, ähm, Frau Kienzle-Winter gefragt, ob ich
ihn mir bei Bedarf mal ausleihen könnte. Sie wusste
erst nicht genau, wovon ich redete, aber schließlich
genehmigte sie es mir. Jederzeit, wenn ich ihn benö-
tige, sagte sie. Von dem Angebot habe ich nun das
erste Mal Gebrauch gemacht. Mit dem Transporter
konnte ich meinen Schrank transportieren und den
Haumeister zur Hilfe gleich mitnehmen. War ganz
praktisch.«

So ging es eine ganze Weile hin und her. Jede Frage
des Hauptkommissars parierte der Mann elegant. Zeller würde ihm kaum etwas nachweisen können. Und
viel Zeit hatte er nicht mehr. Jeder vernünftige Staatsanwalt würde Hirsch umgehend zurück in die Freiheit schicken.

Der Kommissar unterbrach die Vernehmung und
verließ den Raum. Damit sich der Anwalt nicht allein
fühlte, stellte er ihn unter die Aufsicht eines Schutzpolizisten. Etwas Bewachung konnte nicht schaden.

Zeller machte sich auf den Weg in den Keller zur
KTU. Als er ankam, traute er seinen Augen nicht:
Der Kleinbus wurde gerade vollständig auseinan-

dergenommen. Die Verkleidung war abgenommen worden, die Sitze ausgebaut. Ein Techniker leuchtete mit einer Taschenlampe in den Motorraum. Der Nächste suchte mit einem Pinsel nach Fingerabdrücken. Wenn etwas vorhanden war, würden sie es finden. Da war er sich sicher. Voraussetzung war, dass die Zeit reichte und der Staatsanwalt nicht frühzeitig Wind davon bekam.

»Rolf, schon etwas gefunden?« Zeller kannte den Kollegen seit vielen Jahren.

»Kannst es wieder nicht erwarten, Paul, was? Ist immer das Gleiche mit dir. Erst verschaffst du uns eine Nachtschicht und dann soll es auch noch schnell gehen. Zaubern können wir nicht.«

»Ich weiß. Aber was soll ich tun? Wenn ihr nichts da drin findet, kann ich den Mann nicht lange genug festhalten. Dass man den Bus öfter an den Tatorten gesehen hat, reicht nicht aus.«

Rolf Hartmann lachte auf, ließ sich aber nicht weiter stören, sondern arbeitete akribisch weiter. »Paul, ich melde mich, sobald wir etwas gefunden haben. Lass dir was einfallen, wie du ihn hinhältst.«

Zeller sah ein, dass er hier nichts ausrichten konnte, und lief zurück ins darüber liegende Stockwerk. Den Fahrstuhl ließ er Fahrstuhl sein. Beim Treppensteigen überlegte es sich besser.

Zurück im Vernehmungszimmer, kam ihm eine Idee. Unvermittelt fragte er den Anwalt: »Sagen Sie, Herr Hirsch, wie lange haben Sie Richter Schuhmacher schon gekannt?«

»Keine Ahnung. Seit ewigen Zeiten. Ich habe Linus

viel zu verdanken. Er mir auch, wenn ich das sagen darf.«

»Sicher? Hieß es nicht, dass er Ihr Fortkommen behinderte?«

»So ein Quatsch. Wir sind immer fair miteinander umgegangen. Herr Hauptkommissar, was soll das? Fällt Ihnen außer haltlosen Unterstellungen nichts mehr ein? Dann kann ich ja jetzt gehen.«

Zeller ignorierte Hirschs Einwand. »Haben Sie damals die Anklage in der Sache Winter gegen Kowalski und Rammler vertreten?«

»Nur in der Nebenklage.«

»Sie haben den Fall verloren.«

»Wohl eher die Staatsanwaltschaft. Die waren die Kläger. Außerdem – was heißt verloren. Die Täter wurden verurteilt und kamen ins Gefängnis. Seitdem arbeite ich ausschließlich als Strafverteidiger und verliere zum Glück selten. Meine Mandanten haben ein Recht darauf zu gewinnen. Deshalb kommen sie zu mir und bezahlen mich und gehen nicht zu einem anderen meiner Zunft. Sie kommen nur wegen meines Erfolgs. Nicht unbedingt wegen meines tollen Aussehens.« Er grinste und hob seine rechte Augenbraue.

Der Hauptkommissar schaute ihn belustigt an. »Sie haben verloren. Es gab damals ziemlich schlechte Presse. Zugegeben, hauptsächlich gegen Richter Schuhmacher und Staatsanwalt Braun. Aber auch gegen Sie. Ihr Verhalten wurde damals als ›ausgesprochen daneben‹ beschrieben. Sogar als arroganten Fatzke und Selbstdarsteller hat man Sie bezeichnet. Sie waren ja schon als Sieger aufgetreten, da hatte der Prozess noch nicht einmal begonnen. Hatten Sie nicht ein paar Beweismittel zurückbehalten und erst spät in die Verhandlung mit eingebracht?«

»Ach, hören Sie auf. Sie waren auch dabei damals. Ihre überkorrekte Aussage hatte den Prozess in eine ganz andere Richtung gedreht. Bis dahin war klar, dass Kowalski den Mord begangen hat und nicht Rammler. Dabei hätte man es belassen können. Doch dann kamen Sie daher und haben alles infrage gestellt. Nur weil die Beweise nicht eindeutig genug waren. Manchmal muss man nicht alles sagen. Ich meine damit nicht, dass Sie lügen müssen. Aber um diese üblen Halunken zu überführen, kann man auch mal etwas verschweigen, was diese nur unnötig entlasten würde.«

»Da haben wir wohl unterschiedliche Auffassungen von unserem Rechtssystem, Herr Anwalt. Weil diese beiden Verbrecher nicht eindeutig überführt werden konnten, galt immer noch ›in dubio pro reo‹ – im Zweifel für den Angeklagten. Richter Schuhmacher hat bei dieser Beweislage richtig entschieden.« Zeller vermied es, während der Vernehmung auf sein Smartphone zu schauen, obwohl er sehnlichst auf eine Nachricht wartete. Warum meldete sich die KTU nicht endlich? Lange konnte er Hirsch hier nicht mehr festhalten. Der Staatsanwalt wusste bestimmt schon Bescheid. Dann war es nur noch eine Frage der Zeit, bis er hier aufkreuzen würde.

Hirsch redete ungefragt weiter. »Dass Linus Schuhmacher so entschieden hat, ist für alle überraschend gewesen. Er war nicht gerade bekannt dafür, ein Herz für Gesetzesbrecher zu haben. Er wusste, dass man solche Leute nicht mit Samthandschuhen anpacken darf. Kaum sind die auf freiem Fuß, drehen sie das nächste Ding. Was das den Staat kostet!«

Endlich klingelte Zellers Handy. Er verließ den Raum. Es war Rolf Hartmann aus der KTU. Gott sei Dank.

»Paul, das kostet dich was.«

»Meinetwegen. Pack schon aus.«

»Wir haben alles, was du brauchst. Fingerabdrücke. Blut. Sperma. Haare. Schuppen. Die ganze Palette.«

»Echt wahr? Weißt du, zu wem sie gehören?«

»Bisher konnten nur ein paar Fingerabdrücke in unserer Datenbank gefunden werden.« Wieder machte der Techniker eine Pause.

»Nun sag doch schon endlich!«

»Ben Winter.«

»Nichts Besseres? Winter gehört der Transporter ja auch. Jedenfalls ist er bisher auf ihn angemeldet. Kannst du sie wenigstens zeitlich eingrenzen?«

»Ja, kann ich.«

»Rolf, bitte. Es eilt! Ich habe keine Zeit.«

»Es kann erst in diesem Jahr gewesen sein. Das Teil, an welchem wir seine Fingerabdrücke gefunden haben, wurde Mitte des Jahres ausgetauscht. Die Rechnung davon lag im Handschuhfach.«

»Geht's genauer?«

»Der kaputte Spiegel lag daneben. Der Kassenbon stammt von Anfang Juli – das ist gerade zwei Monate her. Ausgestellt auf ein Geschäft in Schramberg. Auf der Quittung wiederum fanden wir die Abdrücke vom jungen Winter.«

»Der zur fraglichen Zeit nach eigenen Angaben bereits in Marokko gewesen ist. Echt große Klasse, Rolf! Super Arbeit! Seid ihr fertig, oder muss der Bus bei uns bleiben?«

»Wir brauchen noch ein wenig. Halte ihn weiter hin.«

Zeller war zufrieden, seine Theorie hatte sich bestätigt. Endlich hatten sie Spuren eines möglichen Zusammenhangs der Taten gefunden. Endlich einen Beweis dafür, dass Winter junior höchstwahrscheinlich im Lande war und damit für alle Verbrechen infrage kam. Seine gesamte Alibikette war nur noch Schall und Rauch.

Er kehrte zurück in den Vernehmungsraum. »Sind Sie oft im Hause Winter zu Gast, Herr Rechtsanwalt Hirsch?«, schleuderte er dem Anwalt die nächste Frage entgegen, kaum hatte er sich hingesetzt.

»Immer mal wieder. Aber als ›oft‹ würde ich es nicht bezeichnen.«

»Wie ist Ihr Verhältnis zu Frau Kienzle-Winter?«

»Ich verstehe nicht ...« Hirsch sah Zeller übertrieben verwirrt an.

»Ist das zu Maria besser oder das zu Agnes?«

»Zu Maria natürlich.«

»Ach ja. Haben Sie sich den Transporter oft ausgeliehen?«

»Das sagte ich schon. Noch nie! Ihre Spielchen, Herr Hauptkommissar, ermüden mich.«

»Wann haben Sie Ben Winter zuletzt gesehen?«

»Es muss im Oktober des vergangenen Jahres gewesen sein. Genau kann ich mich nicht daran erinnern.«

Zeller spielte auf Zeit. Er wusste, dass der mit allen Wassern gewaschene Anwalt nur das zugeben würde, was man ihm beweisen konnte. Natürlich hatte der Mann mitbekommen, dass ihre Beweislage dürftig war und die Tatsache, dass er mit dem Bus gesehen worden war, allein nicht ausreichte. Vielleicht fand die K8 noch etwas Brauchbares.

»Haben Sie weitere Fragen, Herr Hauptkommissar, oder wollen wir diese Farce hier endlich mal beenden? Ich kann gern den Herrn Staatsanwalt anrufen. Bisher habe ich Sie gewähren lassen, aber ich kann auch anders. Dass ich von dem gestohlenen Fahrzeug wusste, können Sie mir nicht anhängen. Vielleicht hatte man vergessen, den Transporter als aufgefunden zu melden. Kommt vor, in der Hektik des Alltags.«

In diesem Moment meldete sich Zellers Smartphone mit einer neuen Nachricht. Er könne Hirsch gehen lassen, schrieb ihm Hartman. Erleichtert entließ er den Anwalt. Rechtzeitig, bevor der Staatsanwalt aufkreuzen und Fragen stellen würde. »Auf Wiedersehen, Herr Rechtsanwalt«, sagte Zeller einsilbig mit undurchdringlicher Miene. Er ahnte, dass er ihn bald wiedersehen würde.

Zurück in seinem Büro, klingelte sein Diensttelefon. Es war Bastian. Er solle es aus seinem Mund erfahren, es sei besser so. 24 Stunden räume er ihm ein, damit müsse er hinkommen. Dann wäre er raus aus dem Team.

Zeller hatte es erwartet und war dankbar für den Aufschub. Er überflog die Angaben der KTU auf seinem Rechner. Das dürfte reichen. Er wählte die Nummer des diensthabenden Staatsanwaltes. Der Kommissar musste nicht lange erklären, was er wollte. Nur wenige Sätze genügten. Die Durchsuchung war von oberster Stelle genehmigt.

KAPITEL 28

Es war kurz vor 5 Uhr morgens. Obwohl es noch stockdunkel draußen war, wurde die Gegend um die Villa taghell erleuchtet. Mehrere Polizeifahrzeuge standen großräumig verteilt davor und sperrten die Straße für den Verkehr ab. Einige Schaulustige hatte sich vor dem abgeriegelten Bereich versammelt und reckten eifrig ihre Hälse. Vermutungen schwirrten durch die Luft. Die Winters waren in der Gegend als rechtschaffene Familie bekannt. Schon lange wohnten sie hier in dieser Villa und waren noch nie negativ aufgefallen. Bei dem Polizeieinsatz konnte es sich doch wohl nur um einen Irrtum handeln, oder?

Auch dem Journalisten Mike Färber gelang es nicht, Licht ins Dunkel zu bringen, obwohl er krampfhaft versuchte, näher an das Geschehen in der Villa heranzukommen. Immer wieder hielt er dem wachhabenden Polizisten seinen Presseausweis unter die Nase, erzählte dem uniformierten Mann etwas vom Auftrag der Zuhörer des Radios Antenne 1 Neckarburg an ihn. Dies interessierte den Schutzpolizisten herzlich wenig. Er hatte die Order, niemanden auf das Gelände vordringen zu lassen, und daran hielt er sich. Egal, wer vor ihm stand und was für Ausweise man ihm vorzeigte. Außerdem hörte er SWR, da war ihm der Sender dieses aufdringlichen Radiofuzzis ziemlich gleichgültig.

Als Zeller der verdutzten Tochter des Hauses den Durchsuchungsbefehl zeigte, versuchte diese blitzschnell, ihm die Tür vor der Nase zuzuschlagen. Mit so einer Reaktion hatte der Hauptkommissar gerechnet. Er reagiert ebenso schnell wie sie, stellte seinen Fuß zwischen Rahmen und Tür und drückte diese wieder auf. Er zeigte ihr noch einmal den Durchsuchungsbeschluss. Da gab es kein Rütteln dran, er war vorschriftsmäßig ausgestellt und unterschrieben vom Staatsanwalt. Dicht gefolgt von Jones und mehreren Beamten der Kriminalpolizei trat der Kommissar schließlich in das enorme Foyer. Ohne Verzögerung begann man mit der Arbeit. Die Beamten wussten, was zu tun war.

Indes schob Agnes ihre Mutter in die Vorhalle. Trotz der frühen Morgenstunde sah die alte Frau erstaunlich fit aus. Sie trug einen grauen, an manchen Stellen verschlissenen Morgenmantel, der schon bessere Tage gesehen hatte. Ihr strahlendes Lächeln war verschwunden. Eine Begrüßung der Beamten verkniff sie sich. Agnes hingegen wirkte aufgeregt. Ihre Wangen waren gerötet und ihre Bewegungen fahrig. Immer wieder strich sie sich durchs Haar oder übers Gesicht.

Nach kurzer Zeit hatte die Mutter ihre Schockstarre überwunden und schimpfte fürchterlich. Sie drohte mit allerlei Konsequenzen für den Beamten, der dies angeordnet habe. Dabei versuchte sie immer wieder, Bausinger telefonisch zu erreichen. Doch dieser ließ sich verleugnen. Kurz bevor die Aktion beginnen sollte, hatte Zeller ihn informiert und gefragt, ob er nicht dabei sein wolle. Bausinger hatte dankend abgelehnt und sich für den heutigen Tag krankgemeldet. Er wusste, was unweigerlich folgen würde.

Zeller zeigte sich von seiner generösen Seite und erklärte Maria Kienzle-Winter lapidar, dass ihre Anrufe zwecklos seien. Bausinger würde nicht rangehen, er sei erkrankt. Natürlich könne sie ihren Anwalt bestellen. Wenn es allerdings Hirsch sei, käme dieser sicher etwas später. Vielleicht auch gar nicht. Dann solle sie sich lieber einen anderen suchen.

Kienzle-Winter kniff die Lippen zusammen und schwieg. Anscheinend ergab sie sich in ihr Schicksal. Zeller hatte sicherheitshalber Hilfe vom Rettungsdienst angefordert. Man wusste nie, wie die Leute reagierten. Gerade die Frau im Rollstuhl stellte für ihn ein schwer kalkulierbares Risiko dar. Abwartend standen die Sanitäter mit ihren Koffern in der Tür, jederzeit bereit, helfend einzugreifen.

Tatsächlich erschien nach kurzer Zeit Rechtsanwalt Hirsch – zeitiger, als vom Kommissar erwartet. Zeller hatte den Mann zwar gestern Nacht noch entlassen, aber dass er so früh hier erscheinen würde, hatte er ihm dennoch nicht zugetraut. Die Verbundenheit mit der Familie Winter war wohl größer, als er angenommen hatte.

Der Anwalt kam mit Getöse in die schöne Empfangshalle gerauscht und verkündete bei seinem großen Auftritt, dass er die Familie vertrete und alles von nun an über ihn zu regeln sei. Da wollte wohl jemand die Schmach der vergangenen Nacht vergessen machen, dachte Zeller bei sich.

»Wo ist Ihr Sohn, Frau Kienzle-Winter? Er ist dringend tatverdächtig«, wandte er sich an die Hausherrin, ohne den Anwalt weiter zu beachten.

»Er ist in Marokko.«

»Das sagten Sie gestern auch schon. Es entspricht nicht der Wahrheit.«

»Wie bitte? Glauben Sie etwa, ich lüge? Vor ein paar Tagen erst habe ich mit ihm telefoniert. Und sogar mit seiner süßen Fatma. Hier, diese Karte hat er uns im Juli geschickt. Seine Grüße sind zwar mit Maschine geschrieben, darunter steht aber eindeutig seine Unterschrift.« Maria Kienzle-Winter hielt ihm eine Postkarte hin. Darauf war ein lachendes Kamel zu sehen, über dem in Goldbuchstaben »Visit beautiful Morocco« geschrieben stand. Zeller las den nichtssagenden Text auf der Rückseite und wunderte sich über die zahlreichen Rechtschreibfehler. Einer plötzlichen Eingebung folgend verkündete er: »Ben Winter ist nicht in Marokko.

Fragen Sie Ihre Tochter. Vielleicht kann sie Ihnen sagen, wo ihr Bruder sich befindet. Wir werden jedenfalls so lange nach ihm suchen, bis wir ihn haben.« Vielleicht gelang es ihm durch die Einbeziehung der Tochter, die beiden in Widersprüche zu verwickeln.

»Stimmt das, Agnes? Ben ist nicht in Afrika? Aber wo ist er dann?« Die alte Dame schaute ihre Tochter verunsichert an. Sie schien wirklich keine Ahnung zu haben, ihre Verwunderung sah echt aus. Vielleicht hatten die Kinder ihr die ganze Zeit etwas vorgespielt und sie nur benutzt? Andererseits ... Zeller war sich nicht sicher, ob die Tochter wirklich mit Ben unter einer Decke steckte und Genaues über den tatsächlichen Aufenthaltsort ihres Bruders wusste.

»Bitte glaub mir, Mutter, ich bin ebenso ahnungslos wie du. Ben ist nicht hier, sondern verreist. Wo sollte er sonst sein?« Sie schaute genauso irritiert in die Runde wie ihre Mutter.

Carla Zimmermann hatte Zeller über die Familienverhältnisse der Winters unterrichtet. Agnes lebte in Stuttgart, war ledig und verdiente ihre Brötchen als Architektin. Im Gegensatz zu ihrem Bruder schien sie erfolgreich zu sein. Immerhin besaß sie in einer der teuersten Wohngegenden der Republik eine große Wohnung. Das Geld dafür musste man erst mal aufbringen. Vielleicht war Ben bei ihr untergeschlüpft. Zeller fragte sie danach.

Ihr ansonsten ernstes Gesicht verzog sich zu einer spöttischen Grimasse. Alle könnten bei ihr wohnen, sagte sie herablassend, jeder Penner ihretwegen, aber nicht ihr Bruder. Sie sei froh, wenn sie diesen Schmarotzer nicht sehen müsse. Wegen ihr könne er bis an sein Lebensende in Marokko bleiben.

Zeller ließ die Frauen in die Polizeidirektion bringen. Beide. Ein vertiefendes Gespräch schien ihm dringend notwendig.

Zeller und Jones fragten Rolf Hartmann, ob sein Team schon etwas gefunden hätte. Nach dem üblichen Geplänkel zeigte Hartmann Zeller eine Abrechnung, auf der alle Ausgaben für die gestrige Veranstaltung aufgelistet waren. Penibel bis zur letzten Salzstange, wie Zeller erstaunt feststellte. Der Abend war nicht billig gewesen. Demnach musste die Witwe über Geld verfügen. Es hatte sogar kleine Geschenke für Doktor Frank vom Lions Club, für den Zahnarzt Wagner und den Chirurgen Bendele vom Helios Krankenhaus gegeben. Auch für Polizeirat Bausinger war etwas aufgeführt, ein Gutschein für das Rottweiler Zimmertheater, »Nathan der Weise«. Frau Kienzle-Winter verfügte offenbar über Menschenkenntnis. Alle auf der umfangreichen Liste waren zudem von ihr und dem Kaisersbronner Golfverein zum jährlichen Schnuppergolf-Tag in zwei Wochen eingeladen worden. Mit Büfett und abendlichem Tanz zu den Klängen der »Rockgiganten« mit Bernd Kaiser.

Hier stutzte Zeller. Mit dem Bernd Kaiser, den sie vernommen hatten? In Kaisersbronn? Schon wieder die Verbindung zu den Golfern – das war mehr als sonderbar.

Zeller schaute sich die Zimmer an, die Ben Winter vor seiner angeblichen Abreise bewohnt hatte. Es gab nichts Ungewöhnliches zu entdecken. Viel war dort allerdings auch nicht vorhanden. Zeller hätte mehr erwartet. Wenn das alles war, was Ben Winter besaß, hatte der Bursche nicht viel erreicht in seinem Leben.

Fast schon gewohnheitsmäßig blätterte Zeller in den wenigen vorhandenen Büchern und schüttelte sie aus. Manchmal kam es vor, dass die K8 etwas übersah. Dieses Mal nicht. Aber irgendetwas musste doch zu entdecken sein, dachte er grimmig. Der Kommissar glaubte nicht, dass er mit seinem Gefühl danebenlag. Winter war nicht verreist, sondern trieb hier mit oder ohne das Wissen seiner Familie ein böses Spiel. Doch sosehr sie suchten, sie fanden nichts, was einen wertvollen Hinweis auf Ben Winters Verbleib oder seine Verstrickung in die aktuellen Mordfälle ergeben hätte. Die gesamte Aktion schien ein Misserfolg zu werden. Das Gezeter seines Chefs konnte Zeller sich lebhaft vorstellen. Das der Zeitungen genauso.

Bei diesem Gedanken fiel ihm Mike Färber ein. Kurz entschlossen wählte Zeller seine Nummer und verabredete sich mit ihm gegen Mittag im Bioladen »b2«. Er habe etwas für ihn, versprach der Hauptkommissar. Es würde auch nicht lange dauern.

Er hatte von seinem obersten Chef nur einen Tag Zeit bekommen, den Fall zu lösen. Davon waren bereits ein paar Stunden vorbei. Zeller unterdrückte die aufkommende Panik. Den anderen hatte er davon nichts gesagt. Sie würden es alle noch zeitig genug erfahren.

Elli Jones kam hinzu und gemeinsam warfen sie einen Blick in das Zimmer von Bens Schwester. Immer wenn sie hier zu Besuch war – und sie schaute nach eigenen Angaben mindestens alle zwei Wochen kurz bei ihrer Mutter vorbei –, wohnte sie darin.

Jones öffnete den Schreibtisch zwischen den beiden Fenstern. In der obersten Schublade lag ein Notizbuch, daneben ein deutsch-französisches Wörterbuch, ein paar Zettel und eine Zugfahrkarte nach Stuttgart. Beim Durchblättern des Wörterbuches fiel Elli ein Blatt Papier vor die Füße. Darauf stand eine Notiz in Französisch, nachlässig hingeschmiert, als sei sie in großer Eile verfasst worden. Unter dem Buch fand sie eine Ansichtskarte aus Marokko mit einem lachenden Kamel als Motiv. Auf der Rückseite ein typischer Postkartentext, wobei die Zeilen, die auch hier vor Rechtschreibfehlern nur so strotzten, mit einer Schreibmaschine getippt worden waren. Als Begründung dafür nannte Benni seine schlecht leserliche Handschrift. Allein diese Erklärung nahm die Hälfte des Textes ein. Die Unterschrift handschriftlich mit »dein Benni« seltsam ungelenk.

»Komisch«, meinte Jones nach dem Lesen des Textes zu Zeller, »Benni soll ein gutes Abitur abgeliefert haben. Trotzdem so viele Fehler! Da wäre es besser gewesen, wenn er telefoniert hätte.«

»Du hast recht. Allerdings hätte er bei einem Telefonat keinen Beweis geliefert, dass er in Nordafrika ist. Mit einer Ansichtskarte schon«, antwortete Zeller nachdenklich.

Jones sah es genauso wie er und nickte. Sie schaute sich die Briefmarke und den Poststempel genauer an. Datum und Ort schienen zu stimmen. Auf den ersten Blick war alles in Ordnung.

»Allerdings«, gab Zeller zu bedenken und tippte mit dem Zeigefinger auf den Poststempel, »überrascht mich die Schnelligkeit der Post. Eine Woche von Casablanca bis nach Rottweil ist eine anständige Leistung. Ich kann sie nur nicht recht glauben. Eine Bekannte war letztes Jahr dort und schickte mir eine Karte. Auch mit so einem lachenden Kamel drauf. Als ob es keine anderen Motive gäbe. Jedenfalls dauerte es sage und schreibe ganze vier Wochen, bis die Karte bei mir eintraf. Ich dachte mir damals, dass jeder Wanderer schneller gewesen wäre. Die Postkarte von Ben Winter hier kommt in die K 8. Die sollen sich die mal genauer anschauen.« Er griff nach dem französisch beschriebenen Notizzettel und überreichte ihn Jones. Sie möge ihn Carla Zimmermann geben, die war ihr Sprachengenie im Team. Englisch, Französisch, Spanisch fließend, dazu Hebräisch und Portugiesisch. Dann zog er aus seiner Innentasche den Flachmann und nahm einen Schluck daraus. Gedankenverloren schüttelte er den verbliebenen Rest. Er würde nachfüllen müssen.

Er sah sich mit Jones noch eine Weile im Zimmer um, brach dann aber ab. Ihre Arbeit hier war erledigt, jetzt kam es darauf an, ob die KTU etwas gefunden hatte.

Beim Verlassen der Villa trafen sie an der Tür auf die Hausherrin und ihre Tochter. Die Mutter würdigte die beiden Kommissare keines Blickes und wies Agnes an, sie auf ihr Zimmer zu bringen. Für sie schien die Angelegenheit erledigt zu sein. Ihre Befragung durch Riechle war schnell zu Ende gewesen. Auch er hatte nichts erreicht. Außerdem hatte Hirsch alle Hebel in

Bewegung gesetzt und den Abbruch durchgebracht. Für Zeller war es nicht mehr wichtig, Druck auf sie auszuüben. Die Durchsuchung war ein Schuss vor den Bug gewesen. Winter wusste nun, dass sie ihn suchten. So einfach würde Kriminalhauptkommissar Zeller nicht zum Opfer werden. Da konnte man ihm drohen, wie und mit was man wollte.

KAPITEL 29

Zeller rief Carla Zimmermann im Polizeirevier an. Sie würden erst später kommen. Jones und er hätten noch etwas zu erledigen, was sich unmöglich aufschieben ließe. Er setzte für nachmittags ein Meeting an. Mit Hartmann. Der musste unbedingt dabei sein, solange Ulrike ausfiel. Ausreden seinerseits würden nicht akzeptiert werden.

Färber wartete im Bistro des Bioladens bereits auf die beiden Polizisten. Vor ihm stand eine Trinkschokolade. Genüsslich saugte er die dunkelbraune Flüssigkeit durch ein Bambustrinkröhrchen in sich hinein. Ein lautes Schlürfen begleitete das Ende seines Trinkgenusses. Bedauernd kippte er sein Glas, um auch noch den letzten Rest der Köstlichkeit zu erwischen.

Zeller und Jones setzten sich zu ihm. Färber rückte, so weit es nur möglich war, an die Wand. Die Nähe zum Kommissar war ihm nicht geheuer.

»Mike Färber, was gibt es Neues zu berichten?«, kam Zeller gleich zur Sache.

Der Journalist schaute erstaunt. Er hatte einen anderen Gesprächsverlauf erwartet. »Wie meinen Sie? Ich dachte, ich bekäme Informationen von Ihnen.«

»Tja, jetzt mal Karten auf den Tisch. Niemand wusste etwas von unserem Einsatz in der Rottweiler Südstadt. Wie kommt es, dass ich Sie dort gesehen habe?«

Färber schaute hilflos auf das direkt vor ihm stehende Kärtchen inklusive Weinwerbung darauf und überlegte fieberhaft. Sollte er es sagen oder lieber nicht – diese Frage stand für alle gut leserlich auf seiner Stirn geschrieben.

»Überlegen Sie nicht zu lange, Färber. Langsam schwindet meine Geduld.«

»Man hat mich informiert. Telefonisch.«

»Wer?«

»Kann ich nicht sagen. Ich würde es, kann aber nicht.«

»Hören Sie auf, in Rätseln zu sprechen, Färber. Ich habe nicht so viel Zeit!«

»Ja, also nein. Ich weiß nicht, wer mich angerufen hat. Der Anruf erfolgte auf meiner privaten Nummer. Aber die Stimme ...«

»Was war mit der Stimme?«

»Sie war verzerrt. Total. Ich weiß nicht einmal, ob eine Frau oder ein Mann dran war.« Färber sah verzweifelt aus. Er öffnete den obersten Knopf seines Hemdes. Schweißperlen bildeten sich auf seiner Stirn.

»Was hat der Anrufer zu Ihnen gesagt?«

»Wenn ich beim nächsten Mord ganz vorn dabei sein wolle, bräuchte ich mich nur ins Auto zu setzen.«

»Und weiter?«

»Er nannte mir die Adresse ›Albweg 5‹. Ich bin hingefahren und habe dort Sie und Ihr Team und die vielen anderen Polizisten gesehen. Was war da los?« Färber hatte sich offenbar gefangen und versuchte nun, Kapital aus der Situation zu schlagen.

Zeller gefiel es. Der Mann hatte Biss. »Kann ich nicht sagen«, entgegnete er dennoch. »Was wollte der Anrufer noch von Ihnen?«

»Ich sollte mich ... Also, wenn ich wo...«

»Geht das schon wieder los! Dieses Gestammel hält ja keiner aus. Färber, sprechen Sie in ganzen Sätzen und lassen Sie sich nicht jedes Wort aus der Nase ziehen!«

Der Journalist zuckte zusammen. »Ich sollte bei der Berichterstattung im Radio wortwörtlich vermelden: ›Der Narrenengel hat wieder zugeschlagen. Ganz Rottweil lebt in Angst. Jeder fragt sich, bin ich der Nächste? Hauptkommissar Zeller hat versagt!‹«

»Wann sollte die Meldung gesendet werden?«

»Nicht gleich, sondern erst, wenn die Polizei ihr Statement abgegeben und den Bürgern mitgeteilt hätte, was dort geschehen sei.«

»Wo dort?«

»Na, im Albweg 5. Wo denn sonst?«

»Und weiter?«

Herr Kommissar, Sie können mir glauben, ich hätte Ihnen Bescheid gesagt, ehe es auf Sendung gegangen wäre. Ehrlich!«

»Wann erfolgte der Anruf?«

»20 Minuten bevor ich im Albweg eingetroffen bin. Ihr Auto stand schon da. Ihre Kollegen kamen gerade an. Es muss so gegen 20 oder 21 Uhr gewesen sein. Nach dem Anruf bin ich sofort losgefahren. Ich habe nicht auf die Uhr geschaut.« Nach einer kurzen Pause rief er:« Jetzt fällt es mir wieder ein! Die ›Tagesschau‹ war gerade zu Ende, als ich losgefahren bin.«

Zeller nickte zufrieden. Wäre Färber vor ihnen da gewesen, hätte es schlecht für ihn ausgesehen. Er schlug dem jungen Mann kräftig auf die Schulter und bedankte sich. »Färber, da haben Sie noch einmal Glück gehabt. Beim nächsten Mal kommen Sie direkt zu mir. Verstanden? Vergessen Sie es nicht.« Er erhob sich.

Färber sah ihn unsicher an: »Herr Kommissar, muss ich Angst um mein Leben haben?«

»Ich denke nicht. Außer Sie veröffentlichen den Schwachsinn. Dann müssen Sie Angst vor mir haben. Zu jeder Tages- und Nachtzeit. Das kann ich Ihnen versichern. Einen schönen Tag noch.«

Ehe er mit Jones das Café verließ, um zurück ins Revier zu fahren, verlangte er nach dem Chef des Bioladens. Der ahnte schon, was er von ihm wollte, nahm den Flachmann entgegen und verschwand mit ihm in den Räumlichkeiten hinter der Theke. Kurze Zeit später gab er ihn dem Kommissar gefüllt zurück.

»Das gleiche Wässerchen wie immer, Stefan?«, fragte Zeller.

»Aber ja doch, Paul. Ich weiß doch, was du magst.« Zeller reichte ihm einen Zwanzigeuroschein.

Jones war bereits nach draußen geeilt und wartete mit laufendem Motor im Wagen auf ihn. Kaum saß er neben ihr, fuhr sie schon los. Er fragte sie, warum sie es so eilig hätte.

Pius Scherzinger aus Baden-Baden sei in der Dienststelle erschienen, meinte seine Kollegin daraufhin, und warte im Vernehmungszimmer auf Zeller, mit rechtlichem Beistand. Die Kollegen im Badischen hatten Scherzinger die Hölle heiß gemacht.

»Und jetzt rate mal, wer sein Anwalt ist«, meinte Elli, als sie vor der gläsernen Fassade ihrer Dienststelle einparkte.

»Keine Ahnung. Einer vom Casino, nehme ich an.« Zeller schnallte sich ab und war im Begriff, das Auto zu verlassen.

»Du wirst es nicht glauben: Es ist Hirsch.«

Zeller setzte sich wieder zurück auf den Beifahrersitz. »Willst du mich auf den Arm nehmen? Das kann nicht sein.«

»Du wirst schon sehen, Paul Zeller. Hirsch ist inzwischen öfter in der Dienststelle als du. Und wenn du es mir immer noch nicht glaubst, schau mal dorthin. Da steht sein Porsche.« Sie grinste über das verdutzte Gesicht ihres Chefs.

Als er das Vernehmungszimmer im Polizeirevier betrat, war es tatsächlich so. Neben Scherzinger saß lächelnd Rechtsanwalt Hirsch. Wie immer hatte er eine

Tasse Kaffee in der Hand, die er gerade genüsslich zum Mund führte. Wenn das so weiterging, dachte sich Zeller bei dem Anblick, musste er dem Rechtsanwalt bald eine saftige Rechnung ausstellen. So viel Kaffee trank von ihnen hier niemand. Das grenzte schon an Verschwendung von Steuergeldern.

»Herr Scherzinger, danke, dass Sie kommen konnten. Haben Sie uns beim letzten Mal nicht etwas verschwiegen?« Zeller hielt sich nicht lange mir Vorgeplänkel auf. Er wollte möglichst schnell zur Sache kommen.

Scherzinger flüsterte mit Hirsch. Dieser nickte und legte ihm beschwichtigend seine Hand auf den Arm. Die gleiche Geste wie beim Anwalt von Kaiser, dachte sich Zeller, als er es sah. So beruhigte man also seine Mandanten.

Es schien zu wirken. Scherzinger erinnerte sich plötzlich an den Abend. »Ich weiß nicht, was Sie im Speziellen meinen, Herr Hauptkommissar. Wenn es das Pokerspiel im Turm ist, muss ich Ihnen leider recht geben. Ich vergaß es tatsächlich zu erwähnen. Sie hatten nicht danach gefragt.«

Zeller schaute ihn nur an und nickte.

»Ich war nicht nur wegen der Veranstaltung mit Richter Schuhmacher in Rottweil. Es gab noch einen weiteren Grund. Rechtsanwalt Hirsch ist so freundlich und vertritt mich in einer anderen Sache.«

Zeller nickte wieder. Er wusste Bescheid. Weitere Fragen dazu stellte er nicht. Es würde nur ins Endlose führen. Die Schuldigen standen für Scherzinger fest. Hier aber ging es um »seine« Morde. »Herr Scherzinger, ich will ehrlich mit Ihnen sein. Sie sind im höchsten Maße tatverdächtig. So viele Zufälle auf einmal – ich kann es kaum glauben. Sie haben ein starkes Motiv und waren bei allen Morden zur Tatzeit unmittelbar in der Nähe. Was sagen Sie dazu?«

Wieder beriet Scherzinger sich flüsternd mit seinem Anwalt. Zeller überlegte, ob die Wahl des Anwaltes gut durchdacht gewesen war. Hirsch war genauso wie er in den Fall verwickelt. Konnte also kein guter, neutraler Ratgeber sein. Wenn Hirsch Dreck am Stecken hatte, konnte er es Scherzinger anhängen und umgekehrt genauso.

»Zufall! Wirklich. Außerdem kann ich es gar nicht gewesen sein«, antwortete der Croupier aufgewühlt.

»Bitte genauer«, hakte Zeller nach.

»Als ich im Turm die Pokerrunde verlassen habe, waren keine Gebäudereiniger am Werk. Also stimmt Ihre Vermutung nicht einmal ansatzweise. Ich habe genügend Zeugen, die das bestätigen können. Unter anderem mein Anwalt.« Hirsch nickte sofort bekräftigend. »Außerdem war ich im Hotel nicht allein. Ich hatte Besuch.« Er nannte dem erstaunten Zeller den Namen des Mannes und seine Telefonnummer. Als sie ihn anriefen, bestätigte er Scherzingers Alibi.

Da kam Zeller eine Idee. »Herr Scherzinger, eine letzte Frage. Ein Bauer aus dem Ort Kniebis hat uns mitgeteilt, am Freitag eine Sau verkauft zu haben. Wissen Sie etwas darüber?«

Scherzinger rutschte nervös auf seinem Stuhl hin und her. Hastig raunte er Hirsch etwas zu. Dieser schüttelte den Kopf, doch Scherzinger ließ sich nicht beirren. »Ja, das war ich«, erklärte er mit fester Stimme. »Die Sau bei dem Bauern habe ich gekauft und sie im Turm in den Konferenzraum gehängt.«

»Warum?«

»Auf dem Weg nach Rottweil las ich zufällig eine Anzeige, dass ein Bauer ganze Schweine verkauft. Da kam mir die Idee, Schuhmacher eine Lektion zu erteilen, die sich gewaschen hat. Vielleicht würde er umdenken und sich hinterfragen.«

»Haben Sie das allein gemacht oder hatten Sie Hilfe? Die Sau war sicherlich nicht leicht.«

Scherzinger schwieg. Hirsch traten Schweißperlen auf die Stirn, die er mit einem Tuch wegwischte.

»Noch mal! Hatten Sie Hilfe?«

»Ja.«

»Von wem? Nun sagen Sie es schon!«

Scherzinger schaute zu Hirsch und sagte: »Er hat mir geholfen.«

Nun schien Hirsch das erste Mal richtig geschlagen. Dem sonst um keine Ausrede verlegenen Rechtsanwalt fiel nichts zu seiner Verteidigung ein.

Zeller bedankte sich bei dem Croupier aus Baden-Baden. Die beiden Männer würden bald Post erhalten. Scherzinger konnte gehen. Genauso wie Hirsch.

KAPITEL 30

Carla Zimmermann wartete mit einer Neuigkeit auf sie. Kaum waren alle Mitarbeiter der Soko »Stuhl« zur Besprechung um den ovalen Tisch versammelt, ließ sie die Bombe platzen. Endlich hatten sie den Zusammenhang zwischen dem toten Richter und der erschlagenen Putzfrau Berta Abele gefunden. Leider nur bei diesen beiden und nicht bei Bertas Kollegin. Die war wirklich zur falschen Zeit am falschen Ort gewesen.

Carla und Elli Jones hatten alle Verfahren Schuhmachers, die er in Rottweil geführt hatte, herausgesucht und durchgesehen. Dabei hatten sie entdeckt, dass Berta Abele viele Jahre lang als Schöffin am Landgericht beschäftigt gewesen war. Immerhin bis kurz nach ihrem Eintritt ins Rentenalter vor fünf Jahren. Sie hatten acht gemeinsame Verfahren mit Richter Schuhmacher festgestellt, in die sie zweifelsfrei mit einbezogen gewesen war. Erstaunlich, wo doch der Mord an den beiden Putzfrauen lange Zeit als reine Zufallstat gegolten hatte. Dabei lag alles so klar auf der Hand.

Bei der Begutachtung der Strafverfahren waren sie auf den Prozess mit Winter gestoßen. Dies war nicht besonders schwer gewesen. Allerdings gab es eine Überraschung, denn die Unterlagen waren verschwunden. Entweder war das im Zuge der Digitalisierung passiert oder es hatte jemand nachgeholfen. Sie waren nicht weitergekommen. Erst mit der tatkräftigen Unterstützung der neuen Mitarbeiter aus Konstanz gelang ihnen der Durchbruch. Schon jetzt hatte sich die Verstärkung gelohnt. Es war erstaunlich, was sie entdeckt hatten. Fast könnte man von einem bösen Fluch sprechen, der die Mitwirkenden dieses Prozesses ereilt hatte. Wenn die Realität nicht viel grausamer wäre. Rammler und Kowalski, die beiden Übeltäter, lebten nicht mehr. Sie waren nach einem Bankraub auf der Flucht vor der Polizei verunglückt. Ein weiterer Schöffe war mit Herzversagen tot in der Badewanne aufgefunden worden. Die beiden Assistenten des Staatsanwaltes waren verstorben, einer gleich nach Prozessende bei Waldarbeiten, der andere durch einen Autounfall in Belgien. Beide waren zum Zeitpunkt ihres Todes noch keine 40 Jahre alt gewesen. Richter Schuhmacher war bekanntlich ermordet worden. Nur der Pflichtverteidiger lebte noch. Er war nach Australien ausgewandert. Bisher war es den Beamten nicht gelungen, ihn ausfindig zu machen.

»Gerade ist mir das Datum des Urteilspruchs aufgefallen«, stellte Carla fest und legte eine kurze Pause ein. Die Blicke der Kollegen folgten ihr zum übergroßen Wandkalender. »Morgen werden es zehn Jahre! An diesem Tag hatte Richter Schuhmacher das Urteil gesprochen.«

Alle im Besprechungszimmer wussten, was das bedeuten konnte, denn dieser Prozess war der einzig plausible Grund der aktuellen Mordserie.

»Hast du die ganzen Pokale im Zimmer von Ben Winter gesehen? Die meisten stammen von Golfturnieren. Da könnte eine Verbindung bestehen. Gibt's noch was über Kaiser?«, fragte Zeller Karl und Elli.

»War er an dem fragwürdigen Abend nicht im Turm?«, warf Jones in die Runde.

»Sicher. Das hatten wir schon. Doch der Mann konnte sich gut rausreden und hatte ein Alibi. Da kann man nichts machen. Außer wir finden heraus, dass das Alibi nicht stimmt«, beantwortete Zeller ihre Frage.

Carla Zimmermann suchte indes angestrengt im PC nach Kaiser. Was hatten sie übersehen? Sorgsam ging sie die Datenbanken durch, suchte nach Zeitungsartikeln und Auskünften. Was war vor dem Aufenthalt in den Staaten gewesen? Was war zwischen seinem Schulabgang und Amerika passiert? Da, sie hatte etwas gefunden. Ein Foto in einer Zeitung. Man sah ihn in einem weißen Kastenwagen, der einen Werbeschriftzug trug: »Wohnung gesucht – bei Immobilien Winter nachfragen! Er hat die Lösung! IMMER!« Dazu eine Telefonnummer. Stand nicht in einem der Gesprächsprotokolle, dass Kaiser ein Praktikum bei einem Architekten absolviert hatte? Das könnte die lange gesuchte Schnittstelle zum Immobilienmakler sein.

Als Carla Zimmermann ihre Entdeckung den anderen Kollegen mitteilte, begannen alle wild durcheinanderzureden. Sogar Jones war aufgesprungen und diskutierte quer über den Tisch mit Lisa Brecht.

Zeller verschaffte sich Ruhe. Er teilte sein Team ein. Carla sollte den Staatsanwalt informieren. Die anderen fuhren derweil mit zwei Wagen nach Kaisersbronn. Während Jones und Zeller den Golfplatz zum Ziel hatten, steuerten Brecht und Riechle die Freie Schule an. Verstärkung war angefordert. Da Kaiser dort seine Wohnung hatte, war es gut möglich, dass Winter sich bei ihm versteckte. Zumindest war es nicht auszuschließen.

Salvatore Russo hatte noch geschlossen. Erst in zwei Stunden würde seine Golfplatz-Pizzeria öffnen. Doch er erkannte die beiden Polizisten sofort, kam eilfertig zur Tür gelaufen und forderte sie auf, ihm zu folgen. Ohne zu fragen, ließ er drei Espressi aus der Maschine und stellte zwei vor die Kommissare hin. Den dritten hatte er für sich eingeschenkt und kippte den winzigen Schluck des schwarzen Gebräus mit einem Grunzlaut in sich hinein. »Was möchten die Beschützer der einfachen Menschen um diese Uhrzeit auf dem Golfplatz?«, fragte er die beiden Beamten anschließend gut gelaunt.

»Haben Sie den schon mal hier gesehen?«, antwortete Zeller mit einer Gegenfrage und hielt ihm ein Foto von Winter hin.

Der Wirt betrachtete es und nickte.

»Wann?«

»Letzte Woche war er hier, mit Kaiser. Günti war auch dabei.«

»Die drei kannten sich? Schon lange?«, fragte Zeller aufgeregt.

»Was ist daran so außergewöhnlich?«

»Sind Sie sicher? Letzte Woche? Sie irren sich bestimmt nicht?«

»Wieso sollte ich? Die haben kräftig gefeiert. Alle drei haben mit Geld nur so um sich geschmissen. War ein richtiges Fest. Als ob es kein Morgen gäbe, so haben die sich aufgeführt.«

»Waren sie auch hier, wenn sie nicht gerade gefeiert haben?«, fragte Jones. Auch sie konnte ihre Aufregung kaum verbergen.

»Ja, zum Golfspielen natürlich.«

»Wo wohnt er?«

»Normalerweise in Rottweil bei seiner Mutter in der Winter-Villa.«

»Und wenn nicht?«

»Bei Günti. Der betreibt nebenbei eine Pension beim Testturm. ›Albblick‹ heißt die, glaube ich. Sie hat unheimlichen Zulauf, seitdem der Turm steht. Die vielen Besucher …« Der Mann unterbrach seinen Vortrag abrupt. Zeller hatte abwehrend die Hand gehoben und Jones danach etwas ins Ohr geflüstert. Sie nickte und führte das Gespräch allein fort.

Indes lief Zeller nach draußen und telefonierte mit Carla. Er gab ihr den mutmaßlichen Aufenthaltsort Winters durch. Sie solle sofort eine Streife hinschicken. Der Mann musste umgehend festgenommen werden.

»Sollten die Streifenpolizisten nicht besser auf Verstärkung warten? Winter könnte gefährlich sein«, fragte Carla besorgt.

»Dafür haben wir keine Zeit. Wenn er etwas mitbekommt, türmt er. Schick die Kollegen hin und rate ihnen, vorsichtig zu sein. Kugelsichere Schutzwesten nicht vergessen. Aber rasch.«

Zeller ließ sein Smartphone in der Manteltasche verschwinden und atmete tief durch. Er musste ruhig bleiben und einen kühlen Kopf bewahren. Wer wusste schon, wie es sonst hier enden würde!

Als er die Pizzeria wieder betrat, traute er seinen

Augen nicht. Der freundliche Wirt lag bäuchlings auf dem Boden und keuchte. Jones kniete auf seinem Rücken und legte ihm gerade Handschellen an. Dabei sprach sie wütend auf den Wirt ein: »Sie dachten wohl, dass Sie einfach mal so verschwinden könnten, um Winter zu warnen, was? Falsch gedacht. So einfach lasse ich mich nicht überrumpeln. Herr Salvatore Russo, ich verhafte Sie wegen Widerstandes gegen die Staatsgewalt. Außerdem wegen der Mitwisserschaft bei einer kriminellen Tat, wegen Beleidigung und vielen weiteren Tatbeständen, die wir bei der gründlichen Prüfung Ihrer Bücher, Ihrer Rechnungen und Ihrer gesamten Geschäftstätigkeit feststellen werden. Alles, was Sie sagen, kann gegen Sie verwendet werden. Also seien Sie lieber ruhig. Ist besser für Sie.« Dann beugte sie sich zu dem Mann hinunter und zischte ihm ins Ohr: »›Ausländerschlampe‹ hätten Sie nicht zu mir sagen dürfen. Das war zu viel. Arschloch.«

Sie verluden den Wirt auf die Rückbank. Zeller legte seinen Arm um Jones. »Gut gemacht, Elli. Gratulation! Ich hoffe, es stimmt alles, was du ihm vorwirfst.« Er ließ sie los und machte ein grüblerisches Gesicht. »Zurück zu Winter. Was ist, wenn er nicht in der Pension ist und unsere Streife umsonst dorthin fährt? Vielleicht werden die Kollegen auch gesehen und Winter dadurch gewarnt. Man weiß nie, wie die Leute reagieren, die dort wohnen. Winter wird in seinem Umfeld sicher nicht als Mörder und Verbrecher wahrgenommen. Der ›Narrenengel‹ sieht sich als Rächer für eine Tat, die seiner Familie ungerechterweise widerfahren ist. Er fühlt sich als ein moderner Robin Hood, nur ist hier nicht

Sherwood Forest, sondern der Anfang des Schwarzwaldes. Aber Wald bleibt Wald.« Er grinste und fuhr fort: »Vielleicht sollte unser Pizza-Chef hier Winter anrufen und herbestellen. Dann könnten wir relativ sicher sein, dass er kommt.«

Jones nickte. Der Gedanke war gut, wenn auch nicht ungefährlich. Aber es wäre eine Möglichkeit. Vielleicht die einzige.

Sie sagten dem Wirt, dass er aussteigen solle. Nach anfänglicher Weigerung willigte er schließlich in ihren Plan ein. Die Erwähnung seiner Familie und die Inaussichtstellung einer eventuellen Strafminderung ließen ihn einlenken.

Tatsächlich erreichte der Wirt Ben Winter, der, wie Zeller vermutet hatte, unterwegs in Rottweil war und nicht in seiner Pension weilte. Das Gespräch verlief kurz. Sie schienen sehr vertraut miteinander zu sein und nicht viele Worte zu brauchen, um sich zu verstehen. Winter versprach, in der nächsten Viertelstunde bei Salvatore zu sein.

Zeller fragte sich verwundert, wie unverfroren Winter in aller Seelenruhe durch Rottweil spazieren konnte, ohne offensichtlich Angst davor zu haben, von ihnen entdeckt zu werden. Die Fahndung nach ihm lief schon eine Weile. Mit Foto und seinen Daten in allen verfügbaren Medien. Hatte er etwa mit seinem Leben abgeschlossen und setzte nun alles auf eine Karte? Nach dem Motto: Augen zu und durch? Sicherlich hatte ihm jemand mitgeteilt, dass die Polizei auf der Suche nach ihm war. Wenn nicht seine Mutter, dann seine Schwester. Agnes schien zwar über ihn verärgert, aber wie hieß es so schön: Blut ist dicker als Wasser. Wenn es hart auf hart kam, würde sie zu ihm stehen. »Hilf deinem Bruder, Schwesterlein, dann hilfst du Vater!«, hatte in Französisch auf dem Zettel in Agnes' Zimmer gestanden, den sie Carla zur Übersetzung gegeben hatten. Daran erinnerte sich Zeller in diesem Moment. Auch wenn die beiden also nach außen hin verfeindet schienen, so musste dies nichts bedeuten.

Seine Mutter versorgte ihn regelmäßig mit Geld, damit er wegblieb und nicht wieder in ihrer Villa aufkreuzte. Sie schien keine Ahnung zu haben, dass er ganz in ihrer Nähe war und nicht im fernen Marokko. Er hatte sich gut versteckt. Vielleicht wusste die Mutter nicht einmal, dass ihr Sohn einen Rachefeldzug gestartet hatte. Im Gegensatz zu ihm schien sie schon lange mit dem Prozess abgeschlossen und mit dessen Ausgang ihren Frieden gemacht zu haben. Das wünschte Zeller ihr zumindest. Alles andere hätte eine endlose Odyssee bedeutet.

Kaum hatte der Pizzeria-Wirt den Anruf beendet, läutete Zellers Smartphone in der Manteltasche. Etwas umständlich fummelte er es heraus und rief seinen Namen in den Hörer.

»Warum so aufgeregt, Herr Kommissar? Hier spricht der ›Narrenengel‹. Sicherlich hast du sehnsüchtig meinen nächsten Anruf erwartet«, sprach die Person mit verstellter Stimme zu ihm.

Zeller fiel auf, dass der Anrufer schon wieder nicht stotterte. Alle hatten ihm aber bestätigt, dass Ben Winter diesen markanten Sprachfehler hatte. Wieso also nicht bei seinen Anrufen als »Narrenengel«?

»Winter, was wollen Sie?«, wagte er einen Vorstoß. »Hören Sie auf mit dem Versteckspiel und ergeben Sie sich. Wir wissen Bescheid. Lassen Sie uns vernünftig über alles reden.«

»Gar nichts wisst ihr! Noch immer tappt ihr im Dunkeln und habt keine Ahnung, wer ich bin. Der ›Narrenengel‹ ist schlauer als ihr alle zusammen«, lautete die Antwort.

»Was wollen Sie? Sagen Sie es oder lassen Sie Ihr Geschwafel. Ich habe anderes zu tun, als Ihnen zuzuhören. Verstanden? Geben Sie auf. Wir sind ganz dicht an Ihnen dran.«

»Ach, wirklich? Na, dann heb mal schön deine Pfötchen. Sofort! Genau wie deine Kollegin. Los, mach schon! Ansonsten knalle ich euch beide ab. Obwohl es eigentlich schade wäre. Mit deiner großen Liebe hatte ich mehr Spaß. Da dauerte es etwas länger als bei dir, Zeller! Oh, hat die um ihr Leben gefleht. Alles hätte sie dafür gegeben, um es zu behalten. Wirklich alles.«

Zeller fuhr herum. Ein Schuss peitschte an ihm vorbei in die Holzumrandung der Eingangstür zur Pizzeria. Er hob die Arme. Jones tat es ihm gleich. Sie wussten nicht, aus welcher Richtung der »Narrenengel« auf sie lauerte. Noch einmal knallte ein Schuss.

KAPITEL 31

Der Wirt der Pizzeria auf dem Golfplatz in Kaisersbronn reagierte sofort. Er nahm Jones die Schlüssel
für die Handschellen ab und befreite sich. Er lachte
zynisch »Dumm gelaufen, was? Damit hättet ihr nicht
gerechnet. Dachtet, ihr geht mal eben auf den Golfplatz
und macht hier die große Show. Da habt ihr euch aber
gewaltig geirrt! Nicht mit uns. Wir halten zusammen,
in guten wie in schlechten Zeiten. Jeder kann sich auf
jeden verlassen. Der ...« Wieder knallte ein Schuss über
das Gelände des Golfplatzes. Der Wirt kam nicht mehr
dazu, den Satz zu beenden. Von einem Kopfschuss töd-
lich getroffen, sackte er zusammen.

In Zellers Gehirn überschlugen sich die Gedanken. Er
kam nicht mehr mit. Wieso war Winter hier? Oder war
der Schütze jemand anderes? Bernd Kaiser zum Beispiel.
Wer wusste schon, was er in den Staaten alles gelernt
hatte! Wie das Team bei seinen Ermittlungen herausgefunden hatte, war Fauser bei der Bundeswehr gewesen.
Hatte dort eine normale Ausbildung durchlaufen, ohne
besonders in Erscheinung zu treten. Er besaß jedoch
weder einen Jagdschein noch war er Mitglied in einem
Schützenverein. Wer also ballerte hier herum? Wie auch
immer die Antwort auf diese Frage lautete, sie konnten hier unmöglich so stehen bleiben. Egal, wo auf dem
Gelände sich der »Narrenengel« befand, sie waren eine
erstklassige Zielscheibe für ihn. Es war nur eine Frage
der Zeit, bis der Wahnsinnige einen von ihnen erschoss.

Zeller gab Jones ein Zeichen und raunte ihr zu: »Elli, wir müssen uns trennen. Ich renne in Richtung Restaurant, du hinter den Wagen und dann in Richtung Krone. Vielleicht ist er in der Hütte dahinter. Sei vorsichtig! Auf drei. Eins. Zwei. Drei!«

Sie rannten los. Eine Kugel sauste unmittelbar an Zellers Kopf vorbei. Eine andere flog in Jones' Richtung. Der Schütze musste sich entscheiden und war abgelenkt.

Zeller erreichte unverletzt die Terrasse der Pizzeria und warf sich zu Boden. Wo war nur dieser schießwütige Irre? Egal, wohin er blickte, der Schütze war nirgendwo zu sehen. Lag er auf dem Dach gegenüber und schoss von dort oben auf sie? Oder von den Garagen hinter der Terrasse aus?

Plötzlich hörte er Jones mehrmals schießen. Dann rief sie laut zu ihrem Chef: »Zeller, ich habe ihn getroffen! Glaube ich jedenfalls. Er hatte sich in der Krone versteckt! Er war einen Moment unaufmerksam, weil er nach dir Ausschau gehalten hat. Die Chance habe ich genutzt. Aber jetzt sehe ich ihn nicht mehr. Er ist weg! Los, wir müssen hin – du links, ich rechts herum. Auf geht's!«

Zeller hastete geduckt zu dem überdimensionalen Kronenimitat aus Stein. Tatsächlich war von dem Angreifer dort nichts mehr zu sehen. Doch eine dicke Blutspur zeigte an, wohin er geflohen sein musste. Sie nahmen die Verfolgung auf. Bis hinunter zum Seerosenteich mussten sie laufen – dann sahen sie ihn regungslos auf dem Bauch liegen. Die Arme hatte der Mann weit von sich gestreckt. Das Gewehr hielt er in der rechten Hand, den Finger noch immer am Abzug.

Fast gleichzeitig kamen die beiden Polizisten bei ihm an und Zeller stieß mit dem Fuß die Waffe weg. Er packte den Mann an den Schultern und drehte ihn um. Griff an die Halsschlagader. Der Puls war kaum spürbar. Jones sicherte ihren Kollegen unterdessen mit vorgehaltener Pistole. Es sah nicht gut aus für die Person auf dem Boden. Das Hemd war blutdurchtränkt, neben dem Körper hatte sich eine ständig größer werdende Blutlache gebildet. Als sie sich sicher war, dass von dem Mann keine Gefahr mehr für Zeller ausging, steckte Jones ihre Waffe weg und rief per Handy den Rettungsdienst. Dann riss sie das durchtränkte Hemd mit einem Ruck entzwei, entledigte sich ihrer Jacke und drückte sie auf die stark blutende Wunde.

Zeller dagegen verharrte in Fassungslosigkeit. Mit diesem Mann hier vor ihm hatte er am allerwenigsten gerechnet. Ihn hatten sie überhaupt nicht auf dem Schirm ihrer Ermittlungen gehabt. Es war nicht Winter. Und auch nicht Kaiser. Es war der Vereinsvorsitzende des Golfklubs, Günter Fauser. Röchelnd lag er da und kämpfte um sein Leben. Deshalb also hatte der »Narrenengel« nicht gestottert. Weil es gar nicht Ben Winter war. Sondern der überaus zuvorkommende und scheinbar so hilfsbereite Golfer. Was für eine Überraschung.

Fauser schien noch etwas sagen zu wollen. Vergeblich versuchte er, ein verständliches Wort über die Lippen zu bekommen.

Jones neigte ihren Kopf dicht an Fausers Mund, um besser hören zu können. »Los, sagen Sie schon. Wo ist Kaiser? Und wo ist Winter? Rasch!«

Mühsam bewegte Fauser seine Lippen und hauchte unverständliche Laute.

»Los Zeller, hilf mir endlich. Wir müssen ihn wachhalten, bis der Notarzt eintrifft!« Jones sah flehend zu ihm auf.

Zeller starrte regungslos zurück. Helfen? Diesen Mann retten? Den Mörder seiner Anne vor dem sicheren Tod bewahren? Der Kommissar spürte, dass er dazu nicht in der Lage war. War es nicht seine gerechte Strafe, wenn er hier vor seinen Augen sterben würde? Dieses Monster hatte Anne getötet, den wichtigsten Menschen in seinem Leben, und jetzt sollte er ihn am Leben halten? Er dachte nicht im Traum daran. Vielmehr hätte er es sogar als Verrat an Anne empfunden, ihrem Peiniger nun zu helfen.

»Los Zeller, verdammt noch mal! Reiß dich zusammen und hilf mir endlich!« Jones' Ruf klang verzweifelt.

Doch Zeller stand immer noch da wie erstarrt.

»Zeller, hörst du mich! Der Mann gehört vor Gericht und ordnungsgemäß verurteilt. Aber dafür muss er am Leben bleiben. Wir können ihn hier nicht einfach verrecken lassen, egal, was er getan hat. Du kannst nicht über sein Leben bestimmen, du bist nicht Gott!« Eindringlich schaute Jones ihren Chef an.

Der Kommissar zögerte noch immer. Man sah ihm an, wie es in ihm arbeitete, wie er hin- und hergerissen war zwischen seiner Vernunft und seinem Schmerz. Schließlich straffte er sich und kam zu einer Entscheidung. Es durfte nicht sein, dass dieser Mörder ihn dazu brachte, seine Prinzipien über den Haufen zu werfen. Dann wäre er keinen Deut besser als Fauser. Nein, er würde ihm helfen. Für die rechtmäßige Einschätzung und Beurteilung einer Straftat war nicht er zuständig, sondern ein Gericht. Dafür gab es Gesetze in einer Demokratie. Er hatte nur dafür zu sorgen, dass diese eingehalten wurden. Wo würde es enden, wenn man nicht einmal mehr der Polizei vertrauen konnte? Er durfte sich nicht über das Gesetz stellen und einem Schwerverletzten seine Hilfe verweigern.

Zeller kniete sich neben seine Kollegin und drückte seine Hände auf die Jacke. Erleichtert nahm Jones ihre Hände von Fauser und erhob sich.

Der Rettungsdienst kam mit Sirene angebraust und hielt unmittelbar neben Zeller und dem Verletzten. Es war höchste Zeit. Jones' Jacke war durchnässt, der Blutverlust des Verletzten sehr hoch. Der eingetroffene Notarzt und die beiden Rettungssanitäter übernahmen die Erstversorgung Fausers und schoben ihn dann in den Rettungswagen. Jones' rechter Arm musste verbunden werden. Zeller war unverletzt, außer einer kleinen Schramme an der Stirn.

Beide Kommissare standen vor dem Krankenwagen und schauten zu, wie die Hecktüre geschlossen wurde und der Wagen mit aufheulender Sirene vom Platz raste. Zeller griff nach seinem Flachmann und trank daraus. Ehe er ihn wegsteckte, reichte er ihn weiter an Jones. Auch sie nahm einen großen Schluck daraus. »Danke, Elli«, sagte Zeller verlegen.

Sie nickte nur und gab ihm den Flachmann zurück. »War er der Mörder?«

»Er war der ›Narrenengel‹. Der ›Narrenengel‹ hat alle umgebracht.«

»Und sein Motiv? Fauser hatte nichts mit dem Verfahren zu tun.«

Zeller schaute sie ungläubig an. Was wollte sie ihm damit sagen? Fauser hatte doch gesagt ... Er erstarrte. Nichts hatte Fauser gesagt. Kein einziges Mal hatte er sich selbst der Untaten bezichtigt. Fauser war womöglich gar nicht der Mörder. Also doch Kaiser? Oder Winter? Er teilte seine Überlegungen Elli Jones mit.

Sein Smartphone meldete sich. Umständlich angelte er es aus seiner Manteltasche. Carla Zimmermann war dran. Dieses Mal mit einer guten Nachricht. Kaiser war gefasst worden. Er hatte sich tatsächlich in seiner Wohnung im Internat der Freien Schule befunden. Dort war er gerade dabei gewesen, seine Tasche zu packen. Ein Flugticket nach Amerika hatte bereitgelegen. Kaiser hatte keine Gegenwehr geleistet und sich widerspruchslos abführen lassen. Es hätte Elli Jones gefallen, setzte Carla hinzu. Man hörte ihr die eigene Erleichterung deutlich an. Der Fall war geklärt, der »Narrenengel« schwer verletzt und außer Gefecht gesetzt.

Zeller hielt ihre Euphorie für verfrüht. Es ist noch nicht vorbei, schoss es ihm durch den Kopf und das sagte er ihr auch.

Carla wollte es nicht hören. Wenn er sich dazu in der Lage fühle, könne er sich Kaiser gerne vorknöpfen. Er warte im Vernehmungszimmer. Für sie sei der Fall geklärt.

Der Kommissar fühlte sich in der Lage. Immerhin lief Ben Winter draußen frei herum. Das konnte gefährlich werden. Hoffentlich wusste er noch nicht, was geschehen war.

*

»Herr Kaiser, wir beschuldigen Sie des Mordes oder zumindest zur Beihilfe des Mordes an Richter Linus Schuhmacher, Berta Abele, Gertrud Zetsche und Anne Hegemann«, hatte Zeller wenig später die Vernehmung eröffnet.

»Sie haben sie ja nicht mehr alle!«

»Wo ist Ben Winter? Sagen Sie es uns.«

»Ich sage gar nichts mehr ohne meinen Anwalt«, hatte Kaiser trotzig geantwortet. Und sich ab dem Moment in Schweigen gehüllt.

Schon zwei Stunden versuchten sie nun, ihn mit unterschiedlichen Besetzungen zum Reden zu bewegen. Sie sprachen gegen eine Wand. Der Golfer spielte das gewohnte Spiel. Keine Antworten und Reaktionen. Er saß stumm mit gesenktem Kopf da und musterte abwechselnd seine Hände, seine Fingernägel oder den Boden unter seinen Füßen. Er wurde auch nicht gesprächiger, als sein Anwalt mit eiligen Schritten das Zimmer betrat. Zeller hatte aus bloßer Gewohnheit durch die letzten Vernehmungen mit Hirsch gerechnet. Doch der war es dieses Mal nicht. Es war Lothar Hoffmann, der Kaiser schon bei der ersten Vernehmung beigestanden hatte. Doch wenn der Kommissar gedacht hatte, dass er sie in Ruhe ihre Arbeit tun und Kaiser vernehmen ließe, hatte er sich gewaltig geirrt. Hoffmann lief zur Hochform auf, als ob er gerade beschlossen hätte, der

Rottweiler Polizei zu zeigen, was in ihm steckte. Immer wieder grätschte er dazwischen, ließ kein Gespräch aufkommen und stellte sich schützend vor seinen Mandanten.

Bisher hatten Zeller, Riechle und Brecht die Befragungen durchgeführt. Ohne Erfolg. Winter gewann dadurch Zeit. Zeller befürchtete, dass er sich ins benachbarte Ausland absetzen könnte.

Sie mussten rasch die Taktik ändern. So kamen sie nicht weiter. Vielleicht würde sich Kaiser bei Elli Jones gesprächiger zeigen? Immerhin bestand eine Verbindung aus früheren Tagen. Das konnte seine Zunge lösen. Bisher hatte Zeller die Kollegin aus der Vernehmung raushalten wollen. Zu viele Emotionen schienen seiner Meinung nach bei ihr noch vorhanden zu sein – das war eine ungünstige Voraussetzung für eine erfolgreiche Vernehmung. Aber sie hatten keine andere Wahl und mussten es versuchen. Es war an der Zeit, diesen letzten Trumpf zu ziehen und zu versuchen, Kaiser dadurch zum Reden zu bringen. Natürlich nur, wenn Jones selbst es wollte. Zeller erinnerte sich an die letzte Begegnung der beiden. Die war für seine Kollegin schlecht verlaufen. Sie hatte es zwar gut kaschiert, aber er war sich sicher, dass mehr hinter der ganzen Sache steckte, als sie ihm damals preisgegeben hatte. Wenn sie ablehnte, würden sie die Befragung vorerst abbrechen und Kaiser die Gelegenheit geben, seine Taten in einer Zelle zu überdenken.

Jones hatte keine Einwände und willigte sofort ein. Sie würde professionell handeln, wie man es ihr beigebracht hatte. Genau so.

An Zellers Seite betrat sie das Vernehmungszimmer.

Ohne Begrüßung stieg sie sofort in die Befragung ein. »Bernd, hast du die Morde begangen? Warum? Ich kann es gar nicht glauben, was meine Kollegen sagen.« Sie hielt kurz inne und wartete auf eine Reaktion von ihm. Kaiser schaute sie jedoch nur schweigend an. Sie versuchte es erneut. »Du ein Mörder? Oder ist es Winter gewesen? Oder womöglich Fauser? Sag es uns. Es ist wichtig. Deine Kooperation mit uns wird sich positiv auf dein Strafmaß auswirken. Das kannst du mir glauben. Vielleicht verhindern wir dadurch weitere Opfer! Es sind doch schon so viele gestorben.«

Zeller saß neben Jones und beobachtete Kaiser aufmerksam. Ihre Entscheidung schien richtig gewesen zu sein, immerhin schaute er Elli an. Ein Fortschritt, wenn auch nur ein ganz kleiner.

Jones fragte weiter: »Komm, Bernd, sag es mir. Bist doch sonst nicht auf den Mund gefallen. Früher hast du deine große Klappe gar nicht mehr zubekommen, kann ich mich erinnern. Und jetzt, wo du endlich etwas Wichtiges von dir geben kannst, schweigst du vor dich hin und schaust mich an, als ob du nicht bis drei zählen könntest. Ist das alles, was von dir übrig geblieben ist? Ein Jammer.«

Doch die Provokation reichte anscheinend nicht aus. Elli musste erneut eine Schippe drauflegen. »Na los, Bernd, du Feigling. Wenn dich jetzt deine ganzen Eroberungen sehen könnten, die großen wie die kleinen, die alten wie die jungen. Mir brauchst du nichts erzählen. Hat euch Winter dermaßen in der Hand gehabt, dass ihr zu seinen billigen Helfern geworden seid? Ein gestandener Mann wie du wird wie ein Laufbursche herumgeschickt, und das von einem Versager wie Winter? Ist es so? Oder hat er dich und Fauser erpresst? Wer war noch dabei? Der Pizzabäcker? Komm, sag schon!«

Als Hoffmann sich über den persönlichen Ton der Befragung beschwerte und damit drohte, diese ganze Farce, wie er es nannte, abzubrechen, sagte Kaiser mit belegter Stimme zu ihm: »Lassen Sie Jones reden. Es ist amüsant, so einen Schwachsinn aus dem Mund einer ehemals wunderbaren Frau zu hören. Ich lausche ihr gern.«

Elli schluckte ihren Ärger hinunter und stellte ihre Fragen noch einmal. Doch auch diesmal bekam sie keine Antworten. Schließlich stand sie auf und verließ den Raum.

Zeller und Riechle wollten dagegen einen letzten Versuch unternehmen. Es war wie verhext, sie kamen einfach nicht weiter. Wieder war eine halbe Stunde verflossen und es gab nicht den kleinsten Hinweis auf den Aufenthaltsort von Ben Winter.

Plötzlich kam Zeller aus dem Vernehmungszimmer und nahm Elli Jones zur Seite. »Er will dich allein sprechen. Ohne Handschellen. Von Angesicht zu Angesicht. Dann wird er uns sagen, was er weiß. Und wie wir Winter finden können. Aber nur dann. Ich denke, es ist ein viel zu großes Risiko und kaum zu verantworten. Ich wollte dir nur Bescheid geben, dass ich es ablehnen und nicht zulassen werde.« Bausinger war mittlerweile hinzugekommen und pflichtete Zeller bei.

»Warte, Paul, ich mache es«, sagte Jones zaghaft, »ich kenne ihn. Er bringt so einiges fertig, aber ich kann mir nicht vorstellen, dass er jemanden umgebracht hat. Dazu ist er nicht fähig. Mit der großen Klappe schon, aber sonst ...«

»Elli, überlege es dir noch einmal. Du musst es nicht tun. Wir finden eine andere Lösung.« Zeller schaute zuerst zu ihr und dann zu Bausinger.

Doch Jones blieb bei ihrem Entschluss. Schließlich gab Zeller nach und sagte an beide gewandt: »Wir versuchen es. Sollte etwas passieren, sind wir schnell da. Aber sei in Gottes Namen vorsichtig.«

Elli war in Gedanken längst auf das bevorstehende Gespräch fokussiert, nickte und betrat entschlossen das Zimmer, in dem Kaiser grinsend auf sie wartete. Er hatte seinen Willen durchgesetzt. Selbst der Anwalt musste, wenn auch unter Protest, den Raum verlassen. Jetzt waren nur noch er und Elli hier. Kaiser hielt ihr fordernd seine Handgelenke hin. Erstaunlich ruhig nahm sie den Schlüssel und öffnete die Handschellen. Nicht einmal ein Anflug von Unsicherheit war ihr anzumerken. »Wo ist Winter, Bernd? Sag es mir.«

»Weißt du noch damals, bei dir? Als deine Mutter dachte, dass wir beide die Aufgaben zu deiner Matheklausur durchgehen wollten … Dabei waren wir mit etwas ganz anderem beschäftigt.«

»Ich frage dich jetzt noch einmal, wo ist Winter?«

»Hat es dir nicht auch gefallen? Gib es zu, du wolltest es doch. Wieso hast du danach nicht mehr mit mir gesprochen? Du hast mir das Gefühl gegeben, als hätte ich etwas Schlimmes getan. Hab ich das denn? Ich sage dir nicht, wo Winter ist, bevor du mir diese Frage nicht beantwortet hast.« Er streckte seine Hand nach Elli aus.

»Die Hände sichtbar auf den Tisch!«, sagte sie scharf. »So war es nicht vereinbart. Keine Berührung. Keine Annäherung. Wage es nicht.« Dann fügte sie leiser hinzu: »Was möchtest du von mir hören? Wie schuftig du dich mir gegenüber verhalten hast? Ich war gerade mal 15 Jahre alt. Weißt du, wie weh du mir getan hast? Was das mit mir gemacht hat? Ich wollte das alles noch nicht. Nicht mit dir und auch mit sonst niemandem. Ich war noch nicht so weit. Immer wieder habe ich Nein gesagt. Aber das hat dich nicht interessiert. Du hast einfach weitergemacht.«

»Immerhin hast du mich nicht angezeigt. So schlimm kann es also nicht gewesen sein«, entgegnete er.

»Vielleicht hätte ich es machen sollen. Aber ich konnte nicht, denn ich habe mich geschämt! Tagelang bin ich meiner Mutter aus dem Weg gegangen. Ich habe mir die Augen ausgeheult wegen dir. Verstehst du das nicht? Noch am gleichen Abend hattest du mich abgehakt. Erledigt, die kleine niedliche Elli vernascht. Einen Tag später hast du schon wieder mit einer anderen rumgemacht, mich nicht einmal mehr angesehen. Ich kam mir vor wie eine Jagdtrophäe.« Jones straffte sich und sagte ernst: »Nein, es hat mir keinen Spaß gemacht. Und ja, es war schlimm, was du getan hast. Du hast mich verletzt, in jeder Hinsicht. Es war furchtbar, ekelhaft und grauenvoll mit dir. Und jetzt bist du an der Reihe, mir meine Fragen zu beantworten: Wo ist Winter?«

Kaiser hatte sein Grinsen verloren und schaute sie finster an, die Hände zu Fäusten geballt. Seine Kiefermuskeln arbeiteten unentwegt. Dann drosch er mit der rechten Hand auf den Tisch und schrie: »Und jetzt willst du mich dafür fertigmachen, ja? Ist es das, was du willst? Ich habe nichts mit den Morden zu tun. Das war alles Winter!«

»Halt die Hände ruhig, Bernd! Zum letzten Mal. Mag ja sein, dass du niemanden ermordet hast. Aber du bist ein Komplize, ein Mitwisser. Da gibt es nichts zu beschönigen. Du hast Winter bei seinen Taten geholfen. Gib es endlich zu!«, rief Jones.

»Nur einmal, als ich den Richter in den Bus ...«, abrupt hielt er inne.

Jones ließ ihm keine Zeit zum Nachdenken. »Nur den Richter? Und die beiden Putzfrauen? Und Anne Hegemann?«

»Nein, ich war nur bei dem Richter dabei. Und ich bin kein Mörder! Glaube mir bitte!«

»Was ist mit der Entführung von Ulrike Brenner?«

»Ja, gut. Aber auch da habe ich Ben nur geholfen. Mit den anderen Sachen hatte ich nichts zu tun!«

»Du warst bei der Entführung dabei?«, fragte ihn Jones mit hochgezogener Augenbraue. Mit diesem überraschenden Geständnis hatte wohl keiner gerechnet.

»Ja doch. Aber ich habe ihr nichts getan. Ich habe sie nur nach dem Weg gefragt, während Ben sich von hinten an sie herangeschlichen und betäubt hat.«

»Dann sag mir jetzt, wo Ben ist. Bei seiner Schwester?«

»Ja. Bitte, Elli ...«, versuchte Kaiser noch einmal, Jones zu beeinflussen.

Sie war jedoch bereits aufgestanden, räumte ihre Mappe zusammen und machte das vereinbarte Zeichen für ihre Kollegen. Sofort wurde die Tür aufgerissen und Zeller und zwei weitere Polizisten eilten in den Raum. Kaiser hielt ihnen stumm seine Handgelenke hin. Sein Grinsen war genauso verschwunden wie seine arrogante Haltung. Jetzt erst schien es ihm zu dämmern, was schiefgelaufen war in seinem Leben. Während er sich widerstandslos die Handschellen anlegen ließ, sagte Zeller zu ihm: »Sie hätten uns eher Auskunft geben können. Dann wären Sie vielleicht mit der Hälfte der Haftstrafe davongekommen. Sie hätten mildernde Umstände bekommen. Aber so ... Doch das soll der Richter entscheiden. Das ist nicht meine Aufgabe.«

Er ließ Kaiser abführen. Der Golfer war für ihn Geschichte. Jetzt ging es nur noch um Winter.

KAPITEL 32

Sie läuteten an der schmucklosen Eingangstür der Villa. Niemand öffnete. Zeller klingelte nochmals, und als noch immer keine Reaktion zu bemerken war, drosch er mit seiner Faust dagegen. »Polizei, bitte öffnen Sie die Tür! Sonst lasse ich sie aufbrechen!«

Die Drohung wirkte augenblicklich. Ein Schlüssel wurde herumgedreht und Agnes erschien. Ihre Augen sahen aus, als hätte sie stundenlang geweint, die dunklen, fast schwarzen Augenringe verstärkten das elende Bild, das sie abgab. Allein ihr blaues Kleid hellte die trostlose Erscheinung auf. »Schon wieder die Polizei? Was wünschen Sie denn noch von uns?«, fragte sie die Beamten resigniert.

»Frau Winter, ist Ihr Bruder bei Ihnen? Es ist wichtig!«, kam Zeller direkt zur Sache.

»Nein, wie kommen Sie darauf? Ben ist nicht hier. Sie können gern nachschauen. Hier sind nur meine Mutter und ich. Sonst niemand. Meine Mutter hat sich ein wenig hingelegt. Es ist alles zu viel für sie. Sie ist mit ihren Nerven am Ende. Also seien Sie bitte rücksichtsvoll.«

Zeller und Jones baten trotzdem um Einlass und schauten anschließend in jedes Zimmer. Es stimmte, was Agnes gesagt hatte: Es war niemand da. Nur Maria Kienzle-Winter lag auf dem Sofa in der Wohnstube. Dazu lief das Fernsehgerät.

»Wo ist Ihr Sohn?«, fragte Zeller sie ungeachtet ihres Zustandes schroff. »Helfen Sie uns endlich! Nur so können Sie eine weitere Dummheit von ihm verhindern.«

Mühsam richtete die Frau sich auf. »Er war nur kurz bei uns und wollte Geld«, entgegnete sie. »Ich weiß nicht mehr, wann es war. Vielleicht vor zwei, drei Stunden. Kein Wort zu Afrika, kein Wort zu den Vorwürfen gegen ihn, kein Wort der Entschuldigung. Er kam nur wegen des Geldes, wollte alles, was im Haus war. Ich flehte ihn an, dass er endlich mit dem Versteckspiel aufhören und so lange bei mir bleiben solle, bis Sie ihn holen. Nach ihm wird doch gefahndet. Agnes hätte ihn auch zur Polizei gefahren, damit er sich freiwillig stellt. Das würde man sicher bei der Verhandlung berücksichtigen. Doch er stieß mich weg, und als ich ihn nicht losließ, schlug er mir sogar mit der flachen Hand ins Gesicht.« Sie brach in Tränen aus.

»Hat er noch etwas gesagt?«, fragte Zeller.

Agnes schaltete sich ein: »Wir bräuchten nicht auf ihn zu warten. Er sei dann weg. Für alle Zeiten. Wenn der Kommissar käme, solle ich ihm ausrichten, er warte auf ihn bei Frau Doktor. Er solle ganz allein kommen. Unbedingt!«

Zeller fuhr herum. »Und das sagen Sie erst jetzt?«, blaffte er die erschrockene Agnes Winter an. Er wusste sofort, wer mit »Frau Doktor« gemeint war. Er war ein solcher Idiot. Ulli Brenner war aus dem Krankenhaus entlassen worden und befand sich zur weiteren Genesung zu Hause. Sicherlich war sie allein und ahnte nicht, was da auf sie zukam. Wie er Ulli kannte, hatte sie den Polizisten nach Hause geschickt. Sie wollte keine Bewachung haben.

Gefolgt von Elli rannte er aus der Villa und sprang ins Auto. Jones jagte den Wagen durch die Stadt. Zeller forderte augenblicklich Verstärkung an. Er nannte Ullis Adresse. Eine Streife war zufällig in unmittelbarer Nähe ihrer Wohnung und kam als Erste dort an. Zeller wies sie an, vorerst nichts zu unternehmen. So warteten die Beamten, bis der Kommissar und Jones vor Ort waren.

Zeller rannte zum Haus und drückte Ulrikes Klingelknopf. Als nichts geschah, presste er seine Hand auf alle Klingeln des Haues gleichzeitig. Ein Bewohner öffnete die Tür. Zeller und Jones stürmten gemeinsam die

Treppen hoch. Vielleicht nicht die klügste Entscheidung, doch sie wollten nicht erst auf Verstärkung warten. Wer konnte schon sagen, wie viel Zeit ihnen noch blieb. Winter war angezählt und die Polizei ihm ganz dicht auf den Fersen. Er hatte nichts mehr zu verlieren. Jetzt konnte er seine Mission vollenden. Dafür waren ihm scheinbar alle Mittel recht. Wieso schon wieder Ulli, ging es Zeller durch den Kopf. Für sie hatte doch Anne schon sterben müssen. Und nun wollte Winter sie doch noch töten? Was wollte dieser Mann wirklich?

Kaum standen sie vor der Wohnungstür, drosch Zeller grimmig mit der Faust dagegen. In der Wohnung rief ein Mann, dass sie aufhören sollten. Er komme heraus. Als die Tür sich öffnete, erschien Winter mit Ulrike und hielt ihr ein Messer an die Kehle.

»Das hat ja gedauert, Herr Kommissar. Ich warte schon eine Ewigkeit bei ihrer schmucken Kollegin. Wir haben uns gut unterhalten, nicht?« Er fuhr mit der Klinge an ihrem Hals entlang. Ein dünnes Rinnsal von Blut lief ihr über die Gurgel und verschwand im Halsausschnitt ihrer Bluse.

»Winter, geben Sie auf. Es hat keinen Sinn. Sie können den Mord an Ihrem Vater nicht rückgängig machen, das Gerichtsurteil nicht mehr ändern.«

»Das nicht. Aber ich kann alle, die daran mitgewirkt haben, zur Rechenschaft ziehen.« Er lachte schrill auf und fügte hinzu: »Sie sind alle tot. Alle, außer Ihnen, Zeller. Sie waren der Schlimmste. Ihre Aussage hat die beiden Verbrecher entlastet. Sie habe ich mir bis zum Schluss aufgehoben. Nehmen Sie Ihre Pistole aus dem Holster. Los, machen Sie schon!«

Zeller folgte der Aufforderung und zog seine Dienstwaffe. Warum hatte er sie gerade heute mitgenommen? Sonst hatte er sie selten dabei. »Und weiter?«

»Entsichern!«

Er tat, wie ihm geheißen, und sagte ruhig zu Winter: »Lassen Sie die Frau gehen. Sie wollen mich.«

»Entweder Sie, Zeller, oder die Doktorin hier. Sie entscheiden. Also, Pistole an die Schläfe und abdrücken. Dann lasse ich sofort Frau Doktor frei. Wenn nicht, steche ich sie ab. Und Sie müssen mit der Schuld an ihrem Tod weiterleben.«

Die Situation war verfahren. Winter hatte nichts zu verlieren und setzte alles auf eine Karte. So oder so würde er gewinnen. Egal, wie Zeller sich entschied. Das Leben seiner Kollegin in Gefahr zu bringen, stand für den Kommissar nicht zur Debatte. Eher würde er sich selbst erschießen. Winter hatte sich geschickt hinter Ulli Brenner positioniert. Man konnte ihn nicht entscheidend treffen, ohne dabei auch die Polizistin zu gefährden. Hinzu kam, dass Ulli sich kaum noch auf den Beinen halten konnte. Man merkte ihr an, dass sie nicht bei Kräften war. Sollte sie nach unten zusammensacken, würde Winter ihr mit dem Messer automatisch die Kehle aufschneiden.

Während Zeller noch mit Winter diskutierte, war das SEK als Verstärkung eingetroffen. Sie stürmten sofort ins Haus und positionierten sich schwer bewaffnet im Treppenhaus, um weitere Befehle entgegenzunehmen. Sie mussten sich noch zurückhalten. Zeller stand genau zwischen ihnen und Ben Winter mit seiner Geisel. Wenn sie zu zeitig etwas unternahmen, konnten alle drei sterben. Doch eine Entscheidung musste getroffen werden. Ulrike schwankte hin und her. Jeden Augenblick konnten ihre Beine versagen. Dann wäre sie nicht mehr zu retten.

Man hatte zwischenzeitlich außerdem Agnes geholt und brachte sie nun zu ihrem Bruder.

»Was willst du hier? Du hast mir noch gefehlt! Verschwinde!«, rief Winter wütend, als er sie erblickte.

»Ben! Brüderchen! Bitte lass die Frau frei. Du stürzt uns alle ins Unglück. Wir brauchen dich doch!«

Er lachte wieder sein schrilles, hysterisches Lachen. »Ach, auf einmal braucht ihr mich! Das hättet ihr euch früher überlegen müssen. Gerade du mit deinem Lover in Stuttgart. Du bist doch fein raus aus allem. Habt ihr die Villa schon verkauft? Ohne mich zu fragen? Und das Geld, das viele Geld dafür?«

»Ben, Anwalt Hirsch hilft dir bestimmt. Er holt dich raus nach ein paar Jahren.«

»Wie die Mörder unseres Vaters? Der tolle Anwalt hat doch damals genauso versagt wie alle anderen. Hau ab und lass es mich zu Ende bringen!«

Inzwischen hatte Jones sich unbemerkt vom Geschehen entfernt. Vor dem Haus traf sie Riechle und Brecht. Sie mussten etwas unternehmen. Die Wohnung lag in der zweiten Etage. Die Balkontür schien nur angelehnt, genau konnte man es von hier aus nicht sehen. Jones lief zum Einsatzleiter und redete eindringlich auf ihn ein. Sie wollte mit Riechle und Brecht über den Balkon einsteigen und Ben von hinten überwältigen. Der Mann schüttelte energisch den Kopf. Nicht sie würde dort einsteigen, sondern seine Truppe. Das war deren Job. Sie und ihre Kollegen sollten sich lieber fernhalten.

Zeller stand indes mit der Waffe in der Hand vor Winter. Langsam hob er sie hoch und hielt sie sich an die Schläfe.

»Ich zähle bis drei, Kommissar. Dann bringen wir es zu Ende.«

»Ben, gibt es keine andere Lösung?« Agnes sah ihren Bruder verzweifelt an.

»Eins.«

»Willst du das wirklich? Dann ist alles vorbei, Ben!«

»Zwei.«

Ulrike Brenner konnte nicht mehr. Sie griff nach Winters Arm und rief flehend, es ginge nicht mehr.

»Drei.«

In diesem Moment drangen lautlos zwei Männer des Sondereinsatzkommandos über den Balkon in die Wohnung ein, stürzten sich auf Ben und überwältigten ihn. Es dauerte höchstens eine halbe Minute, bis er auf dem Boden lag und sich nicht mehr bewegen konnte. Zeller ließ es sich nicht nehmen, seine Arme auf den Rücken zu drücken und die Handschellen um seine Gelenke zu legen. Zwei Beamte führten ihn ab. Der Kommissar schaute den beiden Polizisten erleichtert nach. Es war noch mal gut gegangen. Sie waren rechtzeitig gekommen und hatten das Schlimmste verhindert. Die kranken Taten dieses Irren waren für immer ausgestanden.

Ulli hatte Glück gehabt. Auch der zweite Anschlag auf ihr Leben war fehlgeschlagen. Sie hatte wieder überlebt. Der Schnitt am Hals war nicht gefährlich tief. Die Blutung wurde schnell gestillt. Ehe sie ins Krankenhaus gefahren wurde, kam Zeller auf sie zu und nahm sie in die Arme. Erschöpft lehnte sie sich an ihn. »Es ist vorbei«, flüsterte er ihr ins Ohr und hielt sie fest.

Als der Rettungswagen schließlich mit ihr in Richtung Krankenhaus davonfuhr, sackte Zeller in sich zusammen. Er ließ sich auf den Rasen vor dem Haus fallen und griff nach seinem Flachmann. Zum Glück war noch etwas drin. Er setzte ihn an die Lippen und trank ihn in einem Zug leer.

KAPITEL 33

Es war ein fabelhafter Tag heute in dieser altehrwürdigen Stadt in Baden-Württemberg, mit dem kaum jemand gerechnet hatte. Ein warmer, freundlicher Tag im beginnenden Altweibersommer des zu Ende gehenden Jahres.

Auf den Straßen von Rottweil sah man viele lachende und gut gelaunte Menschen. Sie hatten ihre bereits in Kisten und Kartons verstauten Sommersachen noch einmal hervorgeholt und dafür die Herbstmode im Schrank weit nach hinten geschoben. So sah man die Stadt selten um diese Jahreszeit. In den langen Schlangen vor den Eisständen warteten Kinder voller Vorfreude auf die mit der kalten Köstlichkeit gefüllte Waffel. Man sah Mädchen in kurzen Röcken und Frauen in luftigblumigen Sommerkleidern. Viele Männer trugen kurze Hosen und ebensolche Hemden. Es herrschte Urlaubsstimmung.

Die Leute nahmen sich Zeit. An jeder Ecke standen Grüppchen, sich angeregt unterhaltend, scherzend, lachend, sich berührend. Lauter freundliche und offene Gesichter, wohin man blickte.

Das Café auf der Oberen Hauptstraße, etwa 50 Meter unterhalb des Schwarzen Tores gelegen, war brechend voll. Ein junger Kellner wirbelte zwischen den vielen Menschen umher, brachte da einen weiteren Stuhl hinzu, nahm dort Bestellungen auf oder trug übervolle Tabletts mit Speisen und Getränken an die Tische. Er war gut aufgelegt, die Arbeit bereitete ihm sichtlichen Spaß. Manchmal pfiff er verhalten einem jungen Mädchen hinterher, das mit Shorts oder kurzem Rock gekleidet zufällig vorbeilief. Er tat es leise. Sein Chef durfte es nicht mitbekommen.

Auch der Buchladen nebenan war gut besucht. Zwei aufgespannte grellgelbe Sonnenschirme spendeten den Waren in der Auslage Schatten. Gerade in diesem Moment konnte man hören, wie der freudestrahlende und vergnügte Chef zu seinen Angestellten sagte: »Vera und Sabine, ihr habt das heute toll hinbekommen. Macht ein Päuschen und lasst euch bei Giovanni einen Eiskaffee schmecken. Wer weiß schon, ob es nicht der letzte schöne Tag im Jahr ist. Bitte lasst bei ihm anschreiben. Ich komme später bezahlen.«

Von den sieben fürchterlichen Tagen des »Narrenengels« sprach indes niemand mehr. Sie waren Vergangenheit. Kein Mensch wollte an diese Akte der Selbstjustiz erinnert werden. Weder heute noch an einem anderen Tag, egal bei welchem Wetter. Solche Verbrechen passten nicht hierher nach Rottweil. Früher im Mittelalter nicht und gleich gar nicht im 21. Jahrhundert.

Sie saßen im Besprechungsraum des Polizeireviers in der zweiten Etage. Alle waren versammelt. Sogar Bausinger war da, Zeller hatte ihn persönlich gebeten, dabei zu sein. Vor jedem der Mitarbeiter stand sein eigener, mit Namen beschrifteter und mit dampfendem Inhalt gefüllter Kaffeepott. Die Kollegen freuten sich, dass auch Ulli Brenner sich aufgerafft hatte und in die Dienstelle gekommen war. Die Leiterin der Kriminaltechnik schien erholt, trug jedoch als Einzige an diesem Tag ein Halstuch. Ihre Stimme war noch nicht wieder die alte. Ihr heiseres Krächzen war schwer zu verstehen.

Es war schon einige Tage her, dass man Winter und seine Kumpane verhaftet hatte. Winter und Kaiser saßen hinter Gittern und warteten auf ihren Prozess, Fauser lag im Krankenhaus und war noch nicht über den Berg. Winters Hoffnung, eine ähnlich geringe Strafe zu erhalten wie die Mörder seines Vaters, würde sich vermutlich nicht erfüllen. In seinem Fall waren ausreichend Beweise vorhanden. Ein »in dubio pro reo« war ausgeschlossen. Er würde nie mehr in die Freiheit zurückkehren.

In der Kriminalinspektion 1 war wieder Ruhe eingekehrt. Vielleicht nur für eine kurze Zeit, denn wer wusste schon, was als Nächstes passieren würde. Es musste ja nicht gleich wieder ein Mord sein. Es gab genügend andere Verbrechen, die auf ihre Aufklärung warteten. Alles, was nicht den Fall des »Narrenengels« betraf, war in den letzten Tagen liegen geblieben. Es hatte keine Zeit für die übrigen laufenden Ermittlungen gegeben. Die würde man sich jetzt aber nehmen. Die Arbeit musste weitergehen.

»Wie war das nun genau mit dem Richter? Wie ist die Tat abgelaufen?«, wollte Elli Jones von Paul Zeller wissen, der an der Stirnseite des Tisches saß.

»Nach seinem Vortrag im Turm wurde er von Fauser und Kaiser in einen Hinterhalt gelockt, überwältigt und betäubt. Winter blieb bei ihm. Kaiser und Fauser hingegen fuhren zum Pokern in den Turm. In der Zwischenzeit erwürgte Ben Winter den Richter mit seinem Halstuch. Er hat ausgesagt, dass Schuhmacher ihn beleidigt hätte, kaum habe er das Bewusstsein wiedererlangt. Er habe Winter eine Schande für die gesamte Familie genannt. Da seien ihm die Sicherungen durchgebrannt. Kaiser half ihm später, den Richter auf dem Hofgerichtsstuhl abzulegen.«

»Hat er auch die anderen Prozessbeteiligten umgebracht?«, fragte Lisa Brecht.

»Nein. Definitiv nicht. Rammler und Kowalski kamen auf der Flucht vor der Polizei nach einem Bankraub um. Verkehrsunfall bei Tempo 230. Die anderen ereilte der frühe Tod auf natürliche Weise.«

»Und wieso die beiden Frauen?«, fragte Bausinger.

»Kaiser hatte Ben Winter erzählt, dass Berta Abele, die verhasste Schöffin, am Samstag zum Putzen käme. Er hatte es durch Seidel beim Pokern erfahren. Winter ist daraufhin zum Turm zurückgekehrt, um sein Werk fortzuführen. So eine günstige Gelegenheit konnte er nicht ungenutzt verstreichen lassen. Im obersten Stockwerk hat er sie gefunden, allerdings nicht allein. Ihre Kollegin war einfach zur falschen Zeit am falschen Ort. Sie musste sterben, weil sie Zeugin der Tat geworden war. Zuerst hat er Berta erschlagen und danach die flüchtende Gudrun. Er habe alle Prozessbeteiligten ihren gerechten Strafen zugeführt, wie Winter in seiner vorletzten Vernehmung lakonisch und ohne Spur von Mitgefühl gesagt hat.«

»Was treibt einen Menschen nur zu solchen Taten?«, fragte Lisa Brecht.

»Winter war noch sehr jung, als sein Vater starb. Danach verlor er die Orientierung, war vollkommen ohne Halt und Richtung. Von seiner Mutter wurde er dafür verachtet und gedemütigt, seiner Schwester war er gleichgültig. Sie hatte nur ihre Karriere im Kopf. Marias ganze Liebe gehörte der Tochter, denn die war freundlich, anständig und strebsam. Mit dem Jungen gab es nur Probleme. Nach dem Tod des Vaters wurde er immer schlechter in der Schule, randalierte und schwänzte den Unterricht. Er durfte die Klasse wiederholen. Die Mutter schickte ihn auf die Freie Schule nach Kaisersbronn ins Internat. Dort lernte er Kaiser kennen und außerdem Fauser, der eine Art Ersatzvater für Kaiser und Winter wurde. Die drei halfen sich gegenseitig. Winter schaffte spät mit Ach und Krach das Abitur und begann ein BWL-Studium, brachte es aber nicht zu Ende. Als die Mutter und die Schwester ihm den Geldhahn zudrehten, musste er sich eine Arbeit suchen. Er zog zu Fauser, jobbte auf dem Golfplatz und half seinem Ziehvater bei dessen krummen Geschäften. Fauser ist Versicherungskaufmann mit eigener kleiner Filiale in Kaisersbronn. Dort kam es wiederholt zu Betrügereien. Winter verkaufte außerdem Drogen, die Kaiser ihm besorgte.« Zeller schaute zu Ulrike. »Deine Entführung war gut geplant. Du standest auf Winters Liste. Kaiser und Winter waren auf dem Weg zu deiner Wohnung. Zufällig hast du gerade in dem Moment unser Polizeirevier verlassen, als sie daran vorbeifuhren. Sie überwältigten und betäubten dich. Dann fuhren sie mit dir zu dem klapprigen Wohnwagen eines verstorbenen Kumpels, der den Standplatz auf Jahre hinaus im Voraus bezahlt hatte. Dort hielt Winter dich fest. Nachdem er aus dem Radio von der Fahndung erfahren hatte, bekam er Angst. Er manipulierte mit Fauser die Gasanlage und wollte dich in die Luft jagen. Wir kamen keine Sekunde zu früh.« Spontan stand Zeller auf und lief um den Tisch herum zu seiner blassen Kollegin. Beruhigend strich er ihr über die Schulter und sie legte dankbar ihre Wange auf seine Hand.

»Gab es bei den Winters in der letzten Zeit Geldsorgen?«, fragte Jones in die Runde und fügte gleich hinzu: »Die Villa und der riesengroße Park drumherum sind sicher Millionen wert. Außerdem schien Maria Kienzle-Winter sehr teuer gekleidet.«

»Alles nur Fassade. Die Frau ist hoch verschuldet. Die Tochter mit ihrem Architekturbüro in Stuttgart sorgte für sie und hielt sie finanziell über Wasser. Ben Winter hat einen wesentlichen Teil zum Ruin der Familie beigetragen. Ständig bedrängte er die Mutter um immer mehr Geld, welches er sofort verprasste. Er zahlte nichts zurück und beteiligte sich auch nicht an den laufenden Kosten für die Villa.« Zeller kehrte zurück zur Fotowand. »Ich hätte sein letztes Opfer werden sollen, hat Winter bei der Vernehmung ausgesagt. Dann wäre sein Werk vollendet gewesen, der Vater gesühnt. Das Trio Winter, Kaiser und Fauser wollte sich danach in die Staaten absetzen. Fauser hatte sein Haus schon verkauft, die Flugtickets lagen bereit. Alles war bestens geplant. Was allerdings nicht vorgesehen gewesen war, war der Tod des Pizzeria-Betreibers Russo. Da hatte Fauser danebengezielt. Der Schuss hätte eigentlich mich töten sollen.«

Niemand wagte das Thema anzuschneiden, das sie bisher alle sorgfältig gemieden hatten. Keiner wollte die Wunde neu aufreißen. Doch Zeller ahnte, was in seinen Kollegen vorging. Auch wenn es wehtat, diese Frage durfte nicht unbeantwortet bleiben.

»Sie hatten die Adresse meiner Lebensgefährtin Anne eher zufällig herausbekommen. Winter und Fauser sind in der Folge mehrfach mit dem Transporter hingefahren, wohl um eine günstige Gelegenheit abzupassen. Das stimmt auch mit den Aussagen einiger Nachbarn überein, die den Kleinbus wiederholt gesehen haben wollen. Am besagten Tag hatte Winter leichtes Spiel. Die Haustür war offen, und während er ins Haus eindrang, fuhr Fauser den Bus in eine kleine Gasse, von der aus er den Eingang im Blick behalten konnte. Drinnen gelang es Winter problemlos, die vollkommen arglose Anne zu überwältigen. Nachdem er sie bewusstlos geschlagen hatte, legte er sie in die Wanne. Nach eigener Aussage hatte er sie ursprünglich genauso erdrosseln wollen wie den Richter, überlegte es sich aber spontan anders und schnitt ihr die Kehle durch. Die mit ihrem Blut vollgelaufene Wanne sollte einen viel größeren Eindruck auf mich machen.« Zeller machte eine Pause. Er musste erst die inneren Bilder verdrängen. Nach einem Schluck aus dem Wasserglas sprach er leise weiter. »Fast hätte ich ihn noch erwischt. Ich muss ihn ganz knapp verfehlt haben. Danach sind Winter und Fauser feiern gegangen. Als ob sie eine große Heldentat vollbracht hätten. Von all dem haben weder Winters Mutter noch seine Schwester etwas mitbekommen. Sie dachten wirklich, Ben wäre auf einer ausgedehnten Weltreise und inzwischen in Nordafrika gelandet. In Marokko habe der Sohn eine gewisse Fatma kennengelernt, mit der sie sogar ab und an telefonierten. Sie waren froh, dass er dableiben wollte, weit weg von ihnen. Besagte Fatma hat Marokko noch nie gesehen, sondern wohnt in Miami. Für ihre Dienste bekam sie Geld von Kaiser, der früher, als er in den Staaten lebte, mit ihr zusammen war. Sie musste Bens Geliebte mimen und durfte niemandem verraten, wo Winter sich wirklich aufhielt. Der lebte derweil abwechselnd in der Pension

›Albblick‹ unweit vom Turm und direkt bei Fauser in Kaisersbronn.« Zeller war froh, dass alles gesagt war.

Als die Runde sich langsam auflöste, bat er Bausinger in sein Büro. Behutsam schloss er die Tür hinter ihnen. Zeller setzte sich nicht, sondern blieb vor seinem Chef stehen, die Hände in den Hosentaschen. Bausinger sah ihn erwartungsvoll an.

»Dieter, es war nicht fair von dir und außerdem grob fahrlässig. Auch wenn es sicherlich nicht beabsichtigt war«, begann der Hauptkommissar.

»Was meinst du, Paul?« Bausinger wusste nichts mit der Bemerkung anzufangen. »Sicher, unser Verhältnis war in der Vergangenheit nicht immer das beste. Meistens lag es an dir und deinem Dickkopf. Selten an mir. Als oberster Chef muss ich das große Ganze im Blick behalten. Zu jeder Zeit! Da passen deine Eskapaden nicht rein. Doch ich habe immer an dich geglaubt. Also, was willst du mir sagen?«

»Die Adresse hat Winter durch dich erfahren.«

»Welche Adresse?«

»Die von Anne.«

»Wie kommst du denn darauf?«

»Bei einem deiner Besuche in der Villa. Agnes hatte mich zufällig in der Stadt gesehen, als ich Anne besuchte. Da hat sie dich gefragt, ob ich dort wohne. Unmöglich, hast du zu ihr gesagt, und dass ich wahrscheinlich meine Geliebte besuche. Stimmt das?«

Bausinger schaute ihn konsterniert an. Er stotterte regelrecht, als er Zeller antwortete: »Ich Idiot! Paul, es tut mir fürchterlich leid. Es stimmt. Ich habe so etwas zu ihr gesagt. Aber eher im Scherz. Trotzdem ist es unverzeihlich. Fauser stand in der Nähe und muss es gehört haben. Durch ihn wird Winter davon erfahren haben. Oh, Paul, bitte, ich kann dir sagen ...«

Zeller sagte nichts, sondern öffnete nur die Bürotür. Bausinger verstand. Wortlos verließ er das Büro.

*

Zeller und Jones saßen im Bistro des Bioladens »b2«. Der Hauptkommissar kam immer noch mit Vergnügen hierher – besonders gerne mit Jones. Die hatte sich bei ihrem ersten großen Einsatz wacker geschlagen.

Vor Zeller stand sein geliebter doppelter Espresso. Der Schuss war auch schon drin, er war ein bisschen größer ausgefallen als sonst. Dadurch wurde der Kaffee kalt. Genau, wie er es wollte. Ebenso verfeinerte ein großer Schluck aus seinem Flachmann die Latte macchiato von Elli Jones. Mit abgespreizten Fingern trank sie die Tasse übertrieben genießerisch aus und wischte sich mit dem Handrücken den Milchschaum von der Oberlippe.

Mike Färber kam herein und lief gewollt zufällig an ihrem Tisch vorbei. Zeller hielt den Radiomann auf. Er dürfe sich zu ihnen setzen. Vor nicht allzu langer Zeit hatte er ihm etwas versprochen. Das wollte er jetzt einlösen.

»So, Färber, nun fangen Sie schon an, meiner Kollegin und mir Ihre investigativen Fragen zu stellen. Wir werden sie beantworten und Ihnen einiges erzählen, was bisher außerhalb der Kripo niemand weiß. Nicht alles natürlich. Aber immerhin etwas ...«

Färber bekam einen hochroten Kopf und räusperte sich. Als er seine erste Frage stellte, klingelte Zellers Smartphone. Der Kommissar schaute auf das Display und lächelte. Ohne Erklärung sprang er auf und rannte aus dem Bistro. Endlich, dachte er, als er die grüne Hörertaste drückte. Seine Tochter Hanna war am Apparat.

ENDE

DANKSAGUNG

Die Idee für »Die Toten von Rottweil« entstand nach einem wahren Fall, der mich vor einiger Zeit sehr beschäftigte. Ich verfolgte ihn nicht nur in der Zeitung, sondern besuchte auch mehrere Verhandlungstage im Gericht. Verhandelt wurde der Mord an einem Mann, bei dem nie abschließend geklärt werden konnte, welcher der beiden Angeklagten die Tat de facto begangen hatte. In dubio pro reo – im Zweifel für den Angeklagten – bewahrte zumindest den wahren Täter vor einer lebenslangen Freiheitsstrafe. Beide Männer kamen mit verhältnismäßig geringen Strafen davon.

Wer die Handlungsorte auf der Karte sucht und diese persönlich besichtigen möchte, wird im ein oder anderen Fall enttäuscht sein. In Rottweil gibt es keinen »Albweg«, in dem Anne wohnte, und auch keine Pension »Albblick«. Es gibt auch keinen Ort Kaisersbronn mit Golfplatz, Freier Schule und Golfinternat. Ähnlichkeiten zu Golfplätzen in der näheren Umgebung von Rottweil sind zwar nicht ausgeschlossen, haben aber keine tiefergehende Bedeutung. Manche tatsächlich existierenden Gebäude wurden verfremdet.

Dass dieses Buch geschrieben werden konnte, verdanke ich der unschätzbaren Mithilfe vieler Menschen. Danken möchte ich daher vor allen Dingen Doktor Winfried Hecht, dem ehemaligen Stadtarchivar von Rottweil. Es gab keine Frage zur Stadt, welche er mir nicht beantworten konnte.

Bedanken möchte ich mich auch bei Kriminaldirektor und Leiter der K1 Rolf Straub, der mich in allen Fragen zur Arbeit der Kripo überaus hilfsbereit beriet und fachkundige Ratschläge gab. Dass ich in manchen Handlungen des KHK Paul Zeller ein wenig von der gängigen Praxis abweichen musste, bitte ich zu entschuldigen.

Gebührender Dank gilt auch Professor Dr. med. Frank Wehner, Rechtsmediziner und Lehrbeauftragter für Rechtsmedizin an der Eberhard-Karls-Universität in Tübingen, für Hinweise, Ratschläge und Ideen aus seiner praktischen Tätigkeit als Rechtsmediziner.

Ebenso der Turmmanagerin Beate Höhnle für ihre fachkundige Führung im Testturm und den jederzeit kompetenten Antworten auf meine Fragen. Auch da bitte ich um Entschuldigung, wenn das Sicherheitskonzept »meiner« Wachmänner von der gängigen Praxis ein wenig abweicht. Danke auch an Frau Christiane von der Trappen von TK Elevator.

Herzlich bedanken möchte ich mich des Weiteren bei Eckhart Fink von Buch Greuter in Rottweil für sein fachkundiges Wissen über die Stadt und für seine überaus freundliche Art, meine vielen Fragen jederzeit versiert zu beantworten.

Genauso bei Thomas Krebs von Antenne 1 Neckarburg Rock & Pop und bei Frau Helga Huber, Mitinhaberin der Golfschule HuKi in Königsfeld, für ihre hilfreichen Auskünfte über das Golfspiel.

Bedanken möchte ich mich auch bei Susanne Tachlinski, der geduldigen, erfahrenen und überaus kompetenten Lektorin.

Danke an Herrn Armin Gmeiner und sein Team vom Gmeiner-Verlag, das mich immer unterstützte und mit dem ich dieses Projekt überhaupt erst verwirklichen konnte.

Ebenso möchte ich mich bei Stefan Schopf und Sabine Franz bedanken, den Betreibern des Bioladens »b2« für das schöne Ambiente und den gesunden Ruheplatz für meinen Kommissar und dessen Assistentin Elli Jones.

Vielen Dank auch an Herrn Rechtsanwalt Berndt für seine Ratschläge und Anmerkungen und an Andreas Fischer für seine kreativen Ideen und Ratschläge nach dem Lesen des Manuskriptes.

*Weitere Titel finden Sie auf den
folgenden Seiten und im Internet:*

WWW.GMEINER-VERLAG.DE

Alle Bücher von Herbert Noack:

Hauptkommissar Paul Zeller ermittelt:
1. Fall: Die Toten von Rottweil
ISBN 978-3-8392-0018-6

2. Fall: Mörderisches Rottweil
ISBN 978-3-8392-0395-8

SPANNUNG

GMEINER

WWW.GMEINER-VERLAG.DE
Wir machen's spannend

Linda Graze
Tief unter der Alb
Thriller
384 Seiten, 12,5 x 20,5 cm,
Paperback
ISBN 978-3-8392-0647-8

Drama unter der Alb: Ein Auftrag führt die junge
Fotografin Laura Morgenstern in die Höhlenwelt der
Schwäbischen Alb. Euphorisch macht sie sich mit
dem Wissenschaftler Lasse Keyes für ein Fotoprojekt
auf in ein unbekanntes System. Doch ihr Begleiter
hat andere Pläne. Als er sie in dem unterirdischen
Labyrinth zurücklässt, gerät sie an ihre Grenzen.
Und darüber hinaus, denn die Dunkelheit lebt. Und
sie singt …

GMEINER SPANNUNG

WWW.GMEINER-VERLAG.DE
Wir machen's spannend

Kai Bliesener
Wein. Berg. Tod.
Kriminalroman
288 Seiten, 12,5 x 20,5 cm,
Paperback
ISBN 978-3-8392-0656-0

Julia Judith Schwarz, genannt JJ, ist Bestatterin in
Fellbach und mit dem Tod vertraut. Aber als eines
Tages ein Ex-Liebhaber vor ihr auf dem Tisch liegt,
ist das doch eine schräge Situation. Markus Weber
ging mit ihr zur Schule und war einer der erfolg-
reichsten Winzer der Region. Und Erfolg schafft bekanntlich Neider. JJ hegt Zweifel an der natürlichen
Todesursache. Sie taucht ein in die Welt des Weines
und wirbelt viel Staub auf. Dabei bringt sie nicht nur
sich, sondern auch ihren Freund Vinzenz in Gefahr.

GMEINER SPANNUNG

WWW.GMEINER-VERLAG.DE
Wir machen's spannend

Thomas Erle
Die Kapelle
Roman
256 Seiten, 13,5 x 21 cm,
Klappenbroschur
ISBN 978-3-8392-0580-8

Der Kunsthistoriker Benedikt Oswald wird von
einem Freiburger Kollegen gebeten, in einem
Schwarzwalddorf ein Gutachten über den Erhalt
einer Kapelle zu erstellen. Doch es kommt anders.
Vom Tag der Anreise an findet er sich einer seltsamen
Welt gegenüber.

Ereignisse aus ferner Vergangenheit werden le-
bendig, die Gegenwart verwirrt ihn. Die unscheinba-
re Kapelle mit der Statue der Heiligen Barbara öffnet
ihm einen Weg, auf dem nichts ist, wie es scheint.
Und dann gibt es die geheimnisvolle Witwe, mit der
er sich auf unerklärliche Weise verbunden fühlt.

GMEINER SPANNUNG

WWW.GMEINER-VERLAG.DE
Wir machen's spannend